작은 세상

Kleine Welt

작은 세상

헤르만 헤세 지음 · 임호일 옮김

Hermann Hesse

종문화사

차
례

문명과 야만의 이중주[1]

18세기에 대영제국에서 새로운 기독교가 번성하면서 기독교 활동이 새롭고 활발하게 전개됐다. 이 기독교 활동은 아주 작은 뿌리에서 시작해 상당히 빠른 속도로 커다랗고 이국적인 나무로 자랐으며, 오늘날엔 이교도 개종을 위한 선교라는 이름으로 세상 사람들에게 널리 알려졌다.

프로테스탄트 선교활동이 영국에서 시작됐다는 것은 나름대로 근거와 동기가 있었다. 각종 발견이 이루어진 영광의 시기이래로 지구상에서는 여러 방면에서 미지의 세계가 발견되고 침탈됐다. 그리고 멀리 있는 섬들과 산들에 대한 학문적 관심과 항해와 모험을 좋아하는 영웅정신은 현대정신에 자리를 물려줬다. 여기서 현대정신이란 새로 발견된 이국적인 지역에서 이제 더 이상 열광적인 행동과 체험, 기이한 동물과 낭만적인 야

---

1) 원 제목은 〈로버트 아기온〉이지만 독자의 이해를 돕고자 옮긴이가 작품의 내용을 집약적으로 표현하여 제목을 달았다.

자나무숲에 관심을 두는 것이 아니라, 후추와 비단, 모피, 쌀, 사고(Sago)에 대한 관심, 한마디로 세계무역으로 돈을 벌 수 있는 사업에 관심을 두는 현상을 의미한다. 이렇게 돈벌이에 앞장선 사람들은 종종 배타적이고 이기적이 되어 유럽에서 통용되던 기독교의 제반 규범을 망각하고 위반했다. 그들은 공포에 질린 수많은 원주민들을 노획물처럼 취급하고 사살했다. 학식을 갖추고 기독교 신앙을 지닌 유럽인들이 아메리카와 아프리카, 인도에서 마치 닭장을 침범한 담비처럼 행동한 것이다. 사태를 굳이 경건주의의 눈으로 바라보지 않더라도, 원주민들이 아주 거칠고, 추잡하게 강탈당했다고 해야 할 것이다. 선교사들은 이교도들에게 희망을 주기 위해 화약과 브랜디뿐만 아니라 유럽에서 더 좋은 것, 더 나은 것을 가져왔다고 했지만, 토착민들에게는 이들의 선교운동도 치욕감과 분노를 자아내게 했을 뿐이다.

18세기 중엽 영국에서는 선의를 지닌 개인들이 선교에 뜻을 두고, 그 실행에 전력투구하는 일이 적지 않았다. 오늘날에는 이런 목적을 위해 조직된 단체와 기업이 늘비하게 널려있지만, 그 당시만 해도 그렇지 못했다. 뜻이 있는 사람들 각자가 자신의 능력껏 그리고 자기만의 방법대로 이러한 선행에 나섰다. 선교를 목적으로 먼 나라로 떠나는 사람들은 오늘날처럼 정확한 주소를 알고 바다를 건너 정해진 일을 하러 가는 것이 아니라 하나님만 믿고 정보도 제대로 갖추지 못한 채 곧장 위험한 모험에 뛰어들었다.

19세기 런던의 한 상인이 인도에 기독교를 전파하기 위해 거금을 희사했다. 그는 인도에서 돈을 벌어 부자가 되었으나 자식이 없이 세상을 떠난 형의 유산을 물려받은 사람이었다. 동인도의 큰 회사에서 온 사원 한 명과 성직자 몇 명이 조언자로 초빙되어 계획을 세웠는데, 이 계획에 의하면, 우선 젊은 남자 서너 명에게 충분한 준비물과 여비를 주고 선교사로 파견한다는 것이었다.

이런 사업공고가 나가자 모험을 좋아하는 젊은이들이 벌떼처럼 몰려들었다. 실패한 연극배우와 해고당한 이발사조수들은 이 매력적인 여행에 자기들이 적격이라고 생각했다. 교회평의회는 이렇게 몰려든 사람들 중에서 적격자를 물색하기 위해 온갖 노력을 기울였다. 평의회는 은연중에 누구보다도 젊은 신학도를 뽑고 싶었으나, 영국의 성직자들은 대체로 고향을 떠나기 싫어하거나 힘들고 위험한 모험을 기피했다. 그리하여 적격자 물색이 지연되면서 헌금기부자는 초조해지기 시작했다.

그 무렵 기부자의 뜻과 계획이 제대로 실현되지 않고 있다는 소식이 랭커스터 지역의 농장과 그곳의 목사관에도 전해졌다. 이 목사관의 존경받는 주임목사는 로버트 아기온이라는 젊은 형제에게 숙식을 제공하고 있었다. 로버트 아기온은 어떤 선장과 경건하고 부지런한 스코틀랜드 여자의 아들이었는데, 일찍이 아버지를 여의었기 때문에 아버지를 거의 알지 못했다. 그는 재능이 많은 소년이었으며, 숙부가 그를 신학교에 보내줘서 성직을 위한 정규공부를 하게 되었다. 그는 성적이 우수한 후보자로 성직자가 될 뻔했으나 돈이 없어 소망을 이루지 못했다. 그래서 일단 부목사로 그의 숙부인 목사를 보조하고 있었지만, 선행자(善行者)인 숙부가 살아있는 동안은 주임목사가 될 수 없었다. 아기온 신부는 건강한 남자였기 때문에 조카의 앞날이 그렇게 밝아 보이지 않았다. 장년이 되어도 목사직에 오르지 못해 수입이 없는 가난한 젊은이는 젊은 아가씨들에게는, 더구나 명문가의 처녀들에게는 탐나는 남자가 아니었다. 그런 상황에서 그는 아가씨들이 선호하는 남자들과는 결코 함께 어울릴 수 없었다.

성실하고 경건한 어머니의 아들로 그는 소박한 기독교신앙을 지니고 있었으며, 목회자로 기독교에 귀의하는 것이 그의 소망이었다. 그러나 그는 자연관찰에서 진정한 정신적 만족을 찾았다. 그는 자연을 들여다볼 줄 아는 섬세한 눈을 지닌 사람이었다. 탁월한 시력과 예민한 손 감각을 지닌 겸손하고 청순한 젊은 아기온은 자연의 모든 사물을 바라보고 익히고 수집하고 관찰하는 일에 흥미를 느꼈다. 유년시절에는 꽃을 기르고 채집하다, 그 후에는 한동안 돌과 화석을 열심히 수집했으며, 최근에 특히 시골에 거주하게 되면서 무엇보다 다채로운 색깔을 지닌 곤충세계에 애착을 가지게 되었다. 그런데 그가 가장 좋아하는 곤충은 애벌레에서 번데기 상태를 거쳐 반짝거리는 변신의 단계로 접어드는 나비들이었다. 그러한 변신이 그에게는 매번 경

작은 세상

이로웠고, 그런 나비표본과 반짝이는 색체가 그를 더없이 만족시켰다. 자연에 대한 관찰력이 별로 없는 사람들은 이런 세계를 아주 어린 시절에만 경험할 수 있을 것이다.

재단의 공고에 제일 먼저 귀를 기울인 사람은 젊은 신학도였다. 공고를 보자마자 그의 가슴속에서는 나침반 바늘이 인도를 가리키는 것처럼 인도를 향한 열망이 끓어올랐다. 몇 년 전에 어머니를 여의고, 어떤 처녀와도 장래를 약속한 적이 없는 그는 런던으로 편지를 보냈고, 고무적인 답신을 받았다. 수도로 가는 여비가 송달되자마자 곧바로 책이 든 조그만 트렁크와 옷보따리를 들고 의기양양하게 런던행 기차에 올랐다. 식물표본과 화석 그리고 나비집을 가져오지 못한 것이 못내 아쉽기는 했다.

어둑어둑해지는 저녁 무렵 바람이 을씨년스럽게 불어대는 고도 런던에 위치한 경건한 상인의 높고 근엄한 집에 겁을 잔뜩 먹은 지원자가 들어섰다. 어두컴컴한 복도에는 지구의 반쪽 동양의 지도가 걸려있었고, 첫 번째 방에는 얼룩무늬를 띤 커다란 호피(虎皮)가 열망하던 땅을 또렷하게 보여주고 있었다. 점잖은 하인이 가슴 두근거리며 어리둥절한 그를 집주인이 기다리는 방으로 안내했다. 키가 크고 근엄하고, 멋지게 수염을 다듬은 노신사가 그를 맞이했다. 녹청색의 날카로운 눈을 지닌 그는 엄숙하고 노숙한 표정을 짓고 있었는데, 수줍은 지원자와 몇 마디 주고받더니 마음에 썩 들어 하는 눈치였다. 그는 지원자를 앉으라고 권하고, 신뢰와 호감을 나타내며 시험을 끝냈다. 이어서 그는 지원자의 성적증명서를 제출하게 하고, 초인종을 눌러 하인을 불렀다. 하인이 말없이 신학도를 객실로 안내하자, 곧 이어 두 번째 하인이 차와 와인, 햄, 버터와 빵을 가지고 들어왔다. 간식과 함께 혼자 남겨진 젊은이는 허기와 갈증을 충분히 달랠 수 있었다. 음식을 먹고 난 후 그는 푸른 우단을 씌운 안락의자에 편히 앉아 자기의 처지에 대해 생각하면서, 느긋한 기분으로 방을 훑어보았다. 잠시 방을 둘러보던 그는 멀리 열대지방에서 온 환영자(歡迎者) 둘이 더 있는 것을 발견했다. 벽난로 옆에 박제된 적갈색 원숭이가 있었고, 원숭이 위쪽의 푸른 비단벽지에는 무두질된 거대한 뱀가죽이 걸려 있었는데, 뱀의 대가리는 눈이 없어 시력을 잃은 채 축 늘어져 있었다. 그것들이 소중한 가치를 지녔다고 생각한 그는 가까이서 살펴보고 만져보기 위해 서둘러 그쪽으로 갔다. 반짝거리는 은빛 뱀가죽을 동그랗게 관(管)처럼 말아서 살아있는 보아처럼 보이게 하면서 그는 보아를 떠올렸다. 다소간 징그럽고 역겹기는 했지만, 그걸 보고 있는 동안 신비에 가득 찬 먼 나라에 대한 호기심이 발동했다. 그는 뱀도 원숭이도 두렵지 않을 거라고 생각하면서, 축복받은 나라에 흐드러지게 널려 있을 환상적인 꽃들과 나무들, 새들 그리고 나비들을 생생하게 떠올렸다.

그러는 사이 벌써 저녁이 다가오고 있었다. 말이 없는 하인이 등잔에 불을 붙여서 가져왔다. 높은 창문 밖에 안개에 젖은 땅거미가 깔리고 있었다. 우아한 집의 고요함과 멀리서 나직하게

작은 세상

들려오는 대도시의 소음, 갇혀 있는 느낌이 들게 하는 높고 서늘한 방의 적막감, 한적한 집안 분위기 그리고 소설 같은 상황의 불확실성, 이런 것들이 런던의 가을 밤 짙어가는 어둠과 함께, 희망에 부풀어 올랐던 젊은이의 가슴에 점점 그늘을 드리웠다. 그는 안락의자에 앉아 두 시간가량 귀를 기울이고 기다리다 지쳐, 이날은 일단 기대를 접고 호화스런 침대에 들어가 곧 잠에 빠졌다.

한밤중인 것 같은데 누군가 그를 깨웠다. 하인이 전갈을 가지고 왔다. 저녁이 준비되었으니 젊은이는 빨리 식사하러 오라는 것이었다. 잠이 덜 깬 아기온은 주섬주섬 옷을 끼어 입고, 겁먹은 눈으로 비틀거리며 하인을 따라 방과 복도를 지나 계단을 내려가 커다란 식당으로 갔다. 눈부신 샹들리에들로 불을 밝힌 식당에 들어서니 비단옷에 반짝거리는 장식으로 치장한 안주인이 안경 너머로 그를 바라보고 있었다. 주인이 그를 두 성직자에게 소개했는데, 이들은 음식을 먹는 동안 젊은 형제에게 호된 시험을 치르게 했다. 이들은 무엇보다도 젊은이의 기독교 신념이 얼마나 진정성을 지녔는지를 알고 싶어 했다. 잠에 취한 사도(使徒)는 모든 질문을 이해하고 대답하느라 진땀을 뺐다. 하지만 수줍음이 그의 됨됨이를 잘 대변해 주었다. 이제껏 그와는 전혀 다른 지원자들만 대했던 시험관들은 모두 그에게 호감을 가졌다. 식사 후 옆방에 지도가 펼쳐졌다. 아기온은 자신이 복음을 전파할 지역을 지도상에서 처음 보았다. 인도의 봄베이 시남쪽에 노란색으로 표시된 지역이었다.

다음날 아기온은 나이 지긋한 성직자에게 불려갔다. 그는 상인의 수석 고문이었다. 노인은 천진난만한 젊은이가 금방 마음에 들었다. 그는 로버트의 성향과 기질을 곧장 파악했다. 로버트가 기독교 포교정신이 부족하다는 것을 감지한 그는 심히 유감스러웠다. 그래서 그는 항해는 위험하고 인도는 무서운 곳임을 애써 강조했다. 왜냐하면 전도사업이 천성에 맞지도 않고 의지도 뚜렷하지 않은 젊은이가 외지에서 자기를 희생하다가 생을 마치는 것은 바람직하지 않다는 생각이 들었기 때문이다. 그래서 그는 지원자의 어깨에 손을 얹고 다정하게 바라보며 말했다.

"당신이 나에게 말하는 거 다 좋고 옳을 수도 있소. 하지만 도대체 뭐 때문에 당신이 인도에 가려고 하는지 난 아직 이해가 가지 않아요. 솔직히 말해봐요, 사랑하는 형제여. 하나도 숨기지 말고 말이오. 당신을 충동질하는 게 속세적인 소망과 열망이오, 아니면 진심으로 가난한 이교도들에게 복음을 전파하고 싶은 거요?"

이 질문에 로버트 아기온은 속임수를 쓰다가 들통이 난 사람처럼 얼굴이 홍당무가 됐다. 그는 두 눈을 감고 한동안 말이 없더니 마침내 솔직하게 속내를 털어놨다. 신심(信心)에서 지원한 것은 틀림없지만, 인도에 간다는 생각은 전혀 안 해 보았고, 더구나 선교사가 되겠다는 생각은 한 번도 해보지 않았다고 했다.

다만 열대지방의 아름답고 희귀한 식물과 동물들, 특히 그 지방의 나비들이 보고 싶은 충동은 있었다고 했다. 노인은 젊은이가 이제 마지막 비밀까지 털어놨으니 더 이상 숨길 게 없다고 확신했다. 그는 미소를 지으며 친절하게 말했다.

"그 죄는 당신이 알아서 면죄 받도록 하고, 인도로 가시오, 젊은이!"

그러고 나서 노인은 엄숙한 표정으로 두 손을 그의 머리 위에 얹고는 장엄하게 하나님의 축복을 빌었다.

삼 주 후 젊은 선교사는 트렁크와 가방을 챙겨들고 멋진 범선에 올라 잿빛 바다 너머로 사라져가는 조국을 바라봤다. 그는 스페인에 도착하기 전 첫 주에 바다란 변덕스럽고 위험하다는 것을 알게 되었다. 그 당시만 해도 인도로 가는 사람은 오늘날처럼 시험을 거치지 않고 풋내기로 목적지에 도달할 수 없었다. 오늘날 유럽에서는 편안한 증기선에 올라 아프리카를 돌지 않고도 수에즈운하를 통해 가면 놀랍게도 실컷 잠을 자고 편안하게 먹으면서 단시간에 인도의 해안을 바라볼 수 있게 되었다. 하지만 그 당시에는 범선들이 수개월에 걸쳐 광대한 아프리카를 돌며 수난을 겪어야 했다. 폭풍에 시달리는가 하면, 오랫동안 바람이 불지 않아 옴짝달싹 못하고, 폭염에 땀을 흘리고 혹한에 몸이 얼고, 허기에 뱃가죽이 등에 붙고, 잠도 제대로 자지 못하던 시절이었다. 그런 항해를 성공적으로 끝마친 사람은 이제 시험을 거치지 않은 풋내기가 아니라 어느 정도는 베테랑의 경지에 오른 사람으로 인정받았다. 선교사도 그런 사람이 되었다. 그는 그동안 156일을 항해하고 햇볕에 그을리고 수척해진 몸으로 항구도시 봄베이 부두에 발을 디뎠다.

그 사이 그의 기쁨과 호기심이 좀 줄어들기는 했지만 없어진 것은 아니었다. 항해 중 각 지역의 해변에 발을 내디딜 때마다 탐구정신이 발동하고, 낯선 야자나무 섬을 볼 때마다 경외심과 호기심이 일었던 것처럼, 그는 호기심에 가득 찬 눈을 크게 뜨고 인도대륙에 발을 내디뎠으며, 아름답게 빛나는 도시 봄베이로 불굴의 용기를 가지고 들어섰다.

우선 그는 소개받은 집을 수소문해서 찾았다. 집은 야자수가 즐비한 교외의 조용한 거리에 있었다. 집안에 들어서면서 그의 시선은 조그만 앞뜰을 훑었다. 더 중요한 볼일이 있음에도 불구하고 그는 짬을 내어 황금빛 꽃들이 만발한 거무스름한 잎의 관목을 바라보았다. 관목 주위로 예쁘고 하얀 나비 떼들이 즐겁게 팔랑거리고 있었다. 아름다운 꽃과 나비들의 잔상(殘像)에 다소간 현혹된 눈으로 그는 그늘지고 넓은 베란다의 경사가 완만한 계단을 몇 개 올라가서 열려있는 집 대문으로 들어섰다. 하얀 복장의 한 힌두교도가 암갈색 다리를 드러내놓고 감촉이 찬 붉은 벽돌바닥을 달려와서는 정중하게 허리를 굽혀 인사를 하더니 노래하는 듯한 힌두스탄어로 코맹맹이 소리를 내면서 말했다. 하지만 손님이 자기 말을 알아듣지 못하는 것을 곧장 눈치 챈 그는 부담스러울 정도로 허리를 숙여 다시 인사를 하고,

부드럽고 공손한 자세로 그를 집 안 깊숙한 곳으로 안내했는데, 거기에는 방문 대신에 발이 느슨하게 쳐져있었다. 그들이 도착하자마자 안쪽으로부터 발이 옆으로 젖혀지더니 하얀색 열대 지방의 의상을 입고 맨발에 짚으로 엮어 만든 샌들을 신은 키가 크고 마른 체격의 남자가 나타났다. 이 집 주인 같아 보이는 그는 알아들을 수 없는 인도어로 하인을 한참 나무랐다. 하인이 몸을 굽히고 벽을 따라 슬금슬금 사라지자 그는 아기온을 향해 영어로 들어오라고 말했다.

선교사는 우선 사전통고 없이 온 것에 대해 양해를 구하고, 아무 죄가 없는 가련한 하인을 변명해 주었다. 하지만 상대방은 그런 말은 하지 말라는 눈짓을 하면서 말했다.

"하인 놈들 다루는 법을 곧 배우게 될 겁니다. 들어오시오! 기다렸소이다."

"브래들리 씨시죠?" 선교사가 정중하게 물었다. 이국의 전도사업에 첫 발을 내딛으면서 선교사는 조언자이자 선생이요 협력자인 브래들리의 언행에서 낯설음과 냉기를 느꼈다.

"그래요, 브래들리요. 그쪽은 아기온 씨겠죠. 자, 아기온 씨, 들어오시오! 점심은 들었소?"

그러고 나서 키 크고 깡마른 남자는 해외 지점의 정평 난 실무자답게 무뚝뚝하고 당당한 표정으로 손님의 이력서를 검은 털이 난 갈색 손으로 받아들였다. 그는 양고기와 입안이 얼얼할 정도로 매운 카레 밥을 가져오게 했다. 그리고 선교사에게 방을 하나 배정해 주고, 집 구경을 시켜준 다음, 그가 가져온 편지와 위임장을 넘겨받았다. 그리고 선교사의 호기심에 찬 질문들에 대답을 해주고, 그에게 우선 필요한 인도식 생활규칙을 알려준 후, 갈색피부의 인도하인 네 명을 불러 쌀쌀맞고 노한 음성으로 온 집안이 떠나도록 호령을 하며, 인도인 재단사를 불러오게 한 후 아기온을 위해 인도인들이 흔히 입는 옷을 당장 입을 수 있도록 여러 벌 가져오게 했다. 신출내기는 이 모든 것을 받아들이면서 감사하기도 하고 약간 당혹스럽기도 했다. 그는 조용하고 맘 편히 인도에 들어와서 우선 어느 정도 이곳에 정을 붙이고, 이곳에 대한 첫인상과 항해하는 동안 겪었던 일들을 화기애애한 분위기에서 이야기하고 싶었지만, 그런 기대는 충족되지 않았다. 그러나 반 년가량 항해하는 동안 그는 많은 것을 경험하면서 현실에 적응해왔다. 저녁에 브래들리 씨가 사업차 시내로 나가자 마음이 홀가분해진 젊은 신교도는 안도의 숨을 내쉬며, 이제 혼자 편안하게 자신의 인도입국을 기념하고 인도대륙에 인사를 건네야겠다고 생각했다.

그의 방은 문과 창문이 없는 대신에 사방 벽에 커다란 구멍이 뚫려 있어 통풍이 잘됐다. 방에서 나와 밖으로 나온 그는 햇볕차단용 베일이 달린 테두리가 넓은 모자를 금발머리에 쓰고 손에는 멋진 지팡이를 들고 있었다. 정원에 첫 발을 내디디면서 심호흡 크게 내쉬고 주위를 둘러본 그는 전설 같은 낯선 나라의 공기와 향기 그리고 빛을 음미했다. 그는 소박한 협력자로

이 나라를 개화시키는데 조력하고, 이 나라를 위해 기꺼이 한 몸 바치겠다고 다짐했다.

주위를 둘러보고 느낀 것 모두가 그의 마음에 들었으며, 여러 번 꾼 꿈과 예감을 천백 번 찬란하게 확인해주는 것 같았다. 짙은 색을 띤 커다란 꽃들이 강렬한 햇살을 받으며 높게 자란 울창한 수풀 속에서 자태를 뽐내고 있었다. 원주(圓柱)처럼 날씬하고 매끄러운 줄기 위 엄청나게 높은 곳에 야자나무 우듬지가 조용히 둥그렇게 솟아 있었다. 집 뒤에는 부채꼴야자나무가 한 그루 서 있었는데, 엄청나게 크고 튼튼해 보이는 잎들이 대회전식 관람차 모양을 하고 고르게 하늘을 향해 뻗어 있었다. 그러나 그의 자연친화적인 시선은 길가에 있는 조그만 생물에 꽂혔다. 그는 조심스럽게 그쪽으로 발길을 옮겼다. 거기에는 삼각형 대가리에 고약하게 생긴 눈이 달린 초록색 카멜레온이 한 마리 있었다. 그는 소년처럼 즐거워하며 허리를 숙여 카멜레온을 만져보았다.

처음 들어보는 음악이 카멜레온에게 정신이 팔렸던 그를 정신이 들게 했다. 조용하게 소곤대는 짙푸른 나무숲과 야외정원으로부터 금속성 드럼과 팀파니, 귀를 때리는 낭랑한 관악기들의 리듬이 요란하게 울려왔다. 경건한 자연애호가는 깜짝 놀라 귀를 기울였다. 그러나 소리의 진원지는 보이지 않았다. 그는 원시적인 이 화려한 음악의 진원지를 찾아 나섰다. 그는 음악소리를 계속 들으며 활짝 열려있는 정원 문을 나와 각 집들의 뜰과 종려나무들이 다정하게 늘어선 정경을 바라보며 풀이 깔린 차도를 따라 걸었다. 얼굴 가득 웃음을 띠면서 그는 엷은 녹색의 논들을 지나 한 정원의 높은 울타리 모퉁이를 돌아서 인도식 오두막들이 늘어선 쾌적한 시골풍의 골목길에 들어섰다. 조그만 집들은 진흙이나 대나무로만 지은 집들이었다. 지붕은 마른 종려나무잎으로 덮여 있었고, 각 집의 문에는 인도가족들이 서있거나 쪼그려 앉아 있었다. 호기심에 차서 그는 그들을 바라봤다. 그의 첫 눈길은 낯선 원시민족의 시골생활에 쏠렸다. 그는 처음 순간부터 이 갈색피부를 지닌 사람들이 사랑스러웠다. 그들의 어린아이처럼 맑은 눈은 자신도 모르게 구원을 거부한 슬픔이 담긴 것처럼 보였다. 아름다운 여자들이 곱슬곱슬하게 땋은 새까만 머리를 길게 늘어뜨린 채 내다보고 있었다. 말없이 그렇게 내다보는 그들의 모습은 마치 노루 같았다. 그네들은 얼굴 가운데와 손목, 발목에 은빛 장식을 지니고 있었고, 발가락에는 반지를 끼고 있었다. 어린아이들은 완전히 발가벗은 채, 몸에는 인피로 만든 가느다란 띠와 은이나 뿔로 만든 이상한 부적 이외에는 아무것도 걸치지 않았다.

신명난 음악은 여전히, 이젠 아주 가까운 곳에서 들려왔다. 다음 골목 모퉁이에 이르러 그는 찾던 곳을 발견했다. 거기에는 아주 환상적으로 생긴 무시무시한 건물이 위압적으로 높다랗게 뻗어 있었고, 건물 가운데에는 어마어마하게 큰 문이 뚫려 있었다. 건물 꼭대기를 바라보자 거기에는 엄청나게 큰 평면에 상상의 동물들과 인간들 그리고 신들과 악마들의 석상(石像)이 가득 늘어서 있었다. 수백 개에 달하는 이 석상들은 까마득하게 높은 좁다란 사원의 첨탑 꼭대기까지 솟아있었다. 몸통과 사지와 머리들의 자연스런 군집(群集)이었다. 이렇듯 무시무시한 석상들이 늘어선 인도 사원이 수평으로 내닫는 늦저녁 햇살을 받아 눈부신 빛을 발하며, 넋을 잃은 이방인에게 동물처럼 온유한 반라(半裸)의 인간들이 낙원의 원시인이 아니라 수천 년 전부터 사고하고, 신과 예술과 종교를 지닌 사람들이라는 사실을 명료하게 설명해 주고 있었다.

요란한 팀파니 소리가 막 멎는가 했더니, 흰색과 다채로운 색가운을 입은 평신도들 다수가 사원에서 먼저 나오고, 그들과 거리를 두고 브라만 소집단(小集團)이 점잖게 걸어 나왔다. 그들은 수천 년에 걸쳐 응고된 학식과 위엄을 자랑이라도 하는 듯 콧대를 높이며 백인 곁을 거만하게, 한 수공업자 곁을 귀족처럼 지나갔다. 그들이나 그들의 뒤를 따르는 사람들 모두가 자기네 땅에 들어온 이방인에게 정의(正義)의 신과 인간사를 가르쳐 줄 생각은 전혀 하지 않는 것 같았다.

그들 무리가 사라진 후 사원 주위가 조용해지자 로버트 아기온은 사원으로 다가가서 건물 정면의 인물조각들을 관심 있게 살펴보았다. 그러나 그는 놀라고 낙담하여 곧 그곳을 떠났다. 왜냐하면 조각상들의 비유언어가, 운집한 신들 사이에 노골적으로 표현된 파렴치한 몇몇 외설 장면 못지않게 혼란스럽고 격정스러웠기 때문이었다.

그가 돌아서서 귀로(歸路)를 바라보는 동안 사원과 골목은 삽시간에 사라졌다. 하늘이 잠깐 반짝거리며 색채놀이를 하더니 졸지에 밤이 몰려온 것이었다. 무섭게 빠른 속도로 몰려온 어둠, 어둠이 깔린 걸 이미 알고 있었음에도 불구하고 젊은 선교사는 약간 으스스했다. 땅거미가 내리자마자 사방의 나무들과 주위 숲 여기저기서 수많은 벌레들이 요란하게 울어대기 시작했고, 멀리서 짐승들의 포효소리와 탄원소리가 마냥 거칠고 생소하게 들려왔다. 아기온은 서둘러 집으로 가는 길을 살펴보았다. 다행히도 그는 길을 잃지 않았다. 그러나 집에 도착하기도 전에 주위는 완전히 어두워지고 깜깜한 밤하늘에는 별이 총총 떠있다.

생각에 잠긴 채 넋을 잃고 집에 돌아온 그는 불이 켜진 첫 번째 방으로 갔다. 브래들리 씨가 그를 맞이하며 말했다.

"아, 왔소. 앞으로는 그렇게 밤 늦게 밖에 나다니지 마시오. 위험해요. 그건 그렇고, 총을 다룰 줄 아시오?"

"총이요? 아닙니다, 총 쏘는 법을 배우지 못했습니다."

"그럼 빨리 배워요… 오늘 저녁에 어딜 갔던 거요?"

아기온은 오늘 겪은 이런저런 일들에 관해 열심히 이야기했다. 그 사원은 어떤 종교 소속이며, 어떤 신과 우상을 섬기는 곳이며, 그 많은 석상들은 뭘 의미하고, 그 이상한 음악은 뭘 위한 건지, 백의를 걸친 아름답고 거만한 남자들은 승려인지, 그들의

작은 세상

신은 뭐라고 부르는지 등등에 관해 열을 올려 물었다. 첫 번째 실망은 여기서부터 먼저 왔다. 그가 물은 것들에 대해 조언자는 전혀 아는 바 없다고 말했다. 혐오스럽기 이를 데 없는 그 난잡함과 음란한 우상숭배에 관해 제대로 아는 사람은 아무도 없으며, 브라만들은 구제할 길 없는 착취자 무리이고, 게으름뱅이이며, 한마디로 이들 모두가 거지요, 추잡한 악마 집단으로 점잖은 영국인들은 아예 상종하지 말아야 한다는 것이었다.

"하지만" 하고 아기온이 조심스럽게 말했다. "그런 길 잃은 사람들을 올바른 길로 인도하는 것이 바로 제 사명입니다! 그러기 위해 저는 그들과 친밀하게 지내야 하고, 그들을 사랑하고, 그들에 관한 모든 것을 알아야 한다고 생각합니다만 … "

"조금 지나면 당신이 사랑스럽게 생각했던 것보다 그들에 관해 더 많은 걸 알게 될 거요. 물론 힌두스탄어도 배워야 하고, 어쩌면 나중에 이들 깜둥이의 혐오스러운 언어도 배워야 할 테지만, 그들을 사랑하게 되기는 힘들 거요."

"아니, 이 사람들은 아주 온순해 보이던데요!"

"그렇게 생각하오? 그래요, 두고 봅시다. 인도사람들에 대해 당신이 어떤 계획을 가지고 있는지 알고 싶지 않고, 거기에 대해 판단을 내리고 싶지도 않소. 우리의 과제는 하나님을 믿지 않는 이 천민들을 천천히 개화의 길로 인도하고, 이들에게 다소간 예의범절을 가르쳐주는 것이오. 그 이상은 결코 우리가 기대하기 어려울 거요."

"우리의 도덕이나 주인어른께서 말씀하시는 예의범절은 그리스도교의 도덕입니다, 주인어른!"

"사랑을 얘기하는 거군요. 그래요, 그들에게 사랑한다고 한 번만 말해보시오. 그러면 그들은 오늘 당장 당신한테 구걸하러 오고, 내일은 당신 침실에서 셔츠를 훔쳐갈 거요!"

"그럴 수도 있겠죠."

"틀림없이 그럴 거라니까, 선교사 양반. 당신은 여기서 명예와 정의에 대해 아직 아무것도 모르는 이를테면 미성년자들을 상대하는 거요. 온순한 영국의 학생이 아니라 교활한 황인종 무리들을 상대하는 거라고요. 그들은 온갖 파렴치한 짓들을 재미로 저질러요. 당신은 내 생각이 나게 될 거요!"

아기온은 기분이 우울해져 더 이상의 질문을 포기하고, 우선 이곳에서 배울 것을 먼저 열심히 그리고 공손하게 배워야겠다고 다짐했다. 하지만 엄격한 브래들리가 옳은지 그른지는 차치하고라도, 저 거대한 사원과 저 근접하기 어려운 브라만을 본 이후 그의 계획과 직무가 그에게는 예상했던 것보다 훨씬 더 힘들 것이라는 생각이 들었다.

다음날 아침 고향에서 가져온 선교사의 짐짝들이 도착했다. 그는 곧장 짐을 풀고, 옷가지는 옷가지대로, 책들은 책들대로 정리했다. 그밖에도 물건들이 많아 어떻게 정리해야 할지 궁리해 보았다. 그는 검은 액자에 든 동판화를 집어 들었다. 액자의 유리는 운반 중에 깨져 있었다. 로빈슨 크루소의 저자 데포 씨를 새긴 그림이었다. 다음으로 집어든 물건은 그와 어릴 적부터 친숙했던 어머니의 낡은 기도서였다. 그러고 나서 그의 미래를 안내해줄 고무적인 길잡이, 그의 백부가 선물해준 인도의 지도를 집어 들었다. 다음으로 그의 손에 들린 것은 그가 런던에서 직접 주문해 만든 나비채집용 그물망이었다. 여러 물건들 중에서 그는 다음날부터 당장 사용하게 될 그물망을 따로 챙겼다.

저녁에 그는 물건들을 적당한 자리에 배치하고 차곡차곡 쌓아두었다. 작은 동판화는 침대 위에다 걸었다. 책상다리와 침대다리는 브래들리가 시키는 대로 개미들이 접근하지 못하도록 물이 담긴 작은 주발에 받쳐놓았다. 브래들리 씨는 온종일 사업차 외출하고 없었다. 젊은이는 경외심에 가득 찬 하인의 손짓을 따라 식사를 하고, 하인에게는 한마디도 건넬 수 없는 입장에서 시중을 받는 것이 신기하기만 했다.

다음날 아침 일찍 아기온은 업무에 임하기 시작했다. 브래들리가 검은 눈의 잘생긴 젊은이 뷔야르데냐를 소개시켰다. 힌두스탄어를 가르쳐 줄 선생이었다. 미소를 머금은 인도 청년은 영어도 곧잘 했고, 예의가 깍듯했다. 하지만 호감을 지닌 영국인이 인사를 나누려고 친절하게 손을 내밀자 그는 두려운 듯 깜짝 놀라 뒤로 물러섰다. 그 후에도 그는 백인과의 어떤 신체적 접촉도 피했다. 신체접촉은 높은 카스트 귀족계급에 속하는 그에게는 불결하게 여겨지기 때문이었다. 그뿐 아니라 그는 낯선 사람이 먼저 앉았던 의자에는 절대로 앉으려 하지 않았다. 매일 예쁜 돗자리를 둘둘 말아 팔에 끼고 와서는 벽돌바닥에 깔고 그 위에 허리를 꼿꼿하게 세운 채 점잖게 가부좌를 하고 앉았다. 스승의 마음에 들 정도로 열의가 대단한 그의 제자는 이런 재주도 스승한테서 배우려고 노력했다. 수업시간에 스승과 비슷한 돗자리를 땅바닥에 깔고 쪼그려 앉았다. 처음에는 온 사지가 쑤셨지만 시간이 지나면서 그도 가부좌를 하고 앉을 수 있게 되었다. 인내심을 가지고 그는 단어 하나하나 열심히 배웠다. 젊은이가 지치지 않고 웃으며 가르쳐주는 일상의 인사말부터 시작해서, 비둘기음(Gurrlaut)과 인도식 구개음과 싸우느라고 매일같이 새로운 용기를 내야 했다. 이런 음들이 처음에는 그에게 그르렁거리는 소리로만 들릴 뿐 무슨 소리인지 알아들을 수 없었으나, 이제는 음절이 구분되면서 소리를 따라낼 수 있게 되었다.

힌두스탄어는 진기한 언어였고, 점잖은 언어선생과 함께 하는 오전시간은 빨리도 지나갔다. 그런가 하면 저녁은 너무 길어서 근면한 아기온 씨는 외로움을 느끼며 지내야 했다. 그와의 관계가 애매한 집주인, 이를테면 그의 후견인 같기도 하고 그의 상사 같기도 한 집주인은 집에 있을 때가 별로 없었다. 그는 대체로 정오쯤이면 걸어서 또는 말을 타고 시내에서 돌아와 집주인답게 점심식사를 주재했다. 그럴 때면 가끔 영어서기를 데리고 오기도 했다. 점심식사 후에는 베란다에 나가 두세 시간 담배도 피우고 잠도 자곤 했다. 그리고 저녁에는 다시 그의 사무실이나 자료실에 가서 몇 시간 있다가 왔다. 이따금 그는 물건을 구입해오기 위해 며칠 씩 집을 비웠다. 새로 온 그의 동거인은 그런 그에게 불평을 할 수 없었다. 그도 그럴 것이 그가 아무리 노력해도 거칠고 말수가 적은 상인과 가깝게 지낼 수가 없었기 때문이다. 브래들리 씨의 생활방식 중 선교사의 마음에 들지 않는 것도 많았다. 특히 일과가 끝난 후 브래들리가 서기와 함께 물과 럼주와 레모네이드를 섞어 취하도록 마시는 것이 마음에 안 들었다. 그는 젊은 성직자에게 여러 차례 술자리에 오라고 권했지만 성직자는 매번 부드럽게 사양했다.

이런 상황에서 아기온의 하루가 재미있을 리 없었다. 목재건물에 온통 찌는 더위가 가득 찬 길고 황량한 오후가 되면 그는 어설픈 인도어를 활용해 보기 위해 하인들이 있는 주방으로 가서 그들과 이야기를 나누었다. 회교도 신자인 요리사는 그에게 한마디도 대답하지 않고 거만스럽게 굴어서 그는 그의 얼굴조차 보기 싫었다. 하지만 몇 시간이고 한가하게 돗자리에 쪼그리고 앉아 구장을 씹고 있던 물장수와 사동, 이 두 사람은 말을 배우려고 안간힘을 쓰는 선교사가 재미있어서 그와 함께 시간을 보내는 것을 싫어하지 않았다.

그러나 어느 날 선교사가 말을 제대로 못하고 단어를 혼동하는 것을 보고 두 장난꾼이 재미있어 죽겠다고 비쩍 마른 넓적다리를 때리는 순간 브래들리가 주방문에 나타났다. 이 우스운 광경을 목격한 브래들리는 입술을 깨물더니 소년에게 따귀를 때리고, 물장수는 발길로 걷어찼다. 그러고는 깜짝 놀란 아기 온을 아무 말 없이 데리고 나갔다. 자기 방에 간 그는 화를 내며 말했다.

"저 사람들과 어울리지 말라고 내가 거듭 말하지 않았소! 당신은 내 하인들의 버릇을 망쳐놓고 있는 거요. 그건 그렇고, 영국인이 이런 황색인종 앞에서 자신을 어릿광대로 만드는 건 있을 수 없는 일이란 말이오!"

모욕을 당한 선교사가 해명을 하기도 전에 그는 다시 자리를 떴다.

외로운 선교사는 일요일에만 사람들을 만났다. 일요일이면 정규적으로 교회에 가는데, 한 번은 약간 게으른 영국 목사를 대신해서 목회를 주관했다. 그러나 고향에서는 지역의 농부들과 모직조공(毛織造工)들을 모아놓고 사랑으로 설교했는데, 상인들과 지치고 병든 귀부인들 그리고 향락을 일삼는 젊은 직원들로 구성된 여기의 신도들은 냉담하고 뜨악해서 설교할 기분이 나지 않았다.

이따금 자기 신세를 생각하면 우울해지고 자신이 불쌍해지기도 했지만, 그럴 때마다 포기하지 않고 기분을 추스른 후 식물채집통을 걸머지고, 길고 가는 대나무에 묶은 나비채집용 그물망을 들고 집을 나섰다. 영국 사람들 대부분이 지긋지긋하게 여기는 찌는 듯한 태양열과 인도의 전형적인 기후를 그는 좋아했고 멋지다고 생각했다. 그는 육체와 정신을 새롭게 가다듬으

작은 세상

면서 무기력을 극복해 나갔다. 그의 자연탐구와 자연사랑을 위해서 이 나라는 엄청난 목초지를 제공했다. 가는 곳마다 이름 모를 나무들과 꽃들, 새들, 곤충들이 그의 발길을 멈춰 세웠다. 그는 시간이 걸리더라도 이들의 이름을 모두 밝혀내고 이들의 속성을 밝혀내겠다고 결심했다. 희귀한 도마뱀과 전갈, 어마어마하게 큰 다족류와 그 밖에 요괴같이 생긴 생물들, 이 모든 것들이 이제는 그를 더 이상 놀라게 하지 않았다. 목욕탕에서 굵고 커다란 뱀을 용감하게 나무물통으로 때려죽인 후로는 섬뜩한 동물들이 위협을 가해와도 점차 겁을 먹지 않게 되었다.

그는 처음으로 그의 그물망으로 커다랗고 화려한 나비를 잡았다. 포획물을 살펴본 그는 오만하게 반짝거리는 나비를 손가락으로 조심스럽게 집어 들었다. 나비의 넓적한 날개가 석고처럼 하얀 빛을 발하면서 부드러운 솜털을 날리는 것을 본 그는 억누를 수 없는 기쁨에 가슴이 두근두근 방망이질 쳤다. 이런 기분은 어릴 적에 제비꼬리를 처음으로 노획한 이래로 한 번도 느껴보지 못한 것이었다. 그는 정글의 불편함을 즐겨 감수했으며, 밀림에서 난데없이 깊은 진흙구덩이에 빠졌을 때도, 원숭이 떼가 울부짖으며 그를 조롱할 때도 그리고 성난 개미무리들의 공격을 받았을 때도 결코 움츠러들지 않았다. 딱 한 번 거대한 고무나무 뒤에서 온몸을 떨며 무릎을 꿇고 기도한 적이 있었는데, 뇌우와 지진이 일어난 것처럼 근처에서 코끼리 떼가 울창한 나무숲을 지나갈 때였다. 그는 통풍이 잘되는 그의 침실에서 이른 아침 근처의 숲에서 미쳐 날뛰는 원숭이들의 포효소리를 듣고 잠이 깨고, 밤마다 재칼의 울부짖는 소리를 듣는 데도 익숙해졌다. 마르고 남자답게 변한 갈색 얼굴에서 그의 눈은 밝고 초롱초롱 빛났다.

그는 도시에서도 주위를 주의 깊게 살펴보았지만, 정원처럼 평화로운 교외에서는 더더욱 주위를 둘러보기를 좋아했다. 인도 사람들의 삶을 둘러볼 때마다 그는 점점 더 그들을 사랑하게 되었다. 그러나 여자들로 하여금 상반신을 드러내 놓게 하는 하층민의 풍속만은 그에게 거슬렸고, 몹시 고통스러웠다. 골목길에서 여자들이 목덜미와 팔 그리고 가슴을 드러내고 다니는 것을 보면, 때론 아주 아름답기는 해도 매번 불편했다.

이런 상스러움보다 그가 더 이해할 수 없는 것은, 이 사람들의 수수께끼 같은 영적(靈的)인 삶이었다. 어디를 둘러봐도 도처에 종교가 눈에 띄었다. 런던에서는 교회의 최대 축제일에도 별로 볼 수 없는 경건성이 여기서는 평일에 그리고 아무 골목에서도 흔하게 눈에 띄는 것이었다. 가는 곳마다 사원과 입상이나 좌상 그리고 기도와 제물, 시가행진, 의식, 참회자와 승려들이 보였다. 이렇듯 수많은 종교들이 난마처럼 얽혀 있는데 어떻게 올바른 길을 찾을 수 있겠는가? 이들을 살펴보면 대체로 브라만과 회교도, 배화교도, 불교도, 시바의 종들, 크리쉬나(Krischna), 터번을 쓴 사람들, 거북이를 숭배하는 사람들이었다. 길 잃은 이 모든 사람들이 믿는 신은 어디에 있는가? 이들이 믿는 신은 어떻게 생겼으며, 이 많은 문화들 중에 어떤 문화가 더 오래되고 더 성스럽고 더 순수한가? 이걸 아는 사람은 아무도 없었다. 인도사람들 자신에게 이런 문제는 전혀 관심 밖이었다. 조상들의 종교가 마음에 들지 않는 사람은 다른 종교로 개종하고, 새로운 종교를 찾기 위해, 또는 아예 새로운 종교를 만들기 위해 참회자의 길을 걷는 것이었다. 아무도 그 이름을 모르는 신들과 귀신들에게 작은 사발에 든 제물이 봉헌되고, 수백 가지 제식과 수백 개의 사원 그리고 승려들이 이곳에서는 서로 사이 좋게 공존하고 있었다. 기독교의 나라 고향에서는 한쪽 교파가 다른 교파를 적대시하고 살해하는 일이 다반사였는데 말이다. 어떤 것들은 심지어 예쁘고 사랑스럽기까지 했다. 이를테면 피리연주라든가 화사한 꽃으로 만든 제물이 그런 것들이었다. 그리고 경건한 얼굴에는 평화와 유쾌하고 조용한 빛이 감돌고 있었다. 이런 모습은 영국인들의 얼굴에서는 찾아보기 힘들었다. 인도인들이 엄격하게 지키는 계율, 이를테면 어떤 짐승도 죽이지 말라는 계율 또한 그에게는 아름답고 성스러워 보였다. 그는 이따금 예쁜 나비들과 딱정벌레를 무자비하게 죽여서 바늘로 찌를 때마다 죄스러워서 혼자 변명을 늘어놓곤 했다.

그런가 하면 다른 한편으로 모든 벌레를 신의 창조물로 성스럽게 여기며, 마음속으로 열심히 기도하고, 사원에서 열심히 예배를 드리는 이들 민족 속에는 도둑질과 거짓말, 위증과 배임을 일삼는 사람들도 많았다. 그런데 기가 막히게도 그런 행동에 대해 어느 누구도 화를 내거나 이상하게 생각하는 사람이 없었다. 인도인들에게 호의를 지닌 성도(聖徒) 아기온은 이런 것들에 관해 깊이 생각하면 할수록 이 민족이 논리와 이론으로는 해득할 수 없는 불가사의한 존재처럼 보였다. 브래들리가 금했음에도 불구하고 그는 얼마 안 가서 하인과 다시 이야기를 나누기 시작했다. 하인은 그와 마음이 통하는 것 같았다. 그런데 그 하인이 한 시간 후에 면셔츠를 그에게서 훔쳐 갔다. 그가 부드러우면서도 엄격하게 물었으나 처음에는 맹세코 자기가 그런 짓을 하지 않았다고 하다가 곧 셔츠를 내놓으면서, 구멍이 뚫어져서 선교사님이 안 입으시는 걸로 알았다고 천연덕스럽게 말했다.

다른 한번은 물장수가 그를 놀라게 했다. 그는 멀지 않은 곳에 있는 우물에서 부엌과 욕실로 물을 매일 길어오는 대가로 급료를 받고 음식을 제공받았다. 그는 이 일을 항상 이른 아침과 저녁에 했는데, 나머지 시간은 온종일 부엌이나 하인들의 초막집에서 구장이나 사탕수수를 씹었다. 한번은 다른 하인들이 다 나가고 없는 시간에 아기온이 산책길에서 풀씨를 잔뜩 묻혀온 바지를 그에게 좀 털어 달라고 했다. 그러나 물장수는 뒷짐을 지고 웃기만 할 뿐이었다. 기분이 언짢아진 선교사는 시킨 일을 빨리 하라고 그에게 호령을 했다. 그러자 마침내 그는 명령에 응했으나, 투덜거리며 눈물을 흘리더니 풀이 죽어 부엌으로 가 앉아서 한 시간가량 욕을 해대고 미친 듯이 비명을 지르는 것이었다. 그를 달래느라고 무진 애를 쓰고 오해가 풀린 후에야 아

작은 세상

기온은 자기가 명령조로 시킨 일이 물장수의 직무를 벗어난 일로 그의 자존심을 심하게 손상시켰다는 것을 알게 되었다.

이런 작은 경험들이 점점 누적될수록 선교사는 사면초가에 봉착했다. 그는 주위와 단절되면서 점점 더 견디기 어려운 외로움에 빠져들었다. 그럴수록 그는 더 맹렬하게, 아니 최후의 발악이라도 하듯 토속어 학습에 매진했다. 그리하여 그의 학습은 많이 진전되어 이들 낯선 사람들을 더 잘 이해할 수 있게 되었다. 그는 점점 더 자주 길거리에서 토착민들에게 말을 걸게 되었고, 통역원 없이도 재단사에게 가서 옷을 맞추고, 소매점에서 물건도 사고, 구둣방에서 신발도 샀다. 이따금 서민들과 잡담도 할 수 있게 되었는데, 이를테면 수공업자가 만든 물건이나 엄마가 안은 아기를 친절하게 바라보면서 칭찬을 늘어놓을 수 있게 되었다. 이 이교도들의 말과 시선에서 그리고 이들의 선량하고 천진하고 행복한 웃음에서 낯선 민족의 맑은 영혼을 느낄 수 있었다. 이들이 종종 형제처럼 말을 걸어올 때마다 모든 벽이 허물어지고 이질감이 사라졌다.

마침내 그는 아이들과 시골 사람들은 거의 언제나 그를 스스럼없이 대한다는 것을 알게 되었으며, 도시인들의 까탈스러움과 모든 불신 및 타락은 오로지 유럽 뱃사람들과 상인들 때문에 생긴 것이라는 사실을 알게 되었다. 그때부터 그는 자주 말을 타거나 걸어서 서슴없이 시골로 더 깊숙이 들어갔다. 아이들을 위해 주머니에 동전과 때때로 사탕을 넣고, 깊숙한 오지의 구릉지역에 들어가서 진흙오두막 앞 종려나무에 말을 묶어 놓고, 초가집에 들어서면서 인사를 하고, 물 한 모금이나 야자 유를 청하면 거의 매번 다정한 만남이 이루어지고, 허물없이 잡 담을 나눌 수 있었다. 남자들과 여자들 그리고 아이들이 서투른 그의 말에 종종 놀라면서 재미있다고 폭소를 터뜨렸지만, 그런 그들이 전혀 싫지 않았다.

그런 기회가 와도 그는 그들에게 사랑하는 하나님에 관한 얘 기는 일체 하지 않았다. 우선 전도를 서두를 필요가 없을 뿐 아 니라 전도하기가 매우 힘이 들고 거의 불가능한 것처럼 여겨졌 다. 그도 그럴 것이 기독교신앙을 전달할 수 있는 흔한 표현조 차 인도어에는 찾아보기 힘들었기 때문이다. 그밖에도 자신이 이 사람들의 선생노릇을 하겠다고 나설 권리가 없으며, 이 사람 들의 삶을 잘 알고, 인도인들과 어느 정도 보조를 맞추고, 말도 제대로 할 수 있기 전까지는 이들의 삶에서 중요한 변화를 감 수하게 할 권리가 없다는 생각이 들었다.

이렇게 농촌사람들과 만나면서 그의 언어학습은 많은 진전 을 보았다. 그는 토착민의 생활과 일 그리고 생업을 익혀보려고 노력했다. 나무들과 열매들 그리고 가축과 도구들을 보여 달라 하고, 그 이름을 알려 달라고도 했다. 수경재배 벼농사와 건조 재배 벼농사의 비밀을 점차 터득해갔으며, 인피와 면사 제조법 을 배웠다. 이미 고향에서부터 익히 알고 있던 집짓기와 요업, 짚 엮는 법, 직물짜기를 이곳에서는 어떤 방식으로 하는지 살펴보았다. 진흙논에서 장미처럼 붉은 살찐 물소와 함께 쟁기질하는 것을 보았으며, 길들인 코끼리가 어떤 일을 하는지 알게 되었고, 길들인 원숭이들이 주인을 위해 나무에서 코코넛을 따오는 것을 보았다.

어느 날 높은 구릉들 사이의 평화로운 계곡으로 산책을 나갔다가 사나운 뇌우를 만나 깜짝 놀란 그는 비를 피하기 위해 근처의 오두막으로 달려갔다. 대나무에 진흙을 입힌 벽들 사이의 좁은 방에 몇 식구 안 되는 가족이 모여 있었는데, 이들은 낯선 사람이 들어오자 겁을 먹고 놀라며 인사를 건넸다. 붉은색 염료로 머리를 새빨갛게 물들인 안주인은 친절하게 손님을 맞이하면서 이를 드러내고 웃었는데, 얼마나 열심히 구장을 씹었는지 그녀의 이도 붉은색을 띠고 있었다. 남편은 키가 크고 근엄한 눈빛에 머리는 아직 검은색 그대로였다. 그는 방바닥에서 일어나 당당한 태도로 손님과 인사를 나누고 나서 손님에게 방금 쪼갠 코코넛을 건네주었다. 아기온은 코코넛의 달콤한 즙을 한 모금 마셨다. 그가 들어오자 돌로 만든 화덕 뒤로 살며시 도망가 있던 어린 소년은 화덕 아래쪽에서 검은 머리를 반짝이며 겁먹고 호기심에 가득 찬 눈으로 손님을 쳐다봤다. 소년의 가슴에서 놋쇠로 만든 부적이 반짝거렸는데, 그 부적이 소년의 유일한 장식이자 옷이었다. 문 위에서는 숙성시키기 위해 매달아놓은 커다란 바나나 다발이 흔들거렸다. 오두막 전체에 빛이라고는 열린 문을 통해 들어오는 빛 밖에 없었지만, 궁색함이 아니라 소박함 그 자체와 아름답고 정결한 질서가 느껴졌다.

이렇듯 만족한 삶을 살고 있는 가정을 보는 순간 선교사는 문득 아득한 유년시절과 고향의 정취가 가물가물 기억에 떠올랐다. 이런 기분은 브래들리 씨의 방갈로에서는 한 번도 느껴보지 못했다. 산책길에 쏟아지는 소나기를 피하기 위해 잠시 이곳에 들른 것이었지만, 이 기회가 음울하고 뒤엉킨 삶에 갇힌 그에게 마침내 올바르고 자연스럽고 만족스러운 삶의 의미를 다시금 되찾아 주는 즐거운 바람을 몰고 오는 것 같았다. 사납게 쏟아지는 비가 갈대를 조밀하게 얹어 만든 오두막의 지붕에서 격렬하게 북을 때리는 것 같은 소리를 냈다. 문밖을 내다보니 비가 얼마나 촘촘하고 빽빽하게 쏟아지는지 마치 유리벽을 쳐 놓은 것 같았다.

아이들의 부모는 처음 대하는 손님과 이야기를 나누다가 얘기 끝에 손님이 이 나라를 방문한 목적이 무엇이며, 어떤 계획을 가지고 있느냐고 정중하게 물었다. 자연스런 질문에 그는 당황해 하며 말꼬리를 돌렸다. 겸손한 아기온에게는 자신이 먼 나라의 사절로 이 나라 사람들에게 자기네 신과 종교를 버리고 다른 종교를 받아들이라고 하는 것이 엄청난 결례이며 오만이라는 생각이 이번에도 예외 없이 들었던 것이다. 그는 매번 이런 소심증은 자신이 인도어를 더 잘하게 되면 자연히 사라지게 될 것이라고 생각해왔으나, 오늘은 그것이 착각이었으며, 자신이 황인종을 더 잘 이해하면 할수록 이 민족의 삶에 주인처럼 끼어들 권리가 없으며, 흥미도 사라졌다는 생각이 명료해졌다.

비가 멎고, 찰지고 붉은 진흙탕물이 언덕진 골목길에서 사라지면서 햇빛이 반짝거리는 종려나무들 사이를 뚫고 들어와 바나나나무의 커다랗게 반짝거리는 잎에 반사되어 눈이 부셨다. 선교사가 주인에게 감사의 인사를 전하고 떠날 준비를 하는 순간 방바닥에 그림자가 깔리면서 작은 방이 컴컴해졌다. 재빨리 돌아서서 문 쪽을 바라보니 한 사람이 맨발로 문을 통해 들어왔다. 젊은 부인 아니면 처녀 같았는데, 예기치 않은 그의 시선에 놀란 그녀는 말없이 화덕 뒤의 어린애 쪽으로 달아났다.

"이분께 인사드려라!" 아버지가 그녀에게 소리를 지르자 그녀는 수줍은 표정으로 두어 걸음 앞으로 나오더니, 두 팔을 가슴에 포개고 여러 차례 절을 했다. 그녀의 짙고 새까만 머리카락에서 빗방울이 반짝거렸다. 영국인이 주저하다가 친절하게 그녀의 머리에 손을 얹으며 인사말을 했다. 그녀의 부드러운 머리카락 감촉이 손가락 사이에서 생생하게 느껴졌다. 그녀가 그를 향해 얼굴을 들어 고혹적인 눈으로 살갑게 미소를 지었다. 목에는 산호목걸이를 그리고 발목에는 금발찌를 두르고 있었으며, 그밖에 가슴 아래에 꽉 조여 맨 허리띠에 받쳐 입은 적갈색 하의 말고는 몸에 걸친 것이 없었다. 그렇게 그녀는 아름다운 자태로 이방인 앞에 서있었다. 햇살이 그녀의 머리칼과 매끈거리는 갈색 어깨에서 여리게 반사되는가 하면, 그녀의 어린 입술 사이로 드러난 새하얀 치아에서 눈부시게 반짝거렸다. 로버트 아기온은 넋을 잃고 그녀를 바라보았다. 그녀의 조용하고 부드러운 눈을 뚫어지게 바라보던 그는 곧 당황스러웠다. 그녀의 젖은 머리의 향기와 드러난 어깨 그리고 그녀의 맨가슴이 그를 당황스럽게 만든 것이었다. 그는 천진스런 그녀의 시선 앞에서 곧 눈을 내리깔았다. 그는 주머니에 손을 넣어 반짝거리는 조그만 가위를 꺼냈다. 이 가위는 그가 손톱과 수염을 깎던 것이었으며, 식물채집을 할 때에도 사용하던 것이었다. 그는 가위를 예쁜 소녀에게 선물했다. 물론 이 가위가 진짜 값진 선물이라는 것을 그 자신 알고 있었다. 소녀는 당황해서 놀라며 즐거운 표정으로 가위를 받았다. 그녀의 부모는 여러 차례 감사하다고 말했다. 그가 작별인사를 하고 나가자 소녀가 오두막의 문앞 처마 밑까지 따라 나와서 그의 왼쪽 손을 잡더니 입을 맞췄다. 이 꽃처럼 예쁜 입술의 정겹고 부드러운 감촉이 남자의 피 속까지 전달됐다. 생각 같아서는 그녀의 입술에다 키스를 해주고 싶었지만, 그렇게는 못하고 그녀의 두 손을 오른손으로 잡고, 그녀의 눈을 들여다보며 말했다.

"몇 살이야?"

"몇 살인지 몰라요." 소녀가 대답했다.

"그럼 이름은?"

"나이사에요."

"잘 있어, 나이사. 그리고 날 잊지 마!"

"나이사는 나리를 잊지 않을 거예요."

그 집을 나온 그는 깊은 상념에 잠겨 집으로 걸음을 옮겼다. 날이 어두워서 뒤늦게 집에 도착한 그는 방에 들어서자 오늘은 산책길에서 나비나 딱정벌레를 한 마리도 잡지 못하고, 꽃잎과 꽃도 전혀 꺾어오지 못한 것을 알았다. 하인들만 빈둥거리고, 냉담하고 투덜거리기만 하는 주인 브래들리의 집, 총각들만 있는 황량한 집이 이날 저녁은 유난히 스산하고 울적하게 느껴졌다. 그는 작은 석유등을 켠 채 흔들의자에 앉아 성경을 읽었다.

이날 밤 고뇌어린 생각을 거듭하다가, 모기가 왱왱 울어댐에도 불구하고 마침내 잠에 든 선교사는 이상한 꿈속으로 빠져들었다.

그는 적갈색 땅바닥에 노란 햇살이 아른거리는 그늘진 종려나무숲속을 거닐었다. 나무꼭대기에서 앵무새가 울어대고, 까마득하게 높은 나무기둥에서 원숭이들이 미친 듯이 뛰어 다니고, 보석처럼 빛나는 작은 새들이 반짝거렸으며, 각종 벌레들이 소리와 색깔을 통해 혹은 율동을 통해 생의 기쁨을 찬미하고 있었다. 선교사는 이런 장관을 만끽하며 즐거운 산책을 했다. 그는 줄타기를 하는 원숭이 한 마리를 불렀다. 그런데, 보라! 민첩한 짐승이 공손하게 나무를 타고 땅으로 내려와 하인처럼 복종하는 몸짓으로 아기온 앞에 와서 대령했다. 이 순간 아기온은 피조물의 성스러운 영역에서 자신이 지배자 노릇을 해야 한다는 것을 깨달았다. 그는 즉석에서 새들과 나비들을 자기 주위로 불러 모았다. 그들은 빛을 발하며 커다란 무리를 지어 몰려왔다. 그가 손짓을 하고, 두 손으로 박자를 맞추고, 머리를 끄덕이며, 눈짓을 하고 혀를 차며 명령을 내리자 온갖 화려한 동물들이 금빛 대기(大氣)에서 절서정연하게 아름다운 율동으로 축제의 윤무를 펼쳤다. 이들은 공중에서 피리소리를 내는가 하면 윙윙거리는 소리, 찌르륵찌르륵 소리를 내며 서로를 찾고, 도망 다니고 쫓아가고 붙잡고 아름다운 합창을 하면서 구르고, 화려하게 원을 그리고 익살맞게 나선형을 그렸다. 그것은 장엄하고 찬란한 발레요, 콘서트였으며, 다시 찾은 파라다이스였다. 꿈꾸는 자 아기온은 이 조화로운 마법의 세계, 그에게 복종하고 그가 통치하는 세계에 머물면서 거의 고통스러울 정도로 환희에 젖어들었다. 여기서 고통스러움이란 모든 환희 속에는 무가치와 덧없음에 대한 은근한 예감과 깨달음이 내포되어 있어, 그와 같은 경건한 선교사라면 감각적 향락을 누릴 때 응당 느끼게 되는 고통이었다.

불안한 예감은 적중했다. 황홀경에 빠진 자연애호가가 원숭이들의 카드리유[2]에 도취된 채 그의 왼손에 앉아 있던 엄청나게 큰 푸른색 비로드나비를 쓰다듬어 주자 나비는 작은 비둘기처럼 편안하게 자신을 내맡겼다. 그러나 곧이어 마법의 숲에 불안과 파괴의 그림자가 깔리기 시작하면서 꿈을 즐기던 아기온의 기분에도 음영이 드리우기 시작했다. 몇몇 새들이 갑자기 겁에 질려 날카로운 소리를 지르는가 하면, 돌풍이 요란하게 나무

2) 네 쌍이 마주보고 추는 춤.

우듬지를 흔들어댔고, 따사하게 내리쬐던 정겨운 햇빛이 희미하게 빛을 잃어갔으며, 새들은 순식간에 사방으로 흩어져 달아났다. 그리고 커다랗고 아름다운 나비들도 세찬 바람에 놀라 견뎌내지 못하고 날아갔다. 빗방울이 사납게 나뭇가지를 때리고, 멀리서 천둥소리가 서서히 구름 위로 굴러왔다.

그때 브래들리 씨가 숲으로 들어왔다. 그러자 마지막 남아있던 다채로운 색을 띤 새마저 달아났다. 거인 같이 거대한 몸집에다, 살해된 왕의 유령처럼 시커먼 형상을 하고 브래들리가 오더니 경멸하듯 선교사 앞에다 침을 뱉고는, 불손하고 모욕적인 언사로 적의에 차 그를 꾸짖기 시작했다. 이교도들을 개종시키기 위한 목적으로 런던의 후원자에 의해 고용된 자가 아무 일도 안하고 한가롭게 딱정벌레나 잡으러 다니면서 돈을 받아먹으니 사기꾼이요, 날도둑이라는 것이었다. 아기온은 참회하면서, 브래들리의 말이 옳다고 인정했다. 자기가 게으름을 피우며 직무에 충실하지 못했음을 시인한 것이다.

이번에는 아기온의 고용주요 세력가인 부유한 후원자가 영국 성직자 몇 명을 대동하고 나타났다. 이들은 브래들리와 함께 선교사를 가시덤불 속으로 몰아대며 많은 사람들이 빽빽하게 들어 찬 거리까지 그리고 탑처럼 높은 그로테스크한 힌두교 사원이 있는 봄베이의 외곽지대까지 쫓아왔다. 이곳에는 각종 사람들이 들끓었다. 벌거벗은 노동자들과 백의의 거만한 브라만들도 눈에 띄었다. 사원 맞은편에는 교회가 한 채 세워져 있었다. 교회의 정문 위에는 하나님의 석상이 근엄한 눈과 긴 수염을 휘날리며 구름 속을 떠다니고 있었다.

곤경에 처한 선교사는 교회의 계단 위에서 인도 사람들을 오라고 두 팔로 신호를 보낸 후 그들에게 설교를 하기 시작했다. 그는 주목하라고 큰소리로 그들에게 말하고, 이어서 참된 신이 그들의 엉터리 신들, 즉 팔이 여러 개 달리고, 코끼리처럼 긴 코를 지닌 그들의 신과 어떻게 다른지 비교해 보라고 역설했다. 그는 검지를 펴서 인도 사원의 정면에 새겨진 괴상망측한 인물상을 가리킨 후, 자기 교회의 하나님 상을 가리켰다. 마치 그들을 이 하나님 상으로 초대라도 하려는 듯이. 하지만 그 순간 그는 소스라치게 놀랐다. 손가락이 가리키는 곳을 올려다보자 하나님의 모습이 돌변해 있었기 때문이다. 하나님은 머리가 세 개, 팔은 여섯 개가 달려있었고, 근엄하면서도 약간 멍청하고 연약했던 모습 대신에, 바로 인도의 신들이 그랬던 것처럼 세 얼굴 모두에 오만한 미소가 담겨 있었다. 선교사는 크게 실망하여 브래들리와 후원자, 성직자들을 둘러봤다. 그러나 어느새 그들은 모두 사라지고 없었다. 선교사는 혼자 교회의 계단에 힘없이 서있었다. 이제 아버지 하나님조차도 그를 떠나버렸다. 왜냐하면 하나님은 여섯 개의 팔로 힌두교사원을 가리키면서 미소를 머금은 즐거운 표정으로 인도의 신들을 가리키고 있었기 때문이다.

아기온은 완전히 버림받고 능욕당하고 잊혀진 존재로 교회

계단에 서있었다.

그는 두 눈을 감고 똑바로 섰다. 모든 희망이 사라졌다. 절망한 그는 차분히 이교도들로부터 돌팔매질 당하기를 기다렸다. 두려운 마음으로 한참동안 기다렸으나 돌팔매질 대신 강력하지만 부드러운 팔이 다가오는 느낌이 들었다. 눈을 뜨자 커다란 하나님 석상이 근엄하게 계단을 걸어 내려오고 있는 것이 아닌가! 그런가 하면 맞은편 사원의 신들도 무리지어 한꺼번에 계단을 내려오고 있었다. 그들은 모두 하나님의 영접을 받았다. 그런 연후에 하나님은 힌두교사원으로 들어가서 경의를 표하는 백의의 브라만들에게 친절하게 응답했다. 그런가 하면 긴 코와 곱슬머리 그리고 옆으로 길게 째진 눈을 가진 이교도의 신들은 일제히 교회에 들어가더니 모든 것을 호의적으로 달갑게 받아들이고, 기도하는 사람들을 자기네 쪽으로 오라고 했다. 이렇게 신들과 인간들의 이동이 이루어지고, 교회와 사원 간의 교류가 이루어졌다. 징과 오르간 소리가 한데 어우러지고, 검은 복장을 한 인도인들이 묵묵히 영국 기독교 제단에 연꽃을 봉헌했다.

몰려드는 군중들 한가운데로 반짝반짝 윤기 흐르는 검은 머리와 천진난만한 커다란 눈을 지닌 나이사가 걸어오고 있었다. 그녀는 사원의 신도들 사이를 지나 교회의 계단을 걸어 올라오더니 선교사 앞에 멈춰 섰다. 그녀는 진지하고 사랑스러운 눈으로 선교사를 바라보고 고개를 끄덕이며 그에게 연꽃을 내밀었다. 그는 감격에 벅차 그녀의 맑고 조용한 얼굴을 향해 허리를 굽혀 그녀의 입술에 키스를 하고 그녀를 와락 껴안았다.

이에 나이사가 어떤 말을 할지 지켜보려고 했으나 아기온은 꿈에서 깨어났다. 그는 짙은 어둠이 깔린 잠자리에 지친 상태로 누워 있다가 놀란 자신을 발견했다. 온갖 감정과 충동이 고통스럽게 혼란을 일으키며 그를 괴롭혔다. 이번 꿈은 그의 약점과 그의 소심함, 이를테면 자기 직무에 대한 불신, 갈색 여자이교도를 향한 연정, 기독교인답지 않은 브래들리를 향한 증오, 영국 후원자에 대한 양심의 가책 등 그 자신을 있는 그대로 숨김없이 보여줬다.

그는 어둠 속에서 슬픔에 잠겨 눈물이 나올 때까지 잠겨 한동안 자리에 드러누워 있었다. 기도를 해보려고 했으나 기도가 되지 않았고, 나이사를 악녀라고, 자신의 연정을 타락이라고 치부해보려 했으나 그것도 쉽지 않았다. 마침내 그는 흥분을 억제하지 못하고 비몽사몽간에 자리에서 일어났으나 꿈의 그늘과 전율을 벗어날 수 없었다. 방을 나온 그는 브래들리의 방으로 갔다. 사람의 모습이 애타게 보고 싶었고, 이 남자에 대해 품었던 혐오감이 수치스런 감정이었으므로, 흉금을 터놓고 그를 친구로 만들겠다는 경건한 의도에서 위안을 찾으려 했다.

그는 밑창이 얇은 인피슬리퍼를 끌며 어두운 베란다를 따라 브래들리의 침실로 살며시 들어갔다. 대나무로 만든 가벼운 문은 문틀 반 정도 높이에 달려있었고, 천정이 높은 방안은 불빛이 희미하게 비치고 있었다. 인도 거주 유럽인들 대부분이 그런 것처럼 브래들리도 밤새 작은 석유등을 켜놓았기 때문이다. 아기온은 조심스럽게 문을 안으로 밀고 들어갔다.

방바닥에 놓인 작은 도기접시에서 타오르고 있던 램프의 작은 심지가 엄청나게 큰 그림자를 장식이 없는 벽 위쪽으로 희미하게 던졌다. 갈색 나방 한 마리가 작은 원을 그리며 등잔 주위를 맴돌고 있었다. 거대한 침대는 커다란 모기장으로 가지런히 둘러쳐져 있었다. 선교사는 등잔접시를 한 손에 들고 침대로 다가가 모기장을 한 뼘 정도 열었다. 잠자는 사람의 이름을 막 부르려다가 그는 깜짝 놀랐다. 침대에는 브래들리만 누워있는 것이 아니었다. 얇은 비단 잠옷을 입은 브래들리는 위를 향해 똑바로 누워있었는데, 그의 얼굴은 곧추세운 턱 하며 낮에 보았던 얼굴 못지않게 오만하고 차갑게 보였다. 그의 옆에는 검고 긴 머리의 여자가 발가벗은 채 누워있었다. 모로 누운 그녀의 얼굴은 선교사 쪽을 향하고 있었다. 선교사는 그녀가 누구인지 알았다. 그녀는 매주 빨랫감을 가지러 오는 몸집이 크고 건장한 처녀였다.

열어놓은 모기장을 그대로 놔둔 채 아기온은 방을 나와 자기 방으로 되돌아갔다. 그는 다시 잠을 청하려고 했지만 잠이 오지 않았다. 낮에 경험한 일과 기이한 꿈 그리고 발가벗고 잠이 든 여자의 모습, 이런 것들이 그를 몹시 흥분시켰다. 동시에 브래들리에 대한 거부감이 훨씬 더 강해졌다. 심지어 아침식사에 그를 보고 인사하는 것조차 꺼려졌다. 그러나 무엇보다도 괴롭고 가슴 답답했던 것은, 동거인의 처신을 나무라고 그를 교화하는 게 자신의 의무인지 아닌지 하는 문제였다. 이기온은 그런 일이 천성에 맞지 않았지만, 선교사의 직무상 과감하고 의연하게 죄인의 양심에 호소해야 할 것 같다는 생각이 들었다. 램프에 불을 댕기고, 왱왱거리는 모기에 시달리면서 몇 시간 신약을 읽었으나 마음의 안정이나 위로를 찾지 못했다. 그는 거의 전 인도를 저주하고 싶었고, 자기를 이곳 막다른 길로 인도한 자신의 호기심과 방랑벽이 저주스러웠다. 이제껏 앞날이 이렇게 캄캄해 보인 적이 없었고, 이날 밤처럼 신앙고백자와 순교자가 될 자격이 부족하다고 느낀 적은 없었던 것 같았다.

눈이 쑥 들어간 피곤한 얼굴에다 언짢은 기분으로 아침식사를 하러 간 그는 김이 피어오르는 찻잔을 스푼으로 저었다가, 짜증스런 손놀림으로 한참동안 바나나 껍질을 벗겨내고 있는데 브래들리가 나타났다. 브래들리는 예나 다름없이 짧고 차갑게 인사를 건넨 후, 사동과 물장수에게 발이 안보이게 뛰라고 호령을 했다. 그러고 나서 거들먹거리며 느릿느릿 바나나다발에서 황금빛 바나나를 떼어내더니 거만한 표정으로 후다닥 먹어치웠다. 한편 햇빛이 내리쬐는 마당에서는 하인이 그의 말을 대령하고 있었다.

"말씀드릴게 좀 있습니다." 브래들리가 막 일어서려는데 선교사가 입을 열었다.

"그래요? 나 시간이 별로 없는데, 지금 말해야만 되는 거요?"

"네, 그게 좋을 것 같습니다. 저는 주인어른께서 인도 여자와 부적절한 관계를 맺고 있는 걸 알고 있습니다. 그래서 드리는 말씀인데, 제가 얼마나 고통스러운지 알아주셨으면 해서 … "

"고통스럽다고!" 브래들리가 자리에서 벌떡 일어서더니 분노에 찬 웃음을 터뜨리며 일갈했다.

"여보시오, 당신은 내가 생각했던 것보다 훨씬 더 멍청한 인간이로군! 당신이 나를 어떻게 보든 상관없소만, 내 집에서 코를 킁킁거리며 염탐하는 건 참을 수 없소. 딱 잘라 말하겠소! 일요일까지 시간을 주겠소. 그때까지 시내에서 다른 숙소를 알아보시오. 이 집에서 당신 같은 사람은 더 이상 두고 볼 수 없단 말이오!"

아기온은 상대가 온순하게 나오리라는 기대는 하지 않았지만, 이런 대답이 나올 줄은 예상하지 못했다. 하지만 그는 주눅 들지 않았다.

"번거롭게 해드렸던 내 숙박으로부터 주인어른을 해방시켜 드리게 됐으니, 다행한 일이로군요. 좋은 아침입니다, 브래들리 씨!" 선교사가 점잖게 말했다.

선교사가 나가자 브래들리가 그를 뚫어지게 바라보았다. 반은 놀라고 반은 재미있다는 표정을 지으며. 그러고 나더니 빳빳한 콧수염을 쓰다듬고 입술을 일그러뜨려 휘파람으로 개를 부르고, 나무계단을 내려와 마당으로 가서 말을 타고 시내로 나갔다.

뇌우 같은 언쟁과 상황정리가 두 남자에게는 반가운 사건이었다. 물론 아기온은 한 시간 전만 해도 적당한 거리에서 가물거리던 걱정과 결정이 막상 눈앞에 다가오니 당황스럽기는 했다. 그러나 자신의 처지를 곰곰이 생각하면 할수록, 브래들리와의 싸움은 부차적이고, 마구 뒤엉킨 현실을 바로잡는 일이 급선무가 되었다는 것을 분명하게 깨달으면 깨달을수록 마음이 후련해지고, 기분이 상쾌해졌다. 이 집에서의 삶, 자신의 능력을 활용하지 못하고, 욕망을 충족시키지 못하고, 시간을 죽이며 이 집에서 사는 것이 그에게는 고통스러웠으며, 그의 질박한 천성에는 더 이상 견딜 수가 없었던 것이다.

아직 이른 아침이었다. 그가 즐겨 찾는 정원의 한 모퉁이는 아직 그늘져 서늘했다. 이곳에는 담으로 둘러싸인 작은 연못이 있는데, 이 연못 위로 나뭇가지들이 어지럽게 늘어져 있었다. 이 연못은 한때 풀장으로 사용됐지만 관리를 하지 않아 황폐해져서 이제는 황색 거북이들의 거처가 되고 말았다. 그는 대나무 의자를 이곳으로 갖다 놓고 앉아서 말없는 거북이들을 바라봤다. 거북이들은 미지근한 녹색 물에서 게으르고 쾌적하게 수영을 하며 작고 영리한 눈으로 조용히 그를 바라봤다. 연못 건너 외진 곳에서 마구간지기가 쪼그리고 앉아 한가하게 노래를 부르고 있었다. 그의 단조로운 콧노래가 넘실거리는 물결처럼 연못 넘어 들려오다가 따뜻한 대기 속으로 잠겨들었다. 마음이 심란해 잠을 설치고 난 선교사에게 부지중에 피곤이 몰려왔다. 눈

작은 세상

을 감자 두 팔이 늘어지더니 그는 곧 잠이 들었다.

모기가 물어 깨어난 그는 자기가 거의 오전 내내 잠을 잤다는 것을 알고 부끄러웠지만 기분은 상쾌했다. 그는 곧장 자기가 품었던 생각과 소망을 되새겨보고, 뒤엉킨 자기 삶을 차분하게 정리했다. 그러자 오래전부터 부지불식간에 자신을 마비시키고, 자신의 꿈을 불안하게 만든 것이 무엇인지 명료하게 떠올랐다. 이를테면 인도로 온 것은 현명하고 잘된 일이지만, 선교사라는 임무를 수행하기에는 그의 내적 사명과 성격이 부합되지 않았던 것이다. 그런 임무를 수행하기에는 역부족이기 때문에 유감스럽게도 실패할 수밖에 없다는 것을 겸손하게 인정했다. 그렇다고 절망할 필요는 없었다. 오히려 인도가 이제 그에게 밝은 미래이며 고향이라는 생각이 들었다. 그는 자신의 천성에 더 적합한 일자리를 구하기로 결심했다. 이곳 원주민들 모두가 거짓 신을 신봉하는 것이 슬픈 일이기는 하지만, 그들을 개종시키는 것이 그의 사명은 아니었다. 자신을 위해 이 나라를 섭렵하고, 자타(自他)를 위해 자기의 눈과 지식 그리고 실천의지를 지닌 자신의 젊음을 바쳐 자신이 할 수 있는 일이 주어지는 곳이면 어디든 달려가서 최선을 다하는 것이 그의 사명이었다.

그날 밤 그는 간단한 면접을 거친 후 봄베이에 거주하는 슈트로크 씨의 비서 겸 커피나무재배농장의 감시인으로 곧장 채용됐다. 아기온은 그간의 사정을 설명하고, 그가 그동안 받은 급료는 후에 갚겠다는 편지를 런던의 후원자에게 써달라는 부탁을 하자 슈트

로크는 흔쾌히 들어줬다. 새로 임명된 감시인이 집으로 돌아 왔을 때 브래들리는 셔츠바람으로 혼자서 저녁을 먹고 있었다. 아기온은 그의 옆자리에 앉기 전에 그날 있었던 일의 전말을 이야기했다.

브래들리는 음식을 가득 입에 채운 채 고개를 끄덕이고, 물잔에다 위스키를 조금 따르며 몹시 살갑게 말했다.

"앉아서 식사해요. 생선이 벌써 식었네요. 이제 우린 일종의 동료가 됐소. 자, 앞으로 좋은 일 많이 맞이하시오. 커피재배는 인도인을 개종시키는 것보다 쉬운 일이오. 틀림없소. 그리고 그 일은 인도인을 개종시키는 일 못지않게 훌륭한 일이고. 내가 당신에게 그리 큰 신뢰를 주지 못했어요, 아기온."

아기온이 담당할 농장은 이틀간이나 가야하는 오지였다. 그는 다음다음날 일꾼들을 데리고 그곳으로 가야했다. 그래서 떠날 준비를 하려면 하루밖에 시간이 없었다. 다음날 말 한 필을 내달라는 그의 청을 듣고 브래들리는 어처구니가 없었지만, 말이 왜 필요한지 묻지는 않았다. 두 남자는 온갖 날벌레들이 들끓는 램프를 치우라고 한 후 캄캄하고 온화한 인도의 저녁에 서로 마주 앉았다. 두 사람은 수개월 간의 강요된 동거 때와는 달리 서로 친근감을 느꼈다.

"말씀해 보세요." 오랜 침묵 끝에 아기온이 입을 열었다.

"주인어른께서는 처음부터 제가 선교사업을 제대로 해내리라고 믿지 않으셨죠?"

"아, 아니오." 브래들리가 침착하게 대답했다. "당신이 그 직무에 진지하게 임하고 있는 것을 볼 수 있었소."

"하지만 주인어른께서는 제가 여기서 해야 할 일에 적합하지 않다는 것도 물론 알고 계셨을 테죠! 그런데 왜 그런 얘기는 제게 하지 않으셨습니까?"

"난 어떤 사람에게도 그런 일을 하라고 고용되지 않았소. 난 누가 내 일에 간섭하는 걸 좋아하지 않아요. 그래서 나도 다른 사람 일에 끼어들지 않소. 그밖에도 난 이곳 인도에서 별의별 일들을 기획하고 성사시키는 것을 보았소. 개종은 당신의 일이지 내 일은 아니오. 이제 당신 스스로가 자기 잘못을 깨우쳤소! 다른 사람도 그렇게 하도록 내버려두기 바라오만…"

"무슨 말씀이신지요?"

"예컨대, 오늘 아침에 내 머리를 타격한 짓 따위 말이오."

"아, 그 처녀 때문에 그러시는군요!"

"물론이지. 당신은 성직자였지만, 그럼에도 불구하고 건강한 남자라면 이따금 여자를 곁에 두지 않고는 몇 년 동안 일하면서 건강하게 살 수 없다는 걸 인정하게 될 거요. 저런, 그 말에 그렇게 얼굴을 붉힐 필요는 없소. 내 말 들어보시오. 영국에서 여자와 함께 오지 않은 백인의 경우 인도에서는 선택의 여지가 없소. 여기엔 영국여자가 없단 말이오. 여기서 태어난 영국여자는 모두 어릴 때 이미 유럽으로 보내버리오. 선원을 상대하는 창녀와 인도여자들 중에서 선택할 수밖에 없소. 난 인도여자가 더 좋소. 그게 나쁘단 말이오?"

"아, 이점에서 우리는 서로 견해가 다르군요, 브래들리 씨! 성경과 우리 교회의 말씀처럼 혼외관계는 나쁘고 부정한 것입니다!"

"달리 방법이 없다면 어쩌겠소?"

"왜 방법이 없겠습니까? 남자가 처녀를 진정으로 사랑한다면 결혼을 해야지요."

"하지만 인도여자와는 결혼하기 싫다면?"

"왜 싫죠?"

"아기온, 당신은 나보다 도량이 넓구려! 차라리 손가락을 깨물지 유색인종과는 결혼하지 않겠소. 내 말 알아듣겠소? 당신도 언젠가 그렇게 생각할 날이 올 거요!"

"오, 제발 그런 생각하지 않기를 바랍니다. 말이 나온 김에 드리는 말씀인데요, 저는 인도처녀를 사랑합니다. 그녀를 제 아내로 맞이할 생각입니다."

브래들리의 얼굴이 진지해졌다.

"그러면 안돼요!" 그가 거의 사정조로 말했다.

"아닙니다, 저는 결혼할 거예요." 아기온이 감격해서 말했다. "그 처녀와 약혼하고, 그 다음에 그녀가 세례를 받을 때까지 그녀를 가르치고 교육시킬 겁니다. 그때가 되면 우리는 영국교회에서 결혼식을 올릴 겁니다."

"그녀의 이름이 뭐요?" 브래들리가 깊은 생각에 잠겨 말했다.

"나이사라고 합니다."

"그녀 아버지의 이름은?"

"그건 모르겠습니다."

"세례를 받으려면 아직 시간이 많이 남았군. 다시 한 번 생각해 봐요! 물론 우리도 인도여자를 사랑할 수 있소. 예쁜 여자들이 더러 있으니까. 그들은 헌신적이고 순종적이기도 하오. 하지만 난 그들을 항상 일종의 귀여운 동물이라고만 생각하오. 재미있는 염소나 예쁜 노루 같은 동물 말이오. 나와 같은 인간으로는 보지 않는단 말이오."

"그건 편견이 아닌가요? 모든 인간은 형제입니다. 그리고 인도사람들은 유구한 전통을 지닌 고귀한 민족입니다."

"나보다 아는 게 더 많구려, 아기온. 나도 남 못지않게 편견에 신경을 많이 쓰는 편이요."

이렇게 말하고 그는 일어서서 잘 자라는 인사를 한 후, 전날한 침대에 있던 예쁘고 덩치가 큰 가정부와 침실로 가버렸다. "일종의 귀여운 동물"이라고 그가 말했지. 아기온은 아무리 생각해 보아도 그의 생각이 못내 마음에 들지 않았다.

다음날 아침 아기온은 브래들리가 아침식사를 하러 오기 전에 말을 대기시켰다가 말을 타고 떠났다. 원숭이들이 아직 나무 꼭대기에서 아침입방아를 찧어댔다. 예쁜 나이사를 알게 된 오두막이 벌써 가까워 오는데도 해는 아직 높이 솟아오르지 않았다. 그는 말을 타기도 또 걷기도 하면서 그 집으로 다가갔다. 그 집 꼬마 아들이 벌거벗은 채 문지방에 앉아서 어린 염소와 장난질을 치고 있었다.

소년은 웃으면서 염소가 계속해서 자기 가슴에 덤벼들게 했다.

아기온이 막 오두막 안으로 들어가려 할 때 쪼그리고 앉아 있는 소년 너머로 오두막 안에서 어린 처녀가 걸어 나오고 있었다. 나이사였다. 그녀는 길쭉한 빈 물항아리를 오른팔에 들고 흔들거리며 골목으로 나와서 아기온은 거들떠보지도 않고 그의 앞을 지나갔다. 아기온은 넋을 잃고 그녀를 쫓아갔다. 곧 그녀를 앞지른 그는 큰소리로 그녀에게 인사를 건넸다. 그녀는 고개를 들어 건성으로 그의 인사에 답하면서 예쁜 금갈색 눈으로 남자를 처음 보는 사람처럼 냉랭하게 쳐다봤다. 그가 그녀의 손을 잡자 그녀는 화들짝 놀라 손을 빼고 빠른 걸음으로 내달았다. 그는 담으로 둘러쳐진 샘까지 그녀를 따라갔다. 샘에서는 물이 가늘고 약하게 이끼가 낀 오래된 돌 위로 흘러내렸다. 그가 항아리에 물을 채워서 들어 올리려는 그녀를 도와주려고 하자 그녀는 말없이 그를 밀치며 도전적인 표정을 지었다. 쌀쌀맞은 그녀의 태도에 놀란 그는 여간 실망스럽지 않았다. 그는 그녀에게 주려고 가져온 선물을 주머니에서 꺼냈다. 언제 그랬느냐는 듯이 금방 표정을 달리하며 그가 내민 물건에 덥석 손을 내미는 그녀를 보고 그는 마음이 약간 상했다. 그것은 유약을 바른 작은 갑으로 예쁜 꽃무늬가 새겨져 있었고, 동그란 뚜껑 안쪽에는 작은 거울이 부착되어 있었다. 그는 뚜껑 여는 방법을 가르쳐주며 갑을 그녀의 손에 쥐어줬다.

"저에게 주시는 거예요?" 그녀가 눈을 동그랗게 뜨고 그를 바라보며 물었다.

 "그래, 너한테 주는 거야!" 이렇게 말하고 그는 그녀가 갑을 열어보고 있는 동안 비로드처럼 부드러운 그녀의 팔과 긴 머리카락을 쓰다듬었다.

 그녀가 그에게 감사하다는 말을 하고, 머뭇거리며 물이 가득 찬 동이를 잡으려고 할 때, 그는 그녀에게 무언가 사랑스럽고 다정한 얘기를 하려고 했으나 그녀가 틀림없이 그의 말을 잘 알아듣지 못할 것 같다는 생각이 들었다. 그는 적당한 말을 궁리하면서 어정쩡하게 그녀 옆에 서있었다. 그 순간 그에게는 문득 자기와 그녀 사이에 엄청난 틈이 벌여져 있는 것 같았다. 자기와 그녀를 이어주는 연결고리가 얼마나 빈약한지, 그녀가 자기 신부, 자기 친구가 되고, 자기 언어와 본질을 이해하고, 자기와 생각을 나눌 수 있으려면 얼마나 오랜 시간이 걸리는지 등을 생각하니 우울했다.

 그러는 사이에 그녀는 집으로 천천히 발걸음을 옮겼다. 그는 그녀 옆에서 그녀를 따라 오두막을 향해 걸었다. 소년은 숨을 몰아쉬며 염소와 사냥놀이를 하고 있었다. 소년의 짙은 갈색 등이 햇빛을 받아 금속처럼 반짝거렸고, 쌀밥으로 볼록해진 그의 배로 인해 다리가 너무 가늘어 보였다. 만약 나이사와 결혼하면 이 자연아가 자기의 처남이 될 것이라는 생각을 하니 영국인은 문득 이질감이 들었다. 이런 생각을 떨쳐버리려고 그는 다시 소녀 쪽으로 시선을 돌렸다. 순진하고 매혹적인 큰 눈을 가진 그녀의 얼굴과 어린애 같이 순결한 입술을 바라보며 그는 오늘 당장 이 입술에다 첫 키스를 하면 행복해지리라고 생각했다.

이때 오두막에서 갑자기 누가 뛰쳐나오는 바람에 깜짝 놀라 그는 이런 유쾌한 생각에서 깨어났다. 그녀는 유령처럼 나타났다. 그는 자기 눈을 믿을 수 없었다. 문틀에 들어서더니 문지방을 넘어 그의 앞에 다가선 사람은 제2의 나이사, 나이사의 분신이었다. 분신은 그에게 미소를 띠며 인사를 하고, 손수건에서 무언가를 꺼내더니 머리 위에다 올려놓고 의기양양하게 흔들어댔다. 그것은 햇빛을 받아 반짝거렸다. 얼마 후에야 그는 그게 뭔지 알아차렸다. 지난번에 그가 나이사에게 선물한 작은 가위였다. 오늘 그가 거울갑을 준 소녀, 아름다운 눈을 바라봤던 소녀, 팔을 쓰다듬었던 그 소녀는 나이사가 아니라 그녀의 동생이었다. 나란히 선 두 소녀를 여전히 구분할 수 없게 되자 사랑에 빠진 아기온은 기만당한 것 같고, 형언할 수 없이 혼란스러웠다. 노루 두 마리가 이들보다 더 비슷할 수는 없었다. 이 순간 그에게 두 사람 중 한 사람을 선택해서 데리고 가 백년해로 하라 한다면 어느 쪽이 그가 사랑하는 사람인지 구분할 수 없었을 것이다. 시간이 지나면서 그는 진짜 나이사가 언니이고 키가 약간 작다는 것을 알게 되었다. 그는 이 순간 자기의 사랑이 더 깊어졌다는 확신이 들기는 했지만, 그의 사랑은 예기치 않게 소녀가 그의 눈앞에서 둘로 늘어난 것처럼 반쪽씩 둘로 갈라지고 말았다.

작은 세상

아기온이 점심 때 돌아와 말없이 음식을 먹는 동안 브래들리는 이 사건에 관해 아무런 얘기도 듣지 못했으며, 물어보지도 않았다. 다음날 아침 아기온의 짐꾼들이 와서 그의 궤짝과 자루에 짐을 꾸려서 나르는 동안, 감사의 인사와 함께 악수를 청하자 브래들리는 아기온의 손을 힘껏 잡고 말했다.

"잘 가시오, 젊은이! 훗날 달콤한 인도인간들 대신에 진지하고 편협한 영국인간 한 명이 다시 보고 싶어질 때가 올 것이오! 그러면 나에게 오시오. 그때쯤이면 우리는 오늘 당신과 나 사이에 의견을 달리했던 모든 것들에 대해 의견의 일치를 보게 될 것이오!"

사랑과 우정의 변주곡 (라디델)

1장

젊은 알프레트 라디델 씨는 어릴 적부터 삶을 쉽게 받아들일
줄 알았다. 그는 상급학교에 진학해서 공부를 많이 해보고 싶었
다. 하지만 김나지움 진학도 늦은 데다 상급반에서 치르는 시험
마저 턱걸이로 겨우 합격했기에, 담임선생과 부모의 권유에 따
라 공부하는 길을 어렵지 않게 포기할 결심을 내릴 수 있었다.
그렇게 해서 그는 어떤 공증인이 운영하는 공증사무소에 견습
생으로 들어갔다. 그런데 그는 그곳에서 대학공부와 학문이 대
체로 과대평가 받고 있으며, 한 인간의 진정한 가치가 시험합격
내지 대학졸업과는 거의 무관하다는 것을 알게 되었다. 이런 생
각이 곧 그의 뇌리에 깊숙이 뿌리를 내리면서 대학진학을 꿈꾸
던 그의 기억을 지워버렸다. 이따금 그는 동료들에게 자기가 충
분히 생각한 끝에 선생님의 권유를 뿌리치고 겉보기에 수수한
이런 인생행로를 택했으며, 희생을 감수하고 내린 이 결정이 자

기 인생에서 가장 현명한 결정이었노라고 말했다. 책가방을 들고 학교에 다니는 자기 또래의 학생들을 매일 골목에서 만날 때마다 그는 거만하게 그들에게 고개를 끄덕였고, 그들이 선생 앞에서 모자를 벗는 것을 보며 내심 즐거워했다. 낮에는 신입에게 까다롭게 구는 공증인의 가르침을 참을성 있게 받았으며, 저녁엔 동료들과 함께 담배를 피우고, 한가하게 골목길을 거니는 연습을 했다. 부득이한 경우에는 동료들과 어울려 맥주 한 잔을 마시기도 했으나, 그는 엄마한테 애원해서 받은 용돈으로 차라리 제과점에 가고 싶었다. 사무실에서도 다른 동료들이 간식으로 빵을 포도주에 곁들여 먹을 때 그는 항상 단 것을 즐겨 먹었다. 시간이 넉넉하지 않은 날엔 작은 빵을 통조림과 함께 먹었고, 시간이 충분하면 초콜릿을 바른 둥근 케이크와 버터빵이나 마카롱을 먹었다.

그러는 사이 그는 수습 첫 단계를 마치고 거만을 떨며 큰 도시로 갔다. 그에게는 큰 도시가 무척 마음에 들었다. 여기서 비로소 그의 천성이 높이 비약하며 날개를 활짝 폈다. 이미 일찍부터 이 젊은이는 자신이 빼어난 재주를 가지고 있다고 느꼈고, 아름다움을 갈망하며 명예욕을 불태웠다. 이제 그는 그의 젊은 동료들과 친구들 사이에서 훌륭한 벗이요 재주꾼으로 확실하게 인정받았다. 그리고 사교모임이나 취미모임에서도 지도자 내지 조언자로 인정받았다. 그도 그럴 것이 그는 이미 소년시절부터 노래를 잘 부르고, 휘파람을 잘 불며, 시를 낭송하고, 춤을 잘 추었다. 그 후에는 이런 재주를 더 연마하여 대가(大家)의 경지에 이르렀다. 게다가 새로운 재주도 익혔는데, 특히 기타를 좋아했다. 기타로 노래나 재미있는 시낭송에 맞춰 반주를 했기 때문에 어떤 모임에서든 박수를 받았다. 그밖에도 이따금 시를 지어 즉석에서 그 시를 잘 알려진 멜로디에 맞춰 기타반주를 했다. 그리고 자기 품격을 손상시키지 않는 범위 내에서 옷을 잘 차려 입을 줄도 알았기에 최고 멋쟁이로 소문이 났다. 예컨 대 독특하고 눈에 띠는 나비넥타이를 멋지게 맸는데, 그런 넥타 이는 어느 누구에게도 어울리지 않았다. 그런가 하면 그는 아름 다운 갈색머리를 귀티 나는 신사처럼 빗어 넘길 줄 알았다. 알 프레트 라디델이 저녁에 조합모임에서 혼성곡에 맞춰 춤을 추 고, 여자들과 담소하고, 피델리타스 조합모임에서 안락의자에 기대앉아 짧고 재미있는 노래 부르는 걸 보는 사람은 그를 우 러러보며 부러워하지 않을 수 없었다. 그가 초록색 벨트에 매단 기타를 손가락으로 멋지게 튕기다가 잠시 숨을 돌리면 박수갈 채가 요란하게 터져 나왔다. 그는 겸손하게 이를 만류하고 진지 한 표정으로 계속해서 기타 줄을 튕겼다. 한 곡이 끝나면 우레 와 같은 박수가 터지면서 앙코르가 쇄도했다. 그만큼 그의 기타 연주는 사람들로부터 사랑을 받았다.

그는 직장에서 받는 작은 월급 이외에 집에서도 용돈을 두둑 이 받았기 때문에 돈 걱정 없이 이렇게 사람들과 어울릴 수 있 었다. 그가 그 누구의 심사를 건드리지 않고도 마음껏 즐길 수 있었던 이유는, 타의 추종을 불허하는 온갖 재주를 가지고 있음에도 불구하고 아직 어린애 티를 거의 벗어나지 못했기 때문이다. 그는 아직도 여전히 맥주보다는 딸기주스를 더 좋아했으며, 여러 가지 음식을 제쳐놓고 제과점의 초콜릿이나 케이크 몇 조각을 더 즐겨 먹었다. 동료들 중에 출세 지향적이고 시기심이 많은 사람들도 없지 않았는데, 이들은 그를 베이비라고 부르고, 그가 온갖 훌륭한 재주를 가지고 있음에도 그를 별로 인정해주려 하지 않았다. 그래서 그는 때로 기분이 우울해지기도 했다.

게다가 세월이 흐르면서 또 다른 걱정이 생겼다. 젊은 라디델은 그의 나이에 걸맞게 예쁜 처녀들을 눈여겨보기 시작했고, 이런저런 여자들과 사랑에 빠지기도 했다. 그런데 얼마 가지 않아 연애가 그에게 기쁨보다는 고통을 더 안겨줬다. 사랑의 욕구가 커지면 커질수록 애정문제에 관한 한 그의 용기와 진취적 기상은 점점 더 줄어들었다. 자기 방에서는 기타연주에 맞춰 정감 가득한 사랑의 노래를 자유자재로 불렀는데, 아름다운 처녀들 앞에서는 용기가 나지 않는 것이었다. 그는 여전히 빼어나게 춤을 잘 췄지만, 처녀들 앞에서는 아무리 감정을 추스르고 춤을 추려고 해도 몸이 따라 주지 않았다. 그럴수록 그는 친구들과 함께 있는 자리에서는 더욱더 힘차게 이야기하고 노래를 불러 두각을 나타냈다. 친구들의 그런 찬사와 그들로부터 받은 월계관을 그는 아름다운 처녀의 입술과 나누는 키스에 헌정하고 싶었다.

작은 세상

그의 평소의 기질과는 전혀 어울리지 않는 이런 소심한 태도는 그의 마음이 아직도 너무 순진무구하기 때문이었다. 그의 친구들에게는 이런 순진성이 도저히 믿겨지지 않았다. 그들은 마음 내키면 하녀나 식모와 여기저기서 가볍게 불장난을 했다. 물론 열정적인 사랑이라든가 이상적인 사랑 또는 영원한 사랑을 맹세하거나 장래 결혼을 약속하는 일 따위는 없었다. 하지만 젊은 라디넬은 진지한 애정이 없는 사랑은 상상할 수가 없었다.

그는 미처 눈치 채지 못했지만, 처녀들은 그런 그가 호감이 갔다. 그들에게는 그의 예쁜 얼굴과 춤, 노래가 마음에 들었다. 그들은 그가 수줍어하면서 연애를 추구하는 것이 마음에 들었고, 미남인데다 교양도 우아하게 갖추고 있으면서 어린애 같은 맑은 마음을 지니고 있다는 점에 호감이 갔다.

그는 이런 은밀한 호감을 한동안 전혀 눈치 채지 못했기 때문에 피넬리타스 조합 모임에서는 여전히 인기가 있었음에도 마음의 그늘이 더욱 짙어지고, 걱정과 근심이 늘어만 갔다. 그렇듯 울적한 마음이 그의 삶 자체에 점차 그늘을 드리우기 시작했다. 이 위기를 극복하기 위해 그는 주어진 일에 열중하면서 우선은 모범적인 공증인조수의 역할에 충실했다. 그리고 저녁이면 틈을 내서 열심히 공무원시험 준비를 했다. 한편으로 생각을 다른 쪽으로 돌리기 위함이었고, 다른 한편으로는 그럴수록 구혼자로서, 신랑감으로 더욱더 바라든 바 확고하고 행복한 위치를 차지하기 위함이었다. 물론 이런 시기는 그리 오래가지 않았다. 그에게는 의자에 틀어박혀 정신노동이나 하는 것이 적성에 맞지 않았기 때문이다. 공부에 대한 열정이 사라지자 그는 다시 기타를 들고 우아하게 산책을 하고, 동경에 가득 차 대도시의 거리를 거닐거나 작은 공책에 시를 옮겨 적곤 했다. 근래에는 대부분의 시들이 더 정감어리고 감정이 풍부해졌다. 이 시들은 그가 노래책 여기저기서 읽고 기억한 노랫말과 운율 그리고 아름다운 어조로 구성되었다. 그는 그밖에 다른 것들을 더 보태지 않고 이런 것들을 조합했다. 이렇게 해서 인기 있는 연가(戀歌) 작사가들의 노랫말로 구성된 멋진 모자이크가 탄생했다. 그는 이런 노랫말을 깔끔한 공증인필체로 정서하는 데 재미가 들렸다. 그러다 보면 한 시간가량은 종종 걱정이 말끔히 사라지는 것이었다.

그는 즐거울 때뿐 아니라 우울할 때도 즐겨 놀이에 빠져들어 중요하고 현실적인 것을 잠깐씩 잊는 긍정적인 성격을 지녔다. 이를테면 그는 매일 같이 외모를 가다듬는 일에 시간을 소비했다. 적당히 긴 갈색 머리를 빗과 솔로 손질하고, 작은 콧수염을 문질러서 광택을 내거나 사랑스럽게 만지작거리고, 넥타이의 매듭을 매만지고, 재킷의 먼지를 샅샅이 솔질하고, 손톱을 깨끗하게 손질하거나 광택 내는 일이 그의 일과였다. 그런 취미 이외에도 그는 마하고니나무로 만든 작은 상자에 보관한 그의 보물들을 자주 정리하거나 살펴보는데 재미가 들렸다. 상자에는 도금한 커프스단추들이 몇 개 그리고 초록색 벨벳장정의 조

작은 세상

그만 책자가 들어 있었는데, 이 책자의 표지에는 "나를 잊지 마오"라는 문구가 적혀 있었고, 안에는 가까운 친구들에게 적게 한 그들의 이름과 생일이 적혀 있었다. 그리고 고딕식 금사(金絲)와 미세한 유리조각으로 장식된 하얀 동물뼈로 만든 펜대가 들어 있었는데, 이 유리조각들은 니더발트(Niederwald)[3]의 기념물을 연상케 했다. 이런 것들 이외에도 상자에는 아주 작은 열쇠로만 열 수 있는 은제(銀製) 하트장식이 들어 있었다. 그밖에도 상아로 만든 접시와 함께 주머니칼과 에델바이스표본이 들어 있었고, 마지막으로 호박(琥珀) 조각이 뾰족뾰족하게 박힌 깨어진 여자용 브로치가 한 개 들어 있었다. 이 호박은 훗날 결혼식을 올릴 때 신부가 자기 취향에 맞게 가공하여 장식품으로 사용하게 할 생각이었다. 그것들 말고도 그는 손잡이에 그레이하운드 머리모형이 달려 있는 가늘고 조그만 멋진 산책용 지팡이와 칠현금 모양의 가슴장식용 금제(金製) 핀을 지니고 있었다.

이 젊은이가 귀중품과 소중한 물건들을 애지중지했듯이, 그는 항상 반짝거리는 그의 작은 사랑의 불꽃 또한 소중히 간직하고 다녔다. 그는 기쁠 때나 슬플 때마다 이 불꽃을 바라보면서 자신이 그것을 가치 있게 사용할 날이 오기를, 누구에게 줄 수 있는 날이 오기를 기원했다.

그러는 동안에 동료들 사이에 새로운 바람이 일기 시작했는데, 라디델에게는 이 바람이 마음에 들지 않았다. 이 바람은 지

---

3) 라인 강변 타우누스 서남부의 산등성이.

금까지 유지되어온 그의 인기와 권위를 세차게 흔들어댔다. 공과대학의 한 젊은 강사가 야간에 경제학 강의를 하기 시작했는데, 공증사무소 직원들과 하급관리들은 이 강의를 열심히 수강했다. 라디델의 친지들도 모두 이 강의를 들으러 갔다. 이들은 강의시간에 시사문제와 내정(內政)문제에 관해 열심히 토론을 했는데, 라디델은 토론에 참여할 의사도 없었고, 참여할 수도 없었다. 그는 토론이 지루하고 짜증스럽기만 했다. 이런 새로운 바람 때문에 그의 동료들은 그의 옛 재주들을 거의 잊게 되었고, 부러워하지도 않게 되었다. 그리하여 한때 하늘 높은 줄 모르고 치솟았던 그의 인기는 어두운 땅 밑으로 점점 깊숙이 가라앉았다. 처음에는 그도 열심히 하려고 노력했고, 책도 여러 권 집으로 가져갔다. 그러나 그는 책들이 온통 지루하기만 했다. 그래서 한숨을 쉬며 지식과 명성을 포기하고 책들을 다시 집어던져버렸다.

이즈음 그는 예쁜 머리를 예전보다 곧추세우고 다니지 않았으며, 어느 금요일엔 면도하는 것도 잊었다. 금요일과 화요일이면 매번 잊지 않고 습관적으로 하던 면도를 말이다. 그래서 그는 저녁 귀갓길에 그의 단골 음식점 근처에 있는 허름한 이발소로 면도를 하러 갔다. 그가 다니던 이발소는 제법 먼 거리에 있었기 때문이다. 동네 이발사가 자기 마음에 들도록 수염을 잘 손질할 수 있을까 걱정되기는 했지만 습관을 떨쳐버릴 수 없었다. 다른 손님들과 마찬가지로 그도 이발사에게 얼굴을 맡기는

작은 세상

15분은 작은 기쁨이었다. 먼저 온 손님이 있어 기다려야 하는 시간이 그에게는 지루하지 않았다. 그럴 때면 편안하게 이발의자에 앉아 신문을 뒤적이거나, 벽에 걸린 비누와 머릿기름, 스킨 사진선전광고를 바라보다가 차례가 되면 흡족해 하며 머리를 뒤로 젖히고 조수의 조심스런 손가락과 시원한 면도칼 감촉 그리고 끝으로 뺨을 두드리는 부드러운 분첩의 감촉을 느끼곤 했다.

이발소에 들어가 벽에다 지팡이를 세워놓고, 모자를 걸고, 널찍한 이발의자에 등을 기대고 앉아 향기로운 비누거품이 보글거리는 소리를 듣자 그는 이번에도 쾌적한 기분이 들었다. 젊은 조수는 온갖 정성을 다해 그를 모셨다. 면도를 하고 얼굴을 씻겨주고 그에게 타원형 손거울을 들이대고 두 볼을 닦아주고 세련된 손놀림으로 분첩을 토닥거려주고 나서 그는 "뭐 필요한 거 더 있으십니까?" 하고 공손하게 물었다. 그러더니 일어서는 손님에게 살짝 다가가 솔로 옷깃을 털어주고 상응한 면도요금을 받고 나서 그에게 지팡이와 모자를 건넸다. 이 모든 것이 젊은 손님의 기분을 흡족하고 만족스럽게 했다. 그가 입을 뾰족하게 내밀고 파이프를 문 후 거리로 나섰을 때 이발사조수가 부르는 소리를 들었다. 얼굴을 미처 돌리기도 전에 조수가 그에게 물었다. "실례지만 알프레트 라디델 아닌가요?"

조수의 얼굴을 살펴본 그는 자기 동창 프리츠 클로이버임을 금방 알아차렸다. 다른 상황이었더라면 이발사조수와의 이런 교우관계를 꺼렸을 것이다. 이발사 조수는 동료들 앞에서 부끄러운 존재임에 틀림없기 때문이었다. 그러나 이 순간엔 그의 기분이 좋았을 뿐 아니라 최근에 와서 그의 자존심과 자의식이 많이 꺾였기 때문에 그는 친구가 필요하기도 하고 또 친구로부터 인정을 받고 싶기도 해서 이발사에게 손을 내밀며 소리쳤다.

"야, 프리츠 클로이버! 우리 서로 말을 터도 되겠지? 그래 어떻게 지내니?"

동창은 그가 내민 손을 잡으며 공손하게 말을 놨다. 그들은 클로이버가 근무 중이기 때문에 시간을 낼 수 없어 돌아오는 일요일 오후에 만나기로 약속했다.

이발사는 매우 기뻤다. 그는 옛 동창이 자기보다 높은 신분임에도 그들의 동창관계를 기억해 준 것이 고맙기만 했다. 프리츠 클로이버는 그의 이웃집 아들이자 급우인 라디델에 대해 늘 어느 정도 존경심을 품고 있었다. 그는 모든 면에서 자기보다 처세에 능했기 때문이다. 그런 라디델이 우아한 모습으로 나타나자 그는 이번에도 다시 깊은 감동을 받았다. 그래서 그는 일요일 근무가 끝나자마자 친구와 만날 준비에 정성을 다했다. 그는 자기 옷들 중에서 가장 좋은 옷을 골라 입었다. 라디델의 집에 들어서기 전에 그는 신문지로 구두의 먼지를 털고 나서 유쾌하게 계단을 올라가 알프레트라는 문패가 반짝거리는 문을 두드렸다.

알프레트도 손님 맞을 준비에 약간은 신경을 썼다. 동향이자 죽마지우인 그에게 멋진 인상을 남겨주기 위해서였다. 그는 클로이버를 진심으로 환영했다. 고급커피에 과자를 곁들여 탁자 위에 올려놓고 그를 격의 없이 맞이했다.

"체면 차리지 마, 우린 죽마지우잖아? 우리 커피 마시고 나서 함께 산책이나 하자, 네가 괜찮다면 말이야."

물론 그는 괜찮았다. 감사의 뜻을 전하며 의자에 앉아서 커피를 마시고 과자를 먹은 후 친구가 내미는 담배를 받아든 그는 이런 친절한 접대에 기쁜 속내를 숨김없이 드러냈다. 그들은 곧 이어 지난 시절 고향에서 사용하던 옛 말투로 선생님들과 급우들에 대해서 그리고 그 시절에 있었던 이런저런 얘기들을 주고받았다. 이발사는 그간에 자기가 어떻게 지냈는지, 이를테면 여러 곳을 떠돌아다니며 지냈다는 얘기를 짤막하게 한데 반해, 라디델은 지난 삶과 앞날의 전망에 대해 길게 늘어놨다. 끝으로 그는 벽에 기대놓았던 기타를 들고 조율하고 튕겨보더니 노래를 부르기 시작했다. 그는 노래를 부르고 또 불렀는데, 온통 웃기는 노래들이었기 때문에 이발사는 눈물이 나올 정도로 깔깔댔다. 그들은 산책은 그만 두고, 대신에 라디델의 귀중품들 몇 가지를 꺼내봤다. 이어서 그들은 각자 자기가 생각한 멋진 인생살이에 대해 이야기를 나눴다. 여기서 물론 이발사의 행복관은 그의 친구의 행복관보다 소박했다. 하지만 얘기 끝에 이발사가 무심코 꺼낸 말이 친구의 주의를 끌었고 시기심을 불러 일으켰다. 그의 이야기인즉슨, 자기의 약혼녀가 시내에 사는데, 그녀의 집에 함께 가면 그녀가 좋아할 거라는 것이었다.

"아이 그래, 너 약혼녀가 있었구나! 유감스럽게도 난 아직 없어. 그래, 너희들은 언제 결혼할 건데?" 라디델이 소리쳤다.

"아직 정확하겐 몰라. 하지만 2년 이상은 더 걸리지 않을 거야. 우린 약혼한지 벌써 1년이 넘었어. 난 어머니한테 물려받은 유산 3천 마르크가 있고, 거기다 1,2년만 더 열심히 일해서 저축하면 우린 내 소유의 이발소를 개업할 수 있을 거야. 장소도 벌써 정해놨어. 스위스의 샤프하우젠이야. 거기서 2년 동안 일을 했어. 그곳 이발소 주인이 날 좋아했는데, 이젠 늙었어. 그래서 내가 준비되면 이발소를 기꺼이 저렴한 값으로 나한테 넘겨주겠다고 얼마 전에 편지를 보내왔어. 그 당시에 난 이미 그 이발소 사정을 잘 알고 있었어. 장사가 제법 잘되고, 게다가 외국인들이 많이 드나드는 호텔 옆에 자리 잡고 있어서 이발업 이외에 그림엽서를 팔기도 한다고."

그는 갈색 정장의 윗주머니에서 지갑을 꺼냈다. 그러더니 지갑 속에 든 샤프하우젠 이발소 주인의 편지와 얇은 종이에 싼 그림엽서를 꺼내 그에게 보여줬다.

"아, 라인강 폭포로구나!" 알프레트가 외쳤다. 그들은 함께 그림을 들여다보았다. 벵골의 진홍색 조명을 받은 라인강 폭포였다. 그림을 보며 이발사는 이곳저곳 샅샅이 설명했다. 그는 폭포 주변지역을 잘 알고 있었다. 경이로운 자연을 구경하기 위해 찾아오는 많은 관광객들에 관해 이야기한 후, 다시 이발소

주인과 그의 이발소 수입에 관한 이야기를 꺼내더니, 신이 나서 열심히 편지를 낭독했다. 이에 질세라 그의 친구도 마침내 입을 열었다. 자기도 뭔가 보여주고 싶었다. 그는 니더발트 문화유산에 관한 얘기를 하기 시작했다. 문화유산을 직접 본 것은 아니었고, 그곳에 사는 자기 삼촌에 관한 이야기였다. 그러고 나서 그는 보석상자를 열고 상아로 만든 펜대를 꺼내는가 하면, 친구에게 휘황찬란한 조그만 유리병을 들여다보라고 했다. 프리츠 클로이버는 그런 것들이 진홍빛 폭포보다 더 아름답다고 인정해 주고, 겸손하게 친구가 다시 말을 잇게 했다. 라디델은 이제 클로이버의 벌이가 어떤지 물었다. 두 사람의 대화는 활기를 띠었다. 라디델은 계속해서 새로운 질문을 던졌고, 클로이버는 솔직하고 성실하게 대답했다. 그는 면도날 가는 법하며, 머리를 자를 때 손은 어떻게 한다든가, 포마드와 머릿기름에 관한 이야기를 해주었다. 이런 말을 하면서 프리츠는 호주머니에서 포마드가 든 작은 자기(瓷器)곽을 꺼내 친구에게 선물했다. 잠시 망설이다 선물을 받아든 라디델은 포마드곽 뚜껑을 열고 냄새를 맡아보고 조금 찍어서 발라본 후에야 곽을 세면대 위에 올려놨다.

그러는 사이 저녁이 됐다. 프리츠는 자기 약혼녀 집에서 저녁식사를 한다고 자리에서 일어서면서 즐거운 자리 마련해 줘서 감사하다고 인사했다. 알프레트도 즐겁고 재미있는 오후였다고 말했다. 그들은 화요일이나 수요일에 다시 만나기로 약속했다.

2장

프리츠 클로이버는 라디넬이 지난 일요일에 자기 집에 초대해서 커피대접을 해준 데 대해 보답을 해야겠다는 생각이 들었다. 그는 월요일에 그에게 금박테두리가 장식된 종이에다 편지를 써서 보냈다. 수요일 저녁에 자기와 함께 히르쉬 골목에 사는 약혼녀 메타 베버의 집에 가서 식사를 하자는 내용이었다.

이날 저녁을 위해 알프레트 라디넬은 정성을 다해 준비했다. 그가 메타 베버 양에 대해 알아본 바에 의하면, 그녀에게 언니가 하나 있었는데, 언니도 그녀와 마찬가지로 미혼이었고, 두 자매는 오래전에 작고한 관청서기 베버의 딸이었다. 그러니까 공무원의 딸인 그녀의 손님이 되는 것은 영광스러울 수 있는 일이었다. 이런 생각과 아직 미혼인 그녀의 언니에 대한 생각 때문에 그는 치장에 특히 신경을 썼고, 그녀와 나누게 될 대화도 어느 정도 미리 생각해 두었다.

옷차림을 단정히 하고 그는 여덟 시경에 히르쉬 골목에 나타났다. 그는 그 집을 곧 찾아냈다. 그러나 집안으로 들어가지 않고 골목에서 십오 분가량 서성거렸다. 친구 클로이버가 올 때까지 기다린 것이다. 그는 친구를 앞세우고 언덕 위에 있는 처녀의 집으로 올라갔다. 유리문에서 베버 씨의 미망인이 그들을 맞이했다. 몸집이 작고 수줍음을 타는 미망인의 얼굴은 수심에 차 있었는데, 공증인지망생에게는 그녀의 그런 얼굴이 별로 마음에 내키지 않았다. 그가 인사를 건네자, 친구가 그를 소개했다. 현관에 들어서자 어두웠고, 부엌 쪽에서 냄새가 풍겨왔다. 현관에서 방으로 안내됐는데, 방은 예상했던 것보다 상당히 크고 밝았으며, 유쾌한 분위기가 감돌았다. 미망인의 두 딸이 창 쪽에서 즐거운 표정을 지으며 걸어왔다. 제라늄이 놓여있는 창은 저녁햇살을 받아 마치 교회의 유리창처럼 보였다. 두 처녀도 마찬가지로 뜻밖의 손님에 환호했다. 그들은 작은 노부인의 기대에 어긋나지 않게 최선을 다해 손님을 맞이했다.

"내 약혼녀야." 친구가 라디델에게 말했다. 라디델은 예쁜 처녀에게 정중하게 허리를 굽혀 인사를 하고, 오는 길에 산 은방울꽃을 선사했다. 그녀는 웃으며 고맙다는 인사를 하고 자기 언니를 잡아끌었다. 그녀 역시 웃음을 띠고 있었는데, 금발에다 예뻤으며, 마르타라고 했다. 그들은 곧장 식탁에 앉았다. 식탁에는 차와 샐러드를 화관처럼 두른 계란요리가 준비되어 있었다. 음식을 먹는 동안 아무도 거의 말이 없었다. 약혼녀 옆에 앉은 프리츠에게 약혼녀가 빵에다 버터를 발라 줬다. 늙은 어머니는 힘들여 음식을 씹으면서 줄곧 우수에 잠긴 시선으로 주위를 둘러봤다. 시선은 그렇게 우수에 차 있었으나, 실상 그녀의 마음은 편안했다. 하지만 라디델에게는 그 시선이 불안하게 느껴졌기 때문에 음식도 조금 먹은 채 의기소침해져서 말을 잊고 있었다.

식사가 끝난 후 어머니는 방을 떠나지는 않았지만, 창가로 물러가 커튼을 닫고 팔걸이의자에 앉아 조는 것 같았다. 그러자 젊은이들은 활기를 찾았다. 처녀들이 농담과 시비조가 뒤섞인 대화로 손님을 끌어들이자 프리츠가 친구를 지원하고 나섰다. 벽에서 고인 베버 씨가 벚나무목재로 만든 액자에서 내려다보고 있었다. 고인의 초상화를 제외하고는 방안의 분위기가 온통 즐겁고 쾌적했다. 여명 속에서 희미하게 모습을 드러내는 제라늄을 비롯해서 처녀들의 옷과 작은 구두들, 좁다란 벽에 걸려있는 만돌린 등이 이런 분위기를 자아냈다. 대화가 한창 무르익어 갈 무렵 손님의 시선은 만돌린을 향했다. 그는 만돌린을 뚫어지게 바라보다가 마침 대답하기 어려운 질문이 나오자, 말꼬리를 돌려 자매 중 누가 음악에 소질이 있으며, 만돌린을 켤 줄 아느냐고 물었다. 이번엔 화살이 마르타를 향했다. 마르타의 동생과 약혼자가 곧장 그녀를 놀려댔다. 오래전 사춘기의 몽상에 젖을 때부터 그녀가 만돌린을 거의 건드리지 않았다는 것이었다. 그럼에도 불구하고 라디델은 마르타에게 뭔가 연주를 해 보라고 조르며, 자기는 열렬한 음악애호가라고 했다. 그녀가 꼼짝 않고 있자 드디어 메타가 악기를 들고 와서 그녀 앞에 갖다 놓았으나 그녀는 손사래를 치면서 얼굴을 붉혔다. 그러자 라디델이 만돌린을 집어 들고 손가락으로 이리저리 음을 찾아가며 낮은 톤으로 어설프게 연주를 했다.

"어마나, 만돌린을 연주할 줄 아시네요." 마르타가 소리쳤다. "멋진 분이세요. 사람을 놀라게 하시는군요. 나중엔 연주를 더 잘 하실 수 있을 거예요."

"아니에요, 이런 악기는 만져 본 적이 한 번도 없어요. 하지만 기타는 몇 년 전부터 연주해왔어요." 그가 겸손하게 말했다.

"그래요," 프리츠가 외쳤다. "이 친구의 기타연주 한 번 들어 봐야 해요. 왜 너 오늘 기타 가져오지 그랬니? 다음엔 꼭 가져 와, 알았지!"

저녁이 쏜살처럼 흘러갔다. 두 청년이 작별인사를 할 때 그 간 잊고 있었던 어머니, 창가에 앉아있던 수심에 가득 찬 키 작은 어머니가 자리에서 일어나 잘 가라고 인사를 건넸다. 프리츠 는 두세 골목을 라디델과 함께 갔다. 라디델은 오늘 초대가 무 척 즐거웠다고 칭찬을 아끼지 않았다.

손님이 떠난 후 베버 가족은 식탁을 정리하고 불을 껐다. 침 실에 들어간 두 처녀는 전과 마찬가지로 어머니가 잠들 때까지 조용히 있었다. 그러고 나서 마르타가 속삭이기 시작했다.

"은방울꽃 어디다 갔다 뒀니?"

"언니도 봤잖아, 난로 위에 있는 유리잔에 꽂았어."

"아, 그렇지. 잘 자!"

"피곤해?"

"음, 조금."

"언니, 공증인 어땠어? 다감한 성격인 것 같아, 안 그래?"

"그런가?"

"그건 그렇고, 난 프리츠가 공증인이 됐으면 좋았을 걸, 하고 늘 생각했었어. 그 대신 친구가 이발사가 되고. 언니도 그렇게 생각하지 않아? 그 남자 감칠맛이 있어."

"그래, 그런 것 같기도 해. 상냥하고 미적 감각도 있어. 그 사람 넥타이 봤지?"

"물론."

"순진해 보이기도 하고, 처음에 무척 부끄러워했잖아."

"그 사람도 이제 겨우 스무 살이야. ― 그래, 그럼 잘 자!"

마르타는 잠들기 전에 한동안 알프레트 라디넬을 생각했다. 그가 마음에 들었다. 예쁜 청년을 위해 그녀는 가슴속 조그만 방을 열어두었다. 어느 날 그가 그 방으로 들어와 진심을 털어놓게 하기 위해서. 그녀는 단순한 불장난 같은 건 원하지 않았다. 그녀는 그런 경험을 일찍이 했었다. (만돌린도 그 때 배웠던 것이다.) 그리고 한 살 어린 메타를 옆에 두고 약혼한 사이가 아닌 남자와는 잠시라도 그런 식의 교제는 할 생각이 없었기 때문이다.

공증인후보생 또한 가슴이 두근거리지 않을 수 없었다. 그는 아직 혼기에 달하지 않은 나이의 청년이었다. 다시 말해 감상적 사랑에 대한 갈증으로 예쁜 처녀가 눈에 띄기만 하면 사랑에 빠지는 나이였다. 원래 그는 메타가 더 마음에 들었다. 하지만 그녀는 이미 프리츠의 약혼녀가 되었기 때문에 결코 자기 사람이 될 수 없었다. 그리고 마르타도 그녀와 비교할 때 나무랄 데가 없었다. 그런 생각에 그날 밤 시간이 흐를수록 알프레트의 마음은 점점 더 그녀 쪽으로 기울어졌다. 동그랗게 땋은 밝고 묵직한 금발 쪽머리를 한 그녀의 모습이 눈앞에 아른거렸다. 사랑스럽기 그지없었다.

그런 상황에서 작은 저녁모임이 다시 있기까지는 불과 며칠이 걸리지 않았다. 다만 이번엔 청년들이 늦은 저녁에 왔다. 왜냐하면 미망인의 식탁은 그렇게 자주 손님을 맞이할 수 없다고 생각했기 때문이다. 이번엔 라디델이 기타를 가져왔다. 프리츠가 자랑스럽게 기타를 들고 앞장서 들어왔다. 악사는 멋진 연주를 해서 아낌없는 박수갈채를 받았으나, 그것으로, 혼자 연주하는 것으로 끝내지 않았다. 그는 노래를 먼저 몇 곡 부르고 나서, 곧 이어 기타반주에 맞춘 노래를 멋지게 들려준 다음, 다른 사람들이 노래에 합류하도록 유도했다. 그가 커다란 소리로 선창하자, 첫 박자에 맞춰 그들도 노래에 합류했다. 약혼자 쌍이 음악과 축제분위기에 들떠서 넋이 빠진 채 서로 바짝 다가앉아 나직하게 몇 소절을 노래하다가 수다를 떨기도 하고, 손가락으로 은밀히 서로 애무하는 동안, 마르타는 연주자의 맞은편에 앉아 그를 똑바로 쳐다보며 한 소절도 빠트리지 않고 즐겁게 노래했다. 헤어질 때 약혼자 쌍이 복도의 희미한 불빛 아래 서로 키스를 하는 동안 나머지 두 사람은 엉거주춤하며 잠시 기다렸다. 잠자리에서 메타는 공증인 – 그녀는 라디델을 항상 그렇게 불렀다 – 에 대한 얘기를 다시 꺼냈다. 이번엔 그를 전적으로 인정하며 칭찬했다. 하지만 언니는 금발머리 얼굴을 양손에 괸 채 그저 그래, 그래, 건성으로 대답하고 오랫동안 말없이 어둠

속을 응시하면서 심호흡을 했다. 그 후 동생이 잠들자 마르타는 나직하게 긴 한숨을 토해냈다. 그러나 이 한숨은 고통에서 나온 탄식이 아니라, 사랑의 기대에 대한 불확실성 때문에 느끼는 답답한 심정에서 나온 것이었다. 한숨은 한 번으로 끝나고, 그녀는 곧 입가에 청초한 미소를 머금고 잠이 들었다.

이들의 왕래는 날이 갈수록 활기를 띠어갔다. 프리츠 클로이버는 우아한 알프레트를 자랑스럽게 자기 친구라고 불렀고, 메타는 자기 약혼자가 혼자 오지 않고 악사와 함께 오는 것이 즐거웠다. 한편 마르타는 라디넬이 아직도 거의 구김살 없는 순수성을 지니고 있음을 확인할 때마다 점점 더 그가 마음에 끌렸다. 예쁘고 유순한 이 청년이야말로 진정 자기 남편감이라는 생각이 들었다. 이 남자라면 어디든 함께 나설 수 있고, 이 남자라면 누구에게도 스스럼없이 자랑할 수 있을 것 같았다. 그렇다고 자기 앞에서 우쭐댈 사람도 결코 아니리라고 생각됐다.

알프레트 또한 베버 가족의 환대에 매우 만족했으며, 친절한 마르타의 온정이 느껴졌다. 그는 매번 수줍음을 탈 때마다 그녀가 온정으로 감싸주는 느낌을 받았다. 적당한 기회만 오면 아름답고 당당한 처녀와 사랑을 나누고 약혼을 하는 것이 아주 불가능한 일도 아니었지만, 매번 유혹을 느끼면서도 기회를 잡지 못했다.

이렇게 양쪽에서 그 누구도 결정적인 얘기를 꺼내지 못하는 데에는 또 다른 이유들이 있었다. 무엇보다도 마르타는 청년과 여러 차례 만나는 동안 그에게서 여러 모로 미숙하고 어린애 같은 점을 발견했다. 때문에 이렇듯 경험이 미숙한 젊은이에게 행복의 길이 그렇게 쉽게 열릴 수 있을 것 같지 않다는 생각이 들었다. 그녀는 마음만 먹으면 어렵지 않게 그를 꽉 붙들어 자기 사람으로 만들 수 있을 것 같기도 했지만, 청년이 그녀가 내민 손을 덥석 잡지 않을 수도 있을 것 같고, 끝내는 그녀가 너무 헤프게 자기에게 손을 내미는 것이 아닌가 하는 생각을 할 것 같기도 했다. 어쨌건 그녀는 그를 자기 사람으로 만들고 싶기는 했다. 그래서 그녀는 마음을 단단히 먹고 한동안 그를 눈여겨보면서, 그가 행복의 조건을 갖추게 될 날을 기다리기로 했다.

라디넬의 경우, 말로 표현할 수는 없었지만 다른 의구심이 들었다. 무엇보다도 그의 소심증이 문제였다. 소심한 그는 확신이 서지 않았다. 그녀가 자기를 사랑하는지, 자기를 원하는지, 자기가 생각하고 상상한 것이 정녕 믿을 만한 것인지에 관해서. 그밖에도 그는 자신이 처녀에 비해 나이가 너무 어리고 미숙하다는 생각이 들었다. 전혀 틀린 생각은 아니지만, 두 사람의 나이 차이는 불과 서너 살 밖에 되지 않았다. 마침내 그는 자신의 경제적 기반이 취약하다는 생각까지 들어 걱정이 태산 같았다. 지금까지의 공증인조수 생활을 끝내고 국가시험에서 자신의 능력과 지식을 증명하고 발휘할 날이 다가오면 올수록 그의 회의(懷疑)는 더욱 더 짙어졌다. 이런 불안을 떨쳐버리기 위해 그는 공증인 직무를 하나에서 열까지 빠른 속도로 부지런히 익혔고,

사무실에서는 좋은 모습을 보여주고, 서기 역할을 근면하고 탁월하게 해냈다. 하지만 그에게는 법률공부가 어려웠다. 시험예상문제들을 떠올릴 때마다 그는 진땀이 났다.

때때로 그는 방에 틀어박혀, 학문이라는 가파른 산을 정복하기 위해 필사적인 노력을 기울였다. 그의 책상에는 개론서와 법률서적, 주석서들이 잔뜩 쌓여 있었다. 그는 아침 일찍 일어나 오들오들 떨면서 책상에 앉아 연필심을 뾰족하게 깎고 일주일 공부계획을 미리 세워놓았다. 그러나 의지가 박약한 그는 한 번도 책상에 오래 앉아있는 적이 없었다. 그는 항상 다른 것, 이를테면 당장 눈앞에 필요하고 중요하게 보이는 것부터 더 신경을 썼다. 그리하여 책상 위에 오래 방치된 책들이 그를 쳐다보면 볼수록 책의 내용은 점점 더 어려워졌다.

그러는 동안 프리츠 클로이버와의 우정은 점점 더 돈독해졌다. 이따금 프리츠가 저녁에 그의 집에 들렀을 때, 그의 수염이 자라 있으면 면도를 해주겠다고 하기도 했다. 그럴 때면 알프레트는 시험 삼아 자기가 직접 면도를 해보겠다고 했다. 프리츠는 흔쾌히 그렇게 해보라고 했다. 그는 존경하는 친구에게 면도하는 법, 이를테면 면도날을 어떻게 열고, 비누거품을 어떻게 하면 오랫동안 꺼지지 않게 잘 유지할 수 있는지를 진지하고 정성스럽게 가르쳐줬다. 알프레트는 친구가 가르쳐준 방법을 민첩한 손놀림으로 어렵지 않게 익혔다. 그는 곧 자기 자신뿐만 아니라 자기 친구이자 스승의 수염도 빠른 동작으로 실수 없이 면도해줄 수 있게 되었다. 그리하여 그는 낮 동안 공부로 쌓인 스트레스를 밤이면 말끔하게 날려버릴 수 있었다. 더 나아가 프리츠가 머리 땋는 법을 전수해 줬을 때 그는 뛸 듯이 기뻤다. 그가 빠른 속도로 면도기술을 익히는 것을 보고 경탄한 프리츠는 어느 날 여자머리카락으로 만든 쪽머리를 가져와서, 그런 쪽머리를 어떻게 만드는지 시범을 보였다. 이 섬세한 손기술을 보자마자 매혹된 라디델은 손가락으로 참을성 있게 머리카락을 풀었다가 다시 엮었다. 그렇게 그가 쪽머리 만드는 기술을 금방 익히자 프리츠가 이번엔 더 어렵고 섬세한 손기술이 요구되는 일을 가져왔다. 알프레트는 비단결 같은 긴 머리카락을 손가락 사이로 멋지게 잡아 빼며 흥겹게 기술을 익혔다. 그리고 한 걸음 더 나아가 머리 엮는 기술과 머리를 맵시 있게 가꾸는 기술을 익혔는가 하면, 고데로 머리를 손질해 보이기도 했다. 그는 친구와 만날 때마다 이발에 관한 전문적인 얘기를 나눴다. 그는 이제 자기가 만나는 모든 부인들과 처녀들의 머리모양 또한 유심히 살펴보면서 어떤 것이 맵시 있는 머리인지 구별할 수 있는 안목을 지니게 되었다. 그리하여 그의 머리에 관한 정확한 평가는 클로이버도 놀랄 정도였다.

그는 자기의 이런 취미를 두 처녀에게는 알리지 말라고 친구에게 거듭 신신당부했다. 이런 새로운 기술은 여자들이 별로 탐탁하게 여기지 않을 것 같다는 생각이 들었기 때문이다. 그럼에도 불구하고 그는 언젠가 마르타의 긴 금발을 자기 손으로 직접 매만져서 새롭고 우아한 쪽머리를 만들어 주는 것이 첫 번째 꿈이요, 은밀한 염원이었다.

그렇게 여름날이 가고 시간이 흘러 어느덧 8월 말이 되었다. 이날 베버 가족이 산책을 했는데, 라디넬도 따라나섰다. 그들은 계곡물을 따라 성터로 올라가서 길가 비탈진 풀밭 그늘에서 쉬었다. 이날따라 마르타는 알프레트를 각별히 다정하고 살갑게 대했다. 그녀는 그와 가까운 푸른 언덕에 누워 늦여름 들꽃에다 은빛 가녀린 풀꽃을 섞어 꽃다발을 만들고 있었다. 그런 그녀의 모습이 어찌나 사랑스럽고 매력적인지 알프레트는 그녀에게서 눈을 뗄 수가 없었다. 그때 그는 그녀의 머리가 헝클어진 것을 보고 그녀에게 다가가서 머리가 헝클어졌다고 말하고, 동시에 용기를 내어 그녀의 금발 쪽으로 손을 내밀며 머리를 매만져주겠다고 했다. 하지만 그의 그런 친절에 익숙하지 못한 그녀는 얼굴을 붉히고 화를 내면서 그의 제안을 한마디로 거절한 후, 동생에게 머리를 고쳐달라고 했다. 마음이 상한 알프레트는 창피하기도 하고 기분도 울적해졌다. 때문에 베버 부인 집에서 저녁식사를 같이 하자고 했지만 그냥 곧장 시내로 발길을 돌려 집으로 갔다.

아직 사랑이 채 무르익지 않은 두 사람 사이에 처음으로 이런 작은 불상사가 일어난 것이다. 마르타는 이 일을 무마하고 알프레트와 전처럼 사이좋게 지내고 싶었지만, 상황은 엉뚱하게 정 반대방향으로 전개됐다.

3장

마르타는 정말 기분이 상해 화를 낸 건 아니었다. 때문에 그녀는 알프레트가 일주일 넘게 그녀의 집을 피하는데 놀라지 않을 수 없었다. 그를 다시 보고 싶어 하는 그녀에게 그가 얼마간 상처를 준 것이다. 그러나 그가 여드레가 지나 아흐레가 되어도 나타나지 않자, 그녀는 그에게 그런 연인행세를 할 권리를 준 적이 결코 없다는 생각이 들었다. 그녀는 정말 화가 났다. 그가 다시 와서 관대한 척하며 화해 제스처를 쓰면 실망이 너무 크다고 말해줄 작정이었다.

하지만 그녀가 오해를 한 것이었다. 라디델은 심사가 뒤틀려 그녀의 집에 가지 않은 것이 아니라, 그날의 일이 부끄럽고 마르타가 너무 엄격해서 겁이 나 못 가고 있는 것이었다. 그는 그녀가 그의 무례한 행동을 용서하고, 그도 자신의 어리석은 행동을 잊고, 수치심을 극복할 때까지 시간이 어느 정도 흐르기를 기다리려고 했던 것이다. 이렇게 후회를 하는 동안 그는 마르타와 한참 정이 든 마당에, 사랑하는 처녀와의 다정한 관계를 포기하는 것이 얼마나 괴로운 일인가를 새삼 깨달았다. 그는 2주 중반을 참아내지 못했다. 어느 날 그는 정성스럽게 면도를 하고, 새 넥타이를 매고, 이번에는 프리츠 없이 혼자 베버의 집을 방문했다. 프리츠에게 자신의 창피한 모습을 보여주기 싫었기 때문이다.

빈손으로, 단지 용서를 빌기 위한 목적의 방문이 안 되게 하기 위해 그는 묘안을 짜냈다. 9월 마지막 주에 축포쏘기, 사격 대회 등 큰 축제가 있는데, 온 시(市)가 이미 이 축제준비에 열을 올리고 있었다. 알프레트 라디델은 이 흥겨운 축제에 베버네 두 처녀를 초대할 생각이었다. 그렇게 함으로써 방문목적의 그럴 듯한 이유를 마련하게 되고, 마르타의 호감도 살 수 있으리라 기대했다.

마르타가 친절하게 맞아주기만 했다면 며칠 전부터 외로움을 타던 라디델은 위로를 받고 그녀의 충직한 종이 되었을 텐데, 그녀는 쌀쌀맞게 그를 대했다. 오랫동안 자기를 멀리한 데 상처를 받은 그녀는 그가 방으로 들어서자 그를 못 본 척하고, 동생에게 그를 맞이하고 이야기를 나누라고 한 후, 방에서 이리저리 먼지를 털며 딴청을 부렸다. 잔뜩 주눅이 든 라디델은 한동안 뜸을 들이다가 메타와의 어색한 대화가 고갈되자 비로소 마르타를 향해 초대 이야기를 꺼냈다.

그러나 그녀는 막무가내였다. 지나치게 겸손한 알프레트의 행동이 오히려 그녀로 하여금 그를 꾸짖고 앙탈을 부리게 만들었다. 그녀는 쌀쌀맞은 표정으로 그의 말을 들은 후, 자기는 젊은 분과 축제에 갈 자격이 없으며, 동생은 약혼을 했기 때문에 동생을 초대하는 건 동생의 약혼자가 흥미를 가졌을 경우 그가 결정할 문제라고 말하며 초대를 거절했다.

그 말을 듣고 난 라디델은 모자를 집어 들고 약간 허리를 숙여 인사를 한 후, 집을 잘못 찾은 사람처럼 유감을 표하고, 다시는 안 올 생각으로 그 집을 나섰다. 메타는 그를 붙잡고 만류하려 했으나, 마르타는 그의 절을 고개만 끄덕이며 차갑게 받았다. 알프레트는 그녀가 영원히 그를 거부한다고 생각할 수밖에 없었다.

그는 자신이 남자답고 자랑스럽게 행동했다는 생각을 하며 작은 위안을 찾으려했지만, 끓어오르는 분노와 슬픔을 억누르지 못하고 격분해서 집에 돌아왔다. 그날 저녁 프리츠 클로이버가 그를 찾아와 계속 초인종을 눌렀지만 그가 대답하지 않고, 문밖에 나와 보지도 않았기 때문에 클로이버는 그냥 되돌아갔다. 책들이 그를 질책하는 눈으로 쳐다봤다. 기타는 벽에 걸려 있었지만 모든 것이 귀찮아진 그는 집을 나와 지칠 때까지 저녁 내내 거리를 배회했다. 그때 그는 베버네에 관한 소문, 즉 베버네가 거짓과 변덕으로 가득 찬 나쁜 집안이라는 소문을 들은 기억이 떠올랐다. 지금까지 그는 그 소문이 질투심에서 나온 헛소문이라고 생각했지만, 이제는 그 소문이 틀리지 않고, 그 집에 관한 최악의 험담조차 근거가 없지 않다는 생각이 들었다.

며칠이 지났다. 알프레트는 자존심과 의지를 꺾고 줄곧 무언가 일어나기를 바랐다. 이를테면 프리츠가 짤막한 편지나 전언을 가지고 오기를 고대했다. 첫 번째 분노가 가라앉고 보니 화해가 전혀 불가능한 것은 아니라는 생각이 들었기 때문이다. 그의 마음은 그간의 이유를 불문하고 고약한 처녀에게로 되돌아가고 있었다. 그러나 아무 일도 일어나지 않았고, 아무도 찾아오지 않았다. 하지만 대(大) 축제는 점점 다가오고 있었다. 슬픈 라디넬의 마음은 아랑곳하지 않은 채 모든 사람들이 매일같이 화려한 축제준비에 여념이 없는 것을 그는 보기도 하고 듣기도 했다. 나무장식을 세우고, 꽃장식을 만들고, 집집마다 전나무가지로 장식하고, 성문의 아치에는 현수막이 걸리고, 준비를 끝낸 피혁공장 옆 커다란 축제장에는 벌써 깃발들이 나부꼈다. 게다가 가을하늘은 한껏 푸르렀다.

수 주간 축제를 기다렸던 라디넬이었지만, 그와 동료들에게 하루 또는 이틀간 휴가가 주어졌음에도 불구하고, 그는 애써 축제의 기쁨을 억누르며 축제에 눈길을 주지 않겠다고 다짐했다. 그는 괴로운 심정으로 깃발들과 나뭇잎장식들을 바라보며, 여기저기 열린 창문들 뒤에서 들려오는 취주악기 연습하는 소리를 듣고, 축제를 준비하며 노래하는 처녀들의 음성을 들었다. 도시가 다가올 축제에 대한 기대와 기쁨으로 떠들썩해지면 질수록, 그의 거부감은 점점 더 커져갔다. 사람들이 축제분위기로 들뜨면 들뜰수록 그의 마음은 점점 더 우울해지고, 축제가 싫고 원망스럽기만 했다. 사무실에서 동료들은 벌써 얼마 전부터 축제이야기만 했고, 그 멋진 날을 알차고 즐겁게 보내기 위한 계획을 짜내느라고 골몰하고 있었다. 때로 라디넬은 아무렇지도 않은 체 하며, 자기도 즐겁고, 축제를 위해 모종의 생각과 계획을 가지고 있는 것처럼 행동했지만, 대체로 말없이 자기 책상

작은 세상

앞에 앉아 공부에 전념하는 체 했다. 그러나 그의 마음속에서는 마르타를 향한 애타는 그리움과 미움이 교차하고 있었다. 아울러 그가 그토록 오랫동안 즐겨 기다리던 대축제, 그러나 이제는 멀리하고 싶은 대축제에 대한 생각이 열화처럼 가슴을 파고들었다.

축제가 시작되기 며칠 전 클로이버가 그를 찾아왔을 때 그의 마지막 희망은 물거품이 되고 말았다. 클로이버는 우울한 얼굴을 하고 말하기를, 두 처녀가 무슨 생각으로 그의 초대를 거절했는지 자기는 도저히 이해할 수 없으며, 그런 상황에서는 그들과 함께 해도 재미가 없을 것이라고 했다. 그는 차라리 자기와 함께 축제를 즐기자고 알프레트에게 제안했다 – '두 여자가 실컷 뻗대보라지, 자업자득, 손해 보는 건 그쪽이다. 두 여자 없이도 탈러 정도의 돈만 쓰면 얼마든지 축제를 즐길 수 있다.' – 대충 이런 제안이었다. 하지만 라디델은 이 유혹을 뿌리쳤다. 그는 고맙다는 인사를 하고, 자기는 마음이 편치 않으니 휴가기간에는 공부나 더 하겠노라고 했다. 공부에 관해 그가 전에 친구에게 전문용어와 외국어를 섞어가며 여러 번 이야기한 적이 있었기 때문에 그를 존경하는 프리츠는 더 이상 강하게 권하지는 못하고 기분이 울적해져 집으로 돌아갔다.

그러는 사이에 사격대회 날이 왔다. 일요일이었다. 그리고 축제는 일주일 내내 열린다고 했다. 도시는 노래와 취주악과 축포 그리고 환호성으로 시끌벅적했다. 거리마다 사람들이 열을 지어 나타났고, 전 지역의 각종 단체들이 도착했다. 사방에서 음악소리가 들리고, 인파가 넘치고, 악단의 선율이 흐르고, 마침내 이들은 모두 시외의 사격장에 집결했다. 사격장에는 아침부터 이미 수천 명이 모여 이 날을 기다리고 있었다. 수많은 행렬이 빽빽하게 밀려왔고, 행렬 위로 깃발들이 나부끼고, 정렬되었다. 한 악단에 이어 다른 악단이 사람들로 가득 찬 광장으로 요란하게 행진해왔다. 이렇듯 휘황찬란한 군중 위로 일요일의 밝은 햇살이 내리비쳤다. 기수들의 상기된 이마엔 굵은 땀방울이 맺혔고, 축제행사의 운영자들은 고래고개 소리를 지르며 미친듯이 이리저리 뛰어다녔다. 사람들은 그들을 놀려대기도 하고 격려하기도 했다. 대회장 근처에 와 있다가 먼저 입장한 사람들은 일찍 온 덕분에 다양한 음료를 갖춘 음료 판매점에서 신선한 음료를 차지할 수 있었다.

라다넬은 구두도 신지 않은 채 자기 방 침대에 앉아 있었다. 그는 도저히 흥이 나지 않았다. 간밤에 지치도록 오랫동안 생각을 거듭한 그는 이제 마르타에게 편지를 한 통 쓰기로 했다. 그는 책상서랍에서 필기구와 자기 모노그램이 찍힌 편지지를 꺼낸 다음, 새 펜촉을 펜대에 꽂고 혀로 적셔보고 잉크를 묻혀본 후, 둥그스름하고 우아한 필체로 우선 주소부터 적었다. '히르쉬가의 존경하는 마르타 베버 양에게' 라고, 친필로 말이다. 그러는 사이에 멀리서 취주악소리와 축제의 소음이 구슬프게 들려왔다. 그는 이런 기분을 편지에 담는 것이 좋겠다고 생각했다. 그의 편지는 다음과 같이 시작됐다.

　"친애하는 아가씨!
　실례를 무릅쓰고 이렇게 글월 드리는 걸 용서하시기 바랍
　니다.
　일요일 아침입니다. 사격대회 시작을 알리는 음악소리가
　멀리서 들려오는데,
　저만 이 축제에 참가하지 못하고 집에 틀어박혀 있답니다."

　여기까지 쓴 글을 읽어보고 만족해 하며 다음 쓸 말을 생각했
다. 그러자 자신의 우울한 심정을 표현해 줄 수 있는 아름답고
적절한 문구들이 여러 개 떠올랐다. 하지만 그 다음은? 이런 글
은 모두 사랑고백 내지 구애를 위한 서곡이 될 때만 가치와 의
미를 지닐 수 있지 않겠는가? 그렇다면 그는 어떻게 사랑고백을
감행할 수 있을까? 그가 생각을 거듭하고 그럴 듯한 표현들을
찾아낸다 해도, 공인회계사 시험에 합격해서 구애의 자격을 습
득하지 않는 한 모든 것이 공염불이 되고 말 것이었다.
　그는 결정을 내리지 못하고 다시금 낙담하여 앉아 있었다. 그
렇게 한 시간이 흘러갔지만 아무런 방도가 떠오르지 않았다. 온
집안이 깊은 정적에 쌓여 있었다. 모두들 밖에 나갔기 때문이
다. 흥겨운 음악소리가 지붕들을 타고 멀리서 들려왔다. 라디델
은 슬픔을 이기지 못한 채 생각에 잠겼다. 오늘 얼마나 많은 재

미와 즐거움을 잃어버리고 있는지, 그렇듯 화려하고 큰 축제를 보지 못한다면 그런 기회는 오랫동안 결코 다시 오지 않을 것 같았다. 그런 생각을 하다 보니 그는 자신이 더 없이 가련하게 느껴졌다. 슬픔이 어찌나 큰지 기타로도 위안이 되지 않을 것 같았다.

그래서 그는 정오경에 자신이 전혀 원치 않았던 행동을 하게 되었다. 구두를 신고 집을 나선 것이다. 그는 이곳저곳 잠시 거닐다가 다시 집으로 돌아가서 편지와 불행한 자신을 되돌아 볼 생각이었는데, 음악과 소음을 비롯한 축제분위기가 마치 자석산[4]이 배를 끌어당기는 것처럼 그를 이 골목 저 골목으로 끌어당겼다. 그는 자기도 모르게 사격대회장 옆에 와 있었다. 문득 그는 자신의 나약한 의지가 부끄러웠다. 그는 자신이 슬픔을 배반했다고 생각했다. 하지만 그런 생각도 잠시뿐이었다. 군중이 몰려들어 난리법석을 떠는 통에 라디델은 환호성을 질러대는 군중에 합류하지도, 다시 집으로 발길을 돌리지도 못했다.

그는 목적도 계획도 없이 군중에 떠밀려갔다. 숱한 자극적인 것들을 보고 듣고 냄새 맡고 흡입하다보니 현기증이 날 지경이었다. 여기저기서 트럼펫소리와 뿔피리소리가 귀를 때렸고, 취주악소리가 격렬하게 들려왔다. 휴식시간이 되자 멀리 연회가 시작된 곳에서 바이올린과 플루트의 부드러운 음악이 강렬하면서도 달콤하게 들려왔다. 그밖에도 사람들이 몰려있는 곳마

---

4) 고대와 중세의 동화와 전설에 나오는 산으로, 가까이 오는 배를 끌어당겨 난파시킨다고 함.

다 기이하고 유쾌하고 놀라운 일들이 숱하게 벌어졌다. 깜짝쇼를 벌리는 바람에 아이들이 놀라 넘어지며 소리 지르고, 일찍부터 술에 취한 어떤 사내는 주위 사람들은 개의치 않고 제 세상인 양 노래를 불러댔다. 장사꾼들은 여기저기서 오렌지와 사탕, 풍선 등을 가지고 어린아이들을 불러 모았고, 과자와 조화다발을 가지고 청소년들을 불러 모았다. 한쪽 구석에서는 격렬한 오르간 소리에 맞춰 회전목마가 돌아가고 있었고, 한 곳에서는 어떤 행상이 돈을 내지 않으려는 손님과 소리 지르며 입씨름을 하고 있었고, 다른 곳에서는 경찰관이 길을 잃은 꼬마아이의 손을 잡고 데려다 주고 있었다.

지금까지 감각이 마비되었던 라디델은 이렇듯 활기찬 삶의 기운을 한껏 들이마셨다. 그는 이렇듯 생명력 넘치는 삶을 목격하고 참여하게 된 것이 마냥 즐거웠다. 이런 광경은 두고두고 오랫동안 방방곡곡에서 사람들에게 알려지게 될 것이다. 그는 왕이 언제 왕림하는지 무척 궁금했다. 그는 사람들을 헤치고 기념관 근처로 가는 데 성공했다. 깃발들이 휘날리는 그곳 연단에서는 연회가 한창 베풀어지고 있었다. 그는 놀랍기도 하고 존경스럽기도 한 시선으로 시장과 시의 고위층 그리고 훈장과 배지를 착용한 고위관직 인사들이 앉아서 음식을 먹으며 커트글라스로 화이트와인을 마시는 걸 바라봤다. 구경꾼들은 식탁에 앉아 있는 남자들의 이름이 아무개 아무개라고 속삭였고, 그들 지도층 인사들에 관해 뭔가 좀 알고 있을 뿐 아니라 그들과 이미 모종의 관계를 맺었던 사람 주변에는 그의 말을 즐겨 귀담아 들으려는 사람들이 둘러 서 있었다. 그 모든 것이 눈앞에서 벌어지고, 그 멋진 광경을 바라볼 수 있는 기회를 가진 사람들은 누구나 즐겁지 않을 수 없었다. 평범한 라디델 또한 이런 광경이 놀랍고 경이로웠다. 자신이 이런 광경의 목격자가 된 것이 자랑스럽고 큰 의미가 있다고 느꼈다. 그는 이 자리에 참여할 수 없었던 불행한 사람들에게 이 장관을 상세하게 들려주게 될 미래의 어느 날들을 상상해 보았다.

그는 점심식사도 까맣게 잊었다. 몇 시간 후 허기를 느낀 그는 과자를 만들어 파는 천막에 들어가 앉아 몇 조각을 사먹었다. 그리고 나서 구경거리를 하나라도 놓치지 않기 위해 다시 인파 속으로 들어갔다. 비록 뒷모습이기는 했지만 그는 왕을 볼 수 있어서 행복했다. 그는 사격연습장 입장권을 샀다. 사격에 관해서는 아무것도 아는 것이 없었지만 사수들을 구경하는 것이 긴장감도 있고 재미있었다. 명사수들이 한쪽 눈을 감고 표적을 가늠하는 광경을 그는 경외심에 차서 바라봤다. 그리고 나서 그는 회전목마 쪽으로 이동하여 한동안 바라보다가, 한 무리의 사람들이 흥겨워 모여 있는 나무들 아래로 어슬렁어슬렁 걸어갔다. 그곳에서 그는 왕의 그림이 들어있는 그림엽서를 한 장 산 후, 물건을 팔려고 소리 지르며 이런저런 우스갯소리를 하는 장사꾼을 한동안 바라봤다. 그러다 그의 시선은 요란하게 치장을 한 사람들을 향했다. 간이사진관 앞을 지나가던 그는 사진사의

작은 세상

부인이 안으로 끌어당기자 얼굴을 붉히며 달아났다. 주위에 있던 사람들이 웃음을 터뜨리며 그를 매력적인 젊은 돈주안이라고 불렀다. 그는 여러 차례 가던 발길을 멈추고 귀를 기울이거나, 자기가 아는 멜로디가 들려올 때면 함께 흥얼거리며 작은 지팡이를 박자에 맞춰 흔들어댔다.

그렇게 잡다한 놀이들이 벌어지는 가운데 어느덧 저녁이 되었다. 사격도 끝나고, 홀이나 나무 아래에서 주연(酒宴)이 시작됐다. 청명한 가을 저녁, 하늘은 아직 희미한 빛 속에서 유영(遊泳)을 하고 있었고, 탑들과 먼 산들이 스카이라인을 들어냈고, 여기저기서 벌써 불빛이 반짝거리고 등들이 켜졌다. 라디델의 도취경도 점차 사라졌다. 그는 날이 저무는 것이 유감스러웠다. 사람들은 저녁식사를 하기 위해 서둘러 집으로 향했고, 놀이에 지친 아이들은 아빠의 어깨에 목말을 탔다. 우아한 마차들도 보이지 않았다. 대신 젊은이들이 신이 나서 흥청거렸다. 그들은 즐겁게 춤을 추고, 술을 마셨다. 광장과 골목이 비어가자 여기저기 길목에서 팔짱을 낀 연인들이 쌍을 지어 나타나서 즐거운 밤의 정취를 만끽했다.

라디델의 즐거움은 사라져가는 햇빛처럼 점점 줄어들기 시작했다. 외로운 젊은이는 점점 기분이 울적해져 땅거미가 깔리는 거리를 이곳저곳 배회했다. 그는 킥킥거리며 자기 옆을 지나가는 연인들을 바라봤다. 정원 안의 검고 키 큰 마로니에 군락과 붉은 종이현등이 불을 밝히고 있었다. 바로 그 정원에서 부드럽고 동경어린 선율이 매혹적으로 들려왔다. 열정적으로 속삭이는 바이올린의 부름을 따라 그는 정원 안으로 걸음을 옮겼다. 기다란 식탁 여기저기에서 젊은이들이 음식을 먹고 술을 마시고 있었다. 그들 뒤쪽에는 커다란 무도장이 희미하게 불을 밝혔다. 젊은이는 식탁 끝 빈자리에 앉아 와인과 음식을 주문했다. 그리고 나서 잠시 쉬면서 정원의 공기를 들이마셨다. 그는 음악을 들으며 음식에는 조금밖에 입을 대지 않고, 혀에 익숙하지 않은 와인을 천천히 한 모금씩 삼켰다. 붉은 등을 바라보며 바이올린 연주에 귀를 기울이고, 축제의 밤이 풍기는 향기를 오랫동안 들이마시면 마실수록 그는 자신이 더욱 더 고독하고 가련하다는 생각이 들었다. 그의 눈길이 닿는 곳마다 홍조를 띤 뺨들과 열망의 눈들이 반짝거렸다. 정장을 한 젊은이들은 사내답고 당당한 시선을 던지고 있었고, 곱게 치장한 처녀들은 뭔가를 갈망하는 눈으로 그들을 바라보며 춤을 추고 싶어 안절부절못하는 발놀림을 하고 있었다. 그가 아직 식사를 미처 끝내지도 않았는데, 요란하고 달콤한 음악이 새로 시작됐다. 무도장에 수백 개의 불이 켜지자 쌍쌍으로 어울린 연인들이 서둘러 춤을 추러 나갔다.

라디델은 천천히 와인을 마시며 잠시 자리에 그냥 앉아 있었다. 마침내 와인잔이 비었을 때도 집에 갈 결심이 서지 않았다. 그는 작은 와인 한 병을 더 주문하고 앉아 무도장을 바라봤다. 울적한 기분 한편으로 이날 밤에는 그에게 행운이 찾아올 것

작은 세상

같은 기분, 그에게도 뭔가 즐거움이 넘쳐날 것 같은 기분이 들어 가슴이 두근거리며 초조해지기 시작했다. 설사 그런 일이 일어나지 않는다 해도, 그는 고통과 더불어 오기가 생겨, 적어도 축제와 자신의 불행에 경의를 표하기 위해서라도 생애 처음 경험하는 도취경에 축배를 들기로 작정했다. 그의 주위에서 즐거움이 커지고 격렬해질수록 그의 불행은 점점 더 깊어지고, 위안의 필요성은 점점 더 절실해졌지만, 그럴수록 외로운 그는 더욱 과도한 도취경에 빠져 들었다.

4장

라디넬은 와인잔을 앞에 두고 식탁에 앉아서, 혼잡스럽게 뒤섞여 춤을 추는 사람들을 열이 오른 눈으로 바라봤다. 현등의 붉은 빛과 음악의 빠른 박자에 매혹되는 한편, 슬픔이 북받쳐 절망으로 빠져들 무렵, 갑자기 옆에서 "혼자에요?" 하는 음성이 나직하게 들려왔다.

그가 재빨리 몸들 돌리자, 검은 머리에 하얀 아마포 모자를 쓰고 빨간색 가벼운 블라우스를 걸친 예쁜 처녀가 벤치의 등받이에 허리를 굽히고 그를 바라보는 것이었다. 그녀는 연분홍빛을 띤 입으로 웃고 있었다. 발그스름하게 달아오른 그녀의 이마와 깊은 두 눈에는 곱슬머리 몇 가닥이 나풀거렸다. "혼자세요?" 하고 물으며 그녀는 가엾다는 표정과 동시에 장난끼 섞인 표정을 지었다. "아, 유감스럽게도 그렇습니다." 그가 대답했다. 그러자 그녀는 그의 와인잔을 들더니 눈으로 허락을 구하고, 건배라는 말과 함께 목마른 사람처럼 단숨에 들이마셨다. 그녀가 그렇게 와인을 마시는 동안 빨간색 가벼운 블라우스 위로 솟은 그녀의 가녀린 갈색 목울 본 그는 가슴이 두근거렸다. 이 자리에서 새로운 모험이 시작될 것 같은 예감이 들었던 것이다.

그녀의 본심을 알아보기 위해 라디넬은 빈 잔에 다시 와인을 가득 따라 처녀에게 건넸다. 그러나 그녀는 고개를 내젓고, 막 새로운 음악이 시작되는 무도장 쪽으로 고개를 돌렸다.

"춤추고 싶어요" 하고 그녀가 말하며 젊은이의 눈을 바라보자, 그는 자리에서 벌떡 일어서서 그녀에게 허리를 굽혀 인사를 한 후 자기 이름을 말했다.

"라디델이시라고요? 성만 말씀하신건가요? 제 이름은 파니에요."

그녀는 그의 팔짱을 꼈다. 그렇게 두 사람은 한참 왈츠를 추고 있는 사람들 대열에 합류했다. 라디델은 지금까지 왈츠를 이렇게 잘 춰 본 적이 없었다. 전에 춤을 출 때는 자신의 재능, 이를테면 날렵한 발놀림과 섬세한 몸짓에 만족하며, 자기가 어떻게 보일까, 자기도 멋진 인상을 풍길까 하는 생각만 했는데, 지금은 그럴 생각을 할 겨를이 없었다. 그는 열정적인 춤에 이끌려 무방비 상태에서 몸을 맡겼지만 즐거웠고, 내심 흥분됐다. 때로 그의 파트너가 그를 잡아당기고 흔들어댔기 때문에 그의 발은 허공에서 놀았고, 호흡이 가빠졌다. 그런가 하면 그녀는 조용히 바닥으로 몸을 눕히다가 그에게 몸을 밀착시켜 기대기도 했다. 그럴 때마다 그녀의 맥박이 그의 맥박을 두드리고 그녀의 열기가 그의 열기를 부채질했다.

춤이 끝나자 파니는 그의 팔짱을 끼고 그를 잡아당겼다. 가쁘게 숨을 몰아쉬며 그들은 짝을 이룬 사람들 사이로 온기를 담은 색들이 가득 찬 어스름 속 나무그늘 길을 따라 천천히 걸었다. 별이 빛나는 밤하늘이 나무들을 헤집고 아래로 깊숙이 빛을 던졌다. 옆쪽에서는 하늘거리는 그림자들의 방해를 받으며 축제연등이 붉은빛 유희를 했다. 이렇듯 희미한 불빛 속에서 춤을 끝낸 젊은이들이 휴식을 취하며 잡담을 나눴다. 처녀들은 목과 팔을 드러낸 흰색 혹은 밝은 색 옷을 입고 부채질을 했다. 그들의 부채질은 꼬리깃을 활짝 펴고 흔들어대는 공작의 모습을 연상시켰다. 라디델에게는 이 모든 것이 단지 음악과 밤공기와 함께 색채유희를 하는 안개 같았다. 이따금 반짝이는 눈을 지닌 밝은 얼굴이 스쳐지나가고, 새하얀 이를 드러내고 웃어대는 입, 다정하게 굽은 하얀 팔이 순간적으로 선명하게 눈에 들어왔다.

"알프레트!" 파니가 나직하게 말했다.

"네, 왜 그러죠?"

"그러니까, 당신도 애인이 없는 거예요? 내 애인은 미국으로 떠났어요."

"네, 없어요."

"우리 사귀지 않을래요?"

"물론 사귀고 싶어요."

그녀는 온몸을 그에게 의지하고 촉촉한 입술을 내밀었다. 사랑의 열기가 나무와 길로 뿜어져 나갔다. 라디델은 처녀의 빨간 입술과 하얀 목과 갈색 목덜미에 그리고 손과 팔에 키스를 퍼부었다. 그녀가 그를, 아니 그가 그녀를 짙은 어둠이 깔린 구석자리의 식탁으로 데리고 갔다. 그는 와인을 주문하고 잔 하나로 그녀와 함께 마셨다. 팔은 그녀의 허리를 감고, 온몸에 뜨겁게 박동치는 맥박을 느꼈다. 한 시간 전부터 과거의 세상은 모두 가라앉아 끝없는 바닥으로 떨어져버렸다. 어제와 내일이 없는 찬란한 밤이 그의 온 천지를 지배했다.

예쁜 파니도 새 애인, 생기발랄한 청춘을 만난 것이 기뻤다. 하지만 자기 새 애인만큼 무작정 기쁜 것은 아니었다. 그녀는 그의 열정을 한 손으로는 받아들이면서 다른 한 손으로는 뿌리치려고 애썼다. 아름다운 무도회의 밤이 그녀에게도 만족스러웠다. 그녀는 뜨거운 뺨과 빛나는 눈으로 춤을 췄다. 그렇다고 그녀가 자기의 사명을 잊고 있었던 것은 아니었다.

라디델은 그날 밤 와인을 마시고 춤을 추는 동안 사랑하는 그녀의 슬프고 기나긴 이야기를 들었다. 그녀는 어머니가 병이 들어 치료를 하려면 빚을 져야 하고, 끝내 거리에 나앉을 수밖에 없게 될 것이라고 했다. 그녀는 놀라움을 금치 못하는 애인에게 이런 걱정스러운 이야기를 한꺼번에 털어놓지 못하고 여러 차례 쉬어가며 들려줬다. 이야기를 듣는 동안 그는 차분히 듣기도 하고, 흥분하기도 했다. 그녀는 심지어 그 일을 너무 심각하게 생각하지 말라고, 그일 때문에 아름다운 밤을 망치고 싶지 않다는 말까지 했다. 그러나 그녀는 다시 한숨을 쉬며 눈물을 훔쳤다. 착한 라디델은 처음 연애를 시작하는 사람들이 모두 그러하듯이 동정심을 억제하기는커녕 불태웠다. 그는 처녀를 꼭 껴안고 키스를 퍼부으면서 자기가 그 문제를 해결해 보겠노라고 감당하기 어려운 약속을 했다.

그녀는 그의 말에 위로를 받지 못했다. 그녀는 갑자기, 너무 늦었다, 병든 불쌍한 어머니에게 빨리 가봐야 한다, 더 이상 오래 기다리시게 해서는 안 된다고 말하면서 이제 영원히 헤어지자고 했다. 라디델은 그녀를 붙잡아두려고 애원하고 간청했다. 아니면 함께 가자고 설득도 하고 하소연도 하는 등, 자기는 낚싯바늘을 삼켰으니 뱉어낼 수 없게 되었다고 떼를 썼다.

파니는 그와의 관계가 더 이상 지속되기를 원치 않았다. 그녀는 절망적인 표정으로 어깨를 으쓱하고는 라디델의 손을 쓰다듬으며, 이제 자기와 영원히 헤어져달라고 간청했다. 내일 저녁까지 백 마르크를 마련하지 못하면 가여운 엄마와 함께 거리에 나서게 되는데, 그렇듯 절망적인 상황을 자기는 도저히 감당할 도리가 없다는 것이었다. 그녀는 알프레트의 말을 잘 듣고, 그의 호의를 기꺼이 받아들이고 싶다고 했다. 자기 또한 그를 엄청 사랑하지만, 이런 처지에서는 서로 헤어지는 것이 바람직하고, 이 아름다운 밤을 영원히 기억하는 것으로 만족하자고 했다.

라디델은 생각이 달랐다. 깊이 생각하지도 않고 그는 내일까지 그 돈을 마련해 오겠다고 말하면서, 자기의 사랑을 더 이상 시험하지 말라, 섭섭하다고 했다.

"아, 당신이 그렇게 할 수만 있다면 얼마나 좋겠어요!" 이렇게 말하면서 그녀는 한숨을 쉬었다. 그리고 동시에 숨을 쉴 수 없을 정도로 그를 꼭 껴안았다.

"내 말 믿어요", 이렇게 말하고 그가 그녀를 집까지 바래다주려고 했으나, 그녀는 꺼려하는 눈치였을 뿐 아니라 돌연 굉장히 불안해하며, 정숙했던 그녀가 외간 남자와 함께 오는 것을 보면 사람들이 흉을 볼 거라고 했다. 안타까운 마음 금할 수 없었으나 그는 하는 수 없이 혼자가게 했다.

그녀를 보낸 후 그는 한 시간 가량 축제장을 배회했다. 정원과 천막 여기저기서 축제의 밤을 즐기는 환호성들이 들려왔다. 흥분을 가라앉히지 못하고 마침내 집에 돌아와 곧 침대에 누워 잠이 들었으나, 불안한 나머지 한 시간이 지나 다시 잠에서 깼다. 그는 끈질기게 머리를 어지럽히던 꿈의 잔영을 한참만에야 떨쳐버렸다. 희미한 잿빛을 띤 밤이 창밖에 와 있었다. 방은 어둡고 조용했다. 불면의 밤을 경험해보지 못한 라디델은 당황스럽고 두려운 시선으로 어둠을 응시했다. 지난 저녁의 시끌벅적한 축제의 환영이 아직도 그의 뇌리에서 사라지지 않은 것 같았다. 무언가 잊어버린 것 같은데, 그 무언가는 반드시 생각해내야 하는 어떤 것 같아서 한참동안 고민스러웠다. 오리무중이던 고민거리가 무엇이었는지 마침내 선명하게 떠올랐다. 정신이 맑아진 몽상가는 그것의 긴박성을 깨달았다. 그는 사랑하는 여인에게 약속한 돈을 어디서 구할 수 있을지 궁리에 궁리를 거듭했다. 그런 약속을 자신이 어떻게 할 수 있었는지 도저히 이해할 수 없었으며, 혹시 뭔가에 홀렸던 것 아닌가 하는 생각이 들었다. 약속을 깨버릴까 하는 생각도 했다. 그러자 마음이 홀가분해졌으나, 그것도 한 순간, 정직하고 선량한 젊은이는 곤경에 처한 여자를 도와주기로 한 약속을 어길 수가 없었다. 그 약속 못지않게 강력하게 떠오르는 기억은 파니의 아름다움과 키스, 따뜻한 체온이었다. 그리고 내일이면 분명 이 모든 것을 자기 품에 안게 될 것이라는 희망이 부풀어 올랐다. 때문에 그는 그녀를 배반하려했던 자신이 부끄러웠다. 그는 약속한 돈을 조달할 수 있는 길을 찾기 위해 머리를 쥐어짰다. 하지만 생각을 거듭하면 할수록 돈의 액수가 점점 더 크게 느껴지고, 조달이 쉽지 않아 보였다.

뜬 눈으로 밤을 샌 라디델은 이튿날 아침 머리가 어지럽고 피곤했다. 그는 절망적인 기분에 피곤한 몸을 이끌고 출근해서 자기자리에 가 앉았지만 더 이상 뾰족한 수가 떠오르지 않았다. 그는 출근하기 전 아침 일찍 전당포에 가서 시계와 시곗줄을 비롯해서 자신의 얼마 안 되는 귀중품을 모두 전당잡히려고 했으나, 창피스럽고 언짢은 그의 발걸음은 허사가 되고 말았다. 전당포 주인이 모두 합쳐서 10마르크 이상은 주려하지 않았기 때문이다. 슬픔에 차서 일거리에 눈을 돌려 황량하게 한 시간가량 일람표에 매달려 있는데, 견습생이 우편물과 함께 그에게 온 작은 편지를 가져왔다. 그는 놀라서 예쁜 편지봉투를 열어보다가 얼른 주머니에 감추었다가, 남의 눈에 띄지 않게 장미처럼 빨간 쪽지편지를 다시 봉투에서 꺼내 읽어봤다.

"사랑하는 이여, 오늘 저녁에 오는 거지요? 키스를 보내며, 당신의 파니 드림."

그 글귀는 라디델의 마음을 굳히는 결정적인 계기가 됐다. 그는 어떤 일이 있어도 약속을 지키기로 굳게 마음먹은 것이다. 그는 편지를 양복의 윗주머니에 감추었다가 기회가 날 때마다 꺼내서 냄새를 맡아보았다. 편지는 부드럽고 포근한 향기를 풍겼다. 향기는 와인처럼 그의 머리로 스며들었다.

이미 어젯밤에 머리를 짜낸 것이지만, 그는 정 안 되면 부정한 방법으로라도 돈을 마련하기로 작정했다. 하지만 이런 계획이 그의 양심에 거리낄 수밖에 없었다. 그런데도 흑심이 다시금 고개를 들고 점점 더 강력하게 그를 유혹했다. 도둑질, 즉 부정행위를 저지르는 것은 양심이 허락하지 않는 일이지만, 부득이한 상황에서 돈을 차용하는 것이고, 훗날 반드시 갚을 것이라는 생각을 하니 착잡했던 마음이 점차 평정을 되찾았다. 그러나 어떤 유의 부정행위를 감행해야 할지에 관해서는 생각을 거듭했지만 뾰족한 수가 떠오르지 않았다. 그는 심란하고 씁쓸한 심정으로 온종일 곰곰이 생각하고 계획을 짜내려고 애를 썼다. 그러나 그날 저녁 마지막 순간에 아주 유혹적인 절호의 기회가 그를 악으로 만들지 않았다면 그가 죄를 짓지는 않았겠지만, 시련에서 결코 벗어나지 못한 채 절망했을 것이다. 사장이 등기우편을 통해 여기저기에 돈을 부치라고 지폐를 그에게 건넸다. 그는 받은 지폐 일곱 장을 두 번에 걸쳐 세어본 후, 유혹을 뿌리치지 못하고 떨리는 손으로 그 중 한 장을 슬쩍 빼내고 나머지 여섯 장을 봉했다.

그는 자기가 한 짓을 후회했지만, 견습생이 이미 내용물과 액수표시가 다른 등기우편물을 가지고 떠난 후였다. 그가 보기에 이번 횡령은 온갖 횡령 중에서 가장 어리석고 위험한 횡령이었다. 그도 그럴 것이, 길어야 며칠 안에 돈이 부족하다는 사실이 밝혀질 테고, 그 소식이 사장에게 전해질 것이기 때문이었다. 편지는 이미 떠나버렸고, 되돌릴 수 있는 방법이 전무한 상태에서 악행에 서툰 라디델은 목매달아 죽고 싶은 생각이 들었으나, 살고 싶은 생각 또한 못지않게 들었다. '사흘, 아니 어쩌면 하루만 지나면 지금까지 지켜온 내 명예와 자유 그리고 미래가 끝장나고, 내 것이 될 수 없는 백 마르크만이 문제가 되고 말 것이다.' 재판을 받게 되고, 유죄판결이 내려지고, 온갖 손가락질을 받아가며 감옥에 갇혀, 그 모든 치욕이 자업자득, 당연한 징벌임을 인정하지 않을 수 없게 될 자신을 떠올렸다.

　그러나 저녁을 먹으러 가는 길에 어쩌면 일이 잘 풀릴 수도 있을 거라는 생각이 들었다. 돈이 모자란다는 사실이 밝혀지지 않을 것이라는 기대는 감히 할 수 없었지만, 돈이 빈다고 해서 자기가 범인이라는 걸 어떻게 증명할 수 있겠는가? 그는 정장을 하고 한 시간가량 늦게 축제장에 나타났다. 가는 길에 그는 다시금 희망에 부풀었다. 아니면 다시금 솟아난 청춘의 뜨거운 욕망이 그의 불안감을 마비시켰는지도 모르겠다.

　이날 저녁도 축제장은 활기가 가득 차 있었다. 그러나 오늘의 무도장은 선남선녀들이 모이는 장소가 아니라 수상쩍은 사람들이, 그나마 적은 수가 모인 장소처럼 생각됐다. 라디델이 와인 4분의 1리터들이 한 잔을 마신 후에도 파니는 아직 오지 않았다. 그는 오늘 축제에 온 사람들이 별로 마음에 들지 않아 정원을 나와 정원 밖 울타리에서 기다리기로 했다. 저녁공기가 서늘했다. 그는 어둠이 깔린 사격장의 한 귀퉁이에 기대서서 떠들썩한 사람들을 바라보다가, 어제 그런 사람들 틈에 섞여 그런 음악을 들으며 신나게 춤을 추며 행복해 했던 자신이 이상하게 생각됐다. 오늘은 모든 게 별로 마음에 들지 않았기 때문이다. 오늘 모인 처녀들 대부분이 파렴치하고 경박해 보였고, 남자 녀석들은 춤을 추면서도 소리를 지르고 휘파람을 불어대며 제멋대로 법석을 떠는 것이었다. 붉은 초롱 또한 전날처럼 축제분위기에 걸맞게 빛을 발하지 않았다. 그는 이런 분위기가 피곤 때문인지 아니면 취기가 가셔서 그런지, 그것도 아니면 양심의 가책 때문에 그렇게 느껴지는 건지 알 수가 없었다. 그런 광경을 오래 바라보고 기다렸지만 축제의 기쁨은 살아나지 않았다. 그는 파니가 오면 그녀와 함께 이 자리를 떠나야겠다고 마음먹었다.

한 시간가량 기다렸을 때, 그는 정원의 건너편 입구에서 그의 애인이 오는 것을 보았다. 그는 빨간 블라우스를 걸치고 하얀 돛천모자를 쓴 그녀를 호기심에 찬 눈으로 바라보았다. 그는 자기가 오랫동안 기다렸으니까 그녀도 좀 놀려먹으려고 기다리게 할 생각이었다. 게다가 그렇게 숨어서 엿보는 것이 재미도 있을 것 같았다.

예쁜 파니는 천천히 정원을 거닐며 그를 찾고 있었다. 라디델이 나타나지 않자 그녀는 한 탁자 옆에 앉았다. 그때 웨이터 한 명이 그녀 쪽으로 오더니 윙크를 했다. 그러고 나서 한 사내가 그녀에게 접근해 갔는데, 그는 이미 어제 건방지게 굴어서 그의 눈에 띈 녀석이었다. 녀석은 그녀를 잘 아는 것 같았다. 라디델이 보기에, 그녀는 무언가 그에게 열심히 물어보는 듯 했는데, 아마도 자기에 관해서 묻는 것 같았다. 녀석은 출구를 가리키며, 그녀가 찾는 사람이 거기 있다가 다시 가버렸다는 얘기를 하는 것 같았다.

라디델은 그녀가 가여운 생각이 들어서 그녀에게 달려가려고 했다. 그러나 그 순간 그는 깜짝 놀라고 말았다. 그 불쾌한 녀석이 파니를 끌어안고 춤을 추는 것이 아닌가. 신경을 곤두세우고 그는 두 사람을 바라봤다. 남자의 거친 애무를 보면서 그는 얼굴이 후끈 달아올랐지만, 처녀는 그런 그를 뿌리치지도 않고 그냥 내버려 두는 것처럼 보였다.

춤이 한 판 끝나자 파니의 파트너는 모자를 벗어서 정중하게 그녀에게 내밀며 다시 한 번 춤을 더 추자고 청하는 것이었다. 라디델은 그녀를 부르며 울타리를 넘어 그녀에게 가려다 그만 두고 말았다. 그녀가 낯선 남자에게 미소를 던지며 그와 스코트랜드 원무(圓舞)를 추기 시작했기 때문이다. 춤을 추는 동안 그는 그녀가 다른 남자와 잘 어울리는 것을 보았다. 그녀는 남자의 두 손을 쓰다듬는가 하면 그에게 기대기도 했다. 바로 어제 자기에게 그렇게 한 것처럼 말이다. 남자는 열이 올라 그녀를 더 세차게 부둥켜안더니, 춤이 끝날 무렵에는 두 사람이 어두운 나무그늘로, 그러니까 그가 훔쳐보고 있는 곳 가까이로 다가왔다. 괴롭게도 두 사람은 그가 그들의 말을 듣고, 그들이 키스를 하는 소리까지 또렷이 들리는 지점까지 온 것이었다.

알프레트 라디델은 눈물을 흘리며 집으로 발길을 돌렸다. 치욕과 분노가 치밀어 올랐다. 그러나 한편으로 그는 창부에게서 벗어난 것이 기쁘기도 했다. 젊은이들이 축제장을 나와 집으로 돌아가면서 노래를 불렀다. 정원에서는 음악소리와 웃음소리가 들려왔다. 그러나 그에게는 모든 것이 그를 조소하는 것 같았고, 모든 즐거움이 독버섯처럼만 느껴졌다. 집에 돌아온 그는 기진맥진했고, 잠자고 싶은 생각도 들지 않았다. 정장을 벗고 습관대로 구겨진 옷의 주름을 펴려고 하자 주머니에서 바스락거리는 소리가 들렸다. 그는 푸른색 지폐를 구겨지지 않게 조심스럽게 주머니에서 꺼냈다. 책상 위에 놓인 지폐는 촛불에 때묻지 않은 모습을 드러냈다. 그는 잠시 지폐를 바라보다가 서랍에 넣고 자물쇠를 잠근 후, 고개를 내저었다. 그런 몹쓸 경험을 하기 위해 그는 도둑질을 하고, 자기 인생을 결딴낸 것이다.

한 시간가량 그는 뜬눈으로 누워 있었다. 더 이상 파니와 100마르크 생각은 나지 않는 대신에 마르타 베버 생각이 났다. 그리고 이제 그녀를 향한 모든 길이 막혀버렸다는 생각이 들었다.

5장

라디델은 이제 자신이 무엇을 해야 할지 잘 알고 있었다. 그는 자신을 치욕스러워해야 하는 것이 얼마나 가슴 쓰라린지를 경험했다. 용기를 내기 힘들었지만, 그는 굳게 마음먹고 돈을 가지고 사장에게 가 이실직고하기로 결심했다. 그렇게 함으로써 가능하다면 자신의 명예와 장래를 지키고 싶었다.

다음날 사무실에 갔을 때, 그는 적지 않게 괴로웠다. 하필이면 그날따라 공증인이 출근하지 않았던 것이다. 점심때까지 기다리는 동안 그는 동료들을 쳐다볼 수가 없었다. 내일 자기가 이 자리에 남아 그들과 같은 신분을 계속 유지할 수 있을는지 알 수 없었기 때문이다.

점심식사 후에도 공증인은 나타나지 않았다. 몸이 불편해 오늘은 사무실에 나오지 않는다는 연락이 왔다. 라디델은 더 이상 견디기 힘들었다. 그는 그런저런 핑계를 대고 사무실을 나와 곧장 사장의 집으로 갔다. 면회가 안 된다고 했지만 그는 자기 이름을 대고 긴급한 일로 꼭 사장을 뵈어야 한다고 절망적으로 떼를 썼다. 그리하여 그는 거실로 안내됐다. 그곳에서 기다리라는 것이었다.

하녀는 그를 혼자 두고 갔다. 그는 당황스럽고 불안한 표정으로 플러시를 씌운 의자들 사이에 서서 집안의 모든 소리에 귀를 기울였다. 그는 손수건을 꺼내 쉴새없이 흐르는 이마의 땀

작은 세상

을 닦아냈다. 타원형 탁자에는 금박장식이 된 책들, 이를테면 실러의 시집 『종소리』와 소설 『1870년 전쟁』 같은 책들이 놓여 있었고, 회색 돌을 쪼아 만든 사자상도 있었다. 사진틀에는 사진들이 잔뜩 들어 있었다. 이곳 거실은 라디넬 부모의 아름다운 방과 비슷하게 우아해 보였다. 이 모든 것이 엄숙하고 부유하고 위엄 있어 보였다. 사진들은 온통 잘 차려입은 사람들로, 신랑신부와 좋은 가문, 명성이 높은 훌륭한 가문의 선남선녀들이었다. 벽 위쪽에서는 실물 크기의 얼굴이 내려다보고 있었는데, 그 용모와 눈이 돌아가신 베버 댁 딸들의 부친상을 상기시켰다. 그런 위엄을 지닌 상류층 사람들 사이에서 죄인 라디넬은 매순간 자신이 한없이 움츠러드는 느낌이 들었다. 자기가 저지른 범죄로 인해 그는 이런 집단으로부터 격리되어 천박한 집단, 사진을 찍어 사진틀에 보관해서 멋진 방에 걸어놓을 자격이 없는 집단으로 내팽개쳐진 것 같은 느낌이 들었다.

진자추시계라고 불리는 커다란 벽시계가 놋쇠로 된 추를 이리저리 흔들어댔다. 라디넬이 한참 기다리고 있는데 벽시계가 나직하게 '헛기침'을 하더니 온 방이 울리도록 깊고 아름다운 소리로 타종을 했다. 가련한 젊은이는 깜짝 놀랐다. 그때 공증인이 문을 열고 그를 향해 걸어왔다. 그는 허리 숙여 인사하는 라디넬을 거들떠보지도 않고 곧장 의자에 앉으라고 명령조로 손짓을 하더니 말했다.

"무슨 일로 왔나?"

"저는" 라디델이 말하기 시작했다. "저는, 그러니까 … "

이렇게 더듬거리다가 그는 침을 한 번 삼키고 힘차게 입을 열었다.

"제가 사장님의 돈을 훔쳤습니다."

공증인은 고개를 끄덕이며 조용히 말했다.

"자넨 정말 내 돈을 훔쳐갔어. 난 벌써 알고 있었네. 한 시간 전에 전보가 왔었지. 그러니까 자네가 정말 내 돈 백 마르크를 훔쳤단 말이지?"

대답 대신에 라디델은 주머니에서 백 마르크 지폐를 꺼내 내밀었다. 놀란 사장은 지폐를 손가락으로 받더니 지폐를 이리저리 흔들어 대며 라디델을 쏘아보았다.

"어떻게 된 건가? 벌써 돈을 마련했다는 건가?"

"아닙니다. 그건 제가 훔쳐갔던 바로 그 돈입니다. 그 돈을 사용하지 않았습니다."

"자넨 참 별난 사람이로군, 라디델. 난 자네가 돈을 훔쳐갔다는 걸 금방 알았지. 자네 아니면 그런 짓을 할 사람이 없었거든. 그밖에도 일요일 저녁에 축제장의 평판이 나쁜 무도장에 자네가 있는 걸 봤다는 얘기를 들었네. 그 짓이 무도장과 관계가 없다고는 얘기 못하겠지?"

이제 라디델은 도둑질을 하게 된 사연을 털어놓고 이야기할 수밖에 없었다. 그는 치욕스럽기 그지없어 선뜻 마음이 내키지 않았지만, 거의 모든 것을 털어놓았다. 나이 지긋한 사장은 그의 말을 두세 번 끊고 짤막하게 질문을 한 것 이외에는 생각에 잠겨 그의 말을 경청했다. 그는 이따금 라디넬의 얼굴을 쳐다봤지만, 그밖에는 그의 말을 방해하지 않기 위해 줄곧 땅바닥을 바라봤다.

얘기를 다 듣고 난 그는 자리에서 일어서더니 깊은 생각에 잠겨 방안을 이리저리 거닐다가 사진 하나를 집어 들었다. 그리고는 갑자기 그 사진을 의자에 절망적으로 쪼그려 앉은 죄인에게 내밀었다.

"여보게." 그가 말했다. "이분은 미국에 있는 커다란 공장의 공장장일세. 내 사촌 되시는 분이네. 이런 말 다른 사람들에게는 하지 말게. 이분도 젊은 시절에 자네와 비슷한 처지에 놓인 적이 있었네. 천 마르크를 훔친 거야. 아버지는 그를 내쳤고, 그리하여 그는 투옥됐네. 형을 마친 후 그분은 미국으로 갔지."

이렇게 말하고 그는 다시 말없이 방안을 거닐었다. 라디넬은 점잖은 남자의 사진을 보며 이렇게 존경스런 가문에서도 과오가 생겼다는 것이 조금은 위안이 됐다. 그런 죄를 저지른 사람이 고난을 극복하고, 이제 올바른 사람으로 평가받아 그의 사진이 흠결 없는 사람들 사진 사이에 끼어들 수 있게 된 것이다.

그러는 동안 공증인은 생각을 끝내고 라디넬에게 걸어왔다. 라디넬은 겁을 잔뜩 먹은 표정으로 그를 바라봤다.

공증인은 친절하게 말했다.

"정말 유감스럽네, 라디넬. 난 자네가 나쁜 사람이라고 생각지 않네. 자네는 다시 올곧은 길로 들어서리라 믿어. 그래서 자네를 붙잡아 둘 생각도 했지만, 그게 우리 두 사람에게 그리 달가운 일이 아닐 뿐 아니라, 내 원칙에도 어긋나네. 자네가 선량하다는 걸 믿지만, 내 동료에게 자네를 추천할 수는 없네. 이번 일은 우리 둘 사이에 매듭을 진 것으로 하겠네. 그 일에 관해선 아무에게도 얘기하지 않겠지만, 그렇다고 자네를 내 곁에 둘 수는 없네."

악행을 그렇게 인간적으로 포용해준데 대해 라디넬은 한없이 기뻤지만, 막상 자유의 몸이 되고, 미지의 세계에 던져지고 보니 앞이 캄캄했다.

"아, 저는 이제 뭘 해야 하나요?" 그가 이렇게 탄식했다.

"새로운 걸 시작해 보게." 공증인이 외치면서 뜻밖에 미소를 지었다.

"진지하게 생각해보게, 라디넬. 어떤가, 내년에 국가시험을 한 번 쳐 보는 거 말일세? 저것 보게, 얼굴이 빨개지네. 자, 이번 겨울에 부지런히 파고들기만 하면, 어렵기는 하겠지만 해낼 수 있을 걸세. 난 벌써 얼마 전부터 자네와 그 문제에 대해 상의해 보려고 했네. 지금이 절호의 기회일세. 나는 확신하고 있었고, 아마 자네도 마음속으로 그렇게 생각하고 있었겠지만, 자넨 직업을 잘못 택했어. 자네에겐 공증인이 어울리지 않아. 아니, 자넨 공무원 기질이 아니야. 만약이지만, 혹시 국가시험에 떨어지면, 자네 적성을 살릴 수 있는 다른 직업을 찾아보게.

내일 당장 고향으로 가보게. 그게 상책일세. 그럼 잘 가게. 훗날 내게 소식 주면 기쁘겠네. 그렇게 의기소침해 있지 말고, 어리석은 짓도 해서는 안 되네! 그럼 잘 가게. 그리고 아버님께 내 안부도 전하고."

그는 당황해 하는 라디델에게 손을 내밀어 그의 손을 꽉 잡고는, 무언가 얘기를 더 하려는 그를 문 쪽으로 밀어냈다.

그리하여 우리의 친구는 거리에 나섰다. 그는 검은색 토시 한 짝을 사무실에 놓고 나왔지만, 그걸 다시 가져올 생각은 없었다. 다시는 사무실에 가지 않기로 결심한 것이다. 마음이 매우 울적하고, 고향에 갈 생각과 아버지 생각을 하면 겁도 났지만, 한편, 마음속 깊은 곳에서는 경찰서에 끌려가지 않고, 굴욕을 당하지 않을 수 있게 된 것이 고맙고 만족스럽기까지 했다. 천천히 길을 걸어가는 동안 그는 국가시험을 앞두고 있다는 생각보다는, 며칠간 겪은 고통에서 벗어나 한숨을 돌리게 된 것이 무엇보다 기뻤고, 어둡던 마음도 밝아졌다.

그렇게 천천히 걸어가는 동안 그는 평일 대낮에 이렇게 자유롭게 시내를 산책할 수 있게 된 것이 새삼 기분 좋고 만족스러웠다. 그는 상점의 진열장 앞에 머물러서기도 하고, 거리모퉁이에서 손님을 기다리는 마차들을 바라보기도 했으며, 푸른 가을 하늘을 올려다보면서 원치 않았던 휴가기분에 취하기도 했다. 그러다 그는 옛 친구들 생각이 났다. 집 근처의 골목어귀에 다다랐을 무렵 그는 마르타 베버와 비슷하게 생긴 젊고 예쁜 여자를 만났다. 그 순간 마르타와 함께 했던 장면들이 다시금 생생하게 떠올랐다. 마르타가 그동안의 자기 얘기를 들으면 어떤 생각을 하고 무슨 말을 할지 상상해 보았다. 이곳을 떠나면 공직과 미래를 잃을 뿐 아니라 사랑하는 처녀도 가까이 할 수 없다는 생각이 불현듯 뇌리를 스쳤다. 모든 것이 파니 그 애 때문이다!

이런 생각에 깊이 빠져들면 들수록, 마르타에게 인사를 전하지 않고 갈 수는 없겠다는 생각이 강하게 들었다. 하지만 그녀에게 편지를 쓰고 싶지는 않았다. 프리츠 클로이버를 통해 인사를 전하는 길밖에 없었다. 그는 집 바로 앞에서 발길을 돌려 클로이버가 일하는 이발소로 향했다.

선량한 프리츠는 친구를 다시 보자 진심으로 반가워했다. 라디델은 개인적인 사정으로 직장을 그만두고 떠나게 되었다고 짧게 말했다.

"안 돼!" 하고 프리츠가 슬픈 어조로 외쳤다. "그럼 우리 적어도 한 번쯤 함께 자리를 같이 해야 하는 거 아니야. 우리 언제 다시 만나게 될지도 모르잖아! 너 언제 떠나는데?"

알프레트는 잠시 생각에 잠기다가 말했다.

"내일 짐을 싸야해. 그러니까 모래 떠나."

"그럼 난 내일 저녁에 휴가내서 너한테 갈게. 네가 괜찮다면 말이야."

"그래 좋아. 그리고 네 약혼녀 만나면 내 인사 전해줘 - 모두에게!"

"물론 그렇게 하겠지만, 네가 직접 가지 그래?"

"아, 그렇게 할 수 없어. - 그럼 내일 보자!"

말은 그렇게 했지만 그는 이날 그리고 그 이튿날 종일, 직접 가보면 어떨까 하는 생각을 했다. 하지만 용기가 나지 않았다. 무슨 말을 할 것이며, 떠나는 이유를 뭐라고 해야 하겠는가? 그 밖에도 고향으로 가서 아버지 앞에 그리고 동네 사람들 앞에 설 생각을 하니 치욕스럽고 끔찍스러웠다. 그는 짐을 싸지 않았다. 주인에게 방을 비우겠다는 말을 할 용기가 나지 않았다. 그 대신에 그는 편지지에다 아버지에게 쓸 글의 초안을 잡았다.

"사랑하는 아버님! 공증인은 제가 더 이상 필요 없다고 합니다 … "

"사랑하는 아버님! 저는 공증인이 되기에 적합하지 않으므로 … "

그런 엄청난 사건을 부드럽고 분명하게 표현하는 것은 쉬운 일이 아니었다. 편지를 쓰느니 차라리 고향으로 가서, 제가 다시 왔습니다. 저는 쫓겨났습니다, 하고 말하는 편이 더 나을 것 같았다. 그렇게 미적거리던 편지가 저녁에는 완성되었다.

저녁이 되자 그는 완전히 녹초가 되었다. 클로이버는 그날처럼 라디델이 그렇게 부드럽고 다감하게 느껴본 적이 없었다. 그는 이별선물로 고급 향수가 든 작은 유리병을 가져왔다. 향수병을 그에게 주면서 그가 말했다.

"기념으로 너에게 줄 선물을 가져왔는데, 받아주겠니? 가방 안에 들어갈 거야." 그렇게 말하다가 그는 주위를 둘러보고 깜짝 놀라 외쳤다.

"너 아직 짐을 싸지 않았구나! 내가 도와줄까?"

라디델은 어정쩡한 표정으로 그를 쳐다보며 말했다.

"그래, 아직 안 쌌어. 먼저 편지를 기다려야 해."

"그거 잘 됐네." 프리츠가 만족한 표정으로 말했다. "그럼 작별인사 할 시간이 있다는 얘기잖아. 우리 오늘 저녁에 베버네에 가자. 네가 떠난다면 모두들 섭섭해 할 거야."

불쌍한 라디델은 하늘문이 열렸다가 동시에 다시 닫히는 것 같았다. 그는 무슨 말을 하려고 하다가 고개를 내저었다. 억지로라도 말을 꺼내려 했지만 목이 메어 나오지 않았다. 놀라는 프리츠 앞에서 그는 자기도 모르게 흐느끼기 시작했다.

"이런, 너 왜 그러니?" 그가 놀라서 소리쳤다. 라디델은 말없이 괜찮다는 눈짓을 했다. 그러나 훌륭하고 자랑스러운 친구가 눈물을 흘리는 것을 본 클로이버는 충격을 받고 가슴이 뭉클해졌다. 그는 환자를 대하듯 라디델의 두 손을 잡고 쓰다듬으며 그에게 어떻게 도와주면 되겠느냐고 물었다.

"아, 넌 나를 도울 수 없어." 마음을 진정시킨 알프레트가 말했다. 하지만 클로이버는 그를 그냥 내버려두지 않았다. 라디델은 그렇게 선한 영혼을 지닌 친구에게 마침내 고백을 하게 된 것이 구원처럼 여겨졌다. 그에게 모든 것을 털어놓기로 한 것이다. 라디델은 어두운 곳으로 얼굴을 돌리고 입을 열었다.

"그러니까, 우리가 처음으로 함께 네 약혼녀에게 갔을 때 … " 이렇게 그의 얘기는 시작됐다. 마르타를 사랑하게 됐다는 얘기를 비롯해서, 그녀와 싸우고 헤어졌다는 얘기, 그래서 고통스러웠다는 얘기, 더 나아가 사격대회에 갔는데 기분이 상하고 외로웠다는 얘기와 무도장과 파니 얘기 그리고 백 마르크를 훔쳤다가 쓰지 않았다는 얘기, 끝으로 어제 공증인과 나눈 얘기와 지금 자기의 처지에 관한 얘기 등을 모두 털어놨다. 그밖에도 자기는 아버지 앞에 설 용기가 나지 않아서 편지를 썼고, 어떤 답장이 올지 두려운 마음으로 기다리고 있다는 얘기를 했다.

프리츠 클로이버는 이 모든 이야기를 조용히 경청했다. 라디델의 이야기는 그의 가슴에 커다란 파문을 일으켰다. 라디델은 조용히 친구가 무슨 말을 하기를 기다렸다. 드디어 프리츠가 낮은 음성으로 조심스럽게 말했다.

"정말 안됐구나. 그런 일은 누구에게나 일어날 수 있어. 넌 돈을 다시 되돌려 주었잖아. 그거면 됐어. 중요한 건 네가 앞으로 뭘 해야 하는가 하는 문제야."

자신은 일생에 땡전 한 푼 착복한 적이 없었지만 프리츠는 이렇게 말했다.

"그래, 한데 난 뭘 해야 할지 모르겠어. 그냥 죽고만 싶어."

"그런 말 하면 안 돼!" 프리츠가 소리쳤다. "정말 뭘 해야 할지 모르겠다고?"

"전혀 생각이 안 나. 막노동은 할 수 있겠지."

"그럴 필요 없어. – 네 자존심 상할까 봐 이런 말하기가 뭣한데 … "

"도대체 뭔데?"

"음, 제안을 하나 하고 싶은데, 말도 안 되는 소리일 것 같아 네 기분만 상하게 할까 봐 겁나."

"절대 그럴 리 없어! 지금 난 찬밥 더운밥 가릴 형편이 아니야."

"그래, 그럼 얘기할게. 내 생각엔 말이야 – 넌 이따금 내가 하는 일에 흥미를 느끼고, 직접 실험도 해보며 재미있어 했지. 너 역시 그 분야에 꽤 소질이 있어. 어쩌면 나보다 더 잘 할 수 있을 거야. 넌 재치 있는 손가락을 가지고 있고, 미적 감각도 탁월하니까 말이야. 더 좋은 일자리를 찾지 못할 바에야 우리 이발소에 와서 나와 함께 일해 보는 게 어떨지?"

라디델은 깜짝 놀랐다. 거기에 대해서는 전혀 생각해 보지 않았기 때문이다. 지금까지 이발사라는 직업이 그에게는 수치스러운 직업은 아니지만, 고상한 직업도 아니라는 생각이 들었던 것이다. 그러나 '높은 등급'에서 떨어져 내린 그로서는 소박한 직업이라고 업신여길 처지가 아니었다. 그런 생각이 들고 있는 터에 프리츠가 그의 재주를 칭찬해 주니 기분이 좋을 수밖에.

작은 세상

그는 잠시 생각하더니 말했다.

"그거 그리 나쁘지 않은 생각이네. 하지만 난 이미 다 컸어.
그리고 다른·직업에 길들어 있었고. 그렇기 때문에 어떤 스승
밑에서 수습생으로 일을 시작하기는 힘들 것 같아."

프리츠가 고개를 끄덕이며 말했다.

"그건 그래. 하지만 내 말은 그렇게 하라는 게 아니야."

"그럼 어떻게 하라는 건데?"

"내 말은 네가 배울 게 있다면 우선 나한테서 배울 수 있다는
거야. 내가 이발소를 직접 차릴 때까지 기다리든지 - 그렇게
오래 기다리지 않아도 될 거야 - , 아니면 내가 일하는 이발소
로 당장 와도 돼. 우리 스승은 재주 있는 사람이 수습생으로 무
료봉사하겠다고 하면 기꺼이 허락할 거야. 그렇게 되면 내가 널
가르쳐줄게. 그리고 내가 개업을 하게 되면 넌 그날부터 나와
함께 일을 할 수 있어. 네가 그런 일에 익숙해지는 게 쉽지는 않
겠지. 하지만 점잖은 고객만 유치하면 나쁜 직업도 아니야."

라디델은 놀랍고 기쁜 마음으로 그의 말을 경청하면서, 이제
야 그의 운명이 결정됐다는 느낌이 들었다. 공증인에서 이발사
로 직업을 옮기는 것은 어떤 점에서 직업전선의 후퇴이기는 하
지만, 진짜 적성에 맞는 직업, 확고한 직업이라는 생각에 내심
흡족했다.

"야, 정말 멋지다." 그는 기뻐서 이렇게 외치며 클로이버에게
손을 내밀었다.

"이제 다시 마음이 편안해졌어. 어쩌면 내 나이가 그걸 받아들이기 힘들어하겠지만 어쩌겠어, 받아들여야지. 그럼 그분한테 말 좀 해줄래?"

"네가 원한다면 … " 프리츠가 쑥스러워 하며 대답했다.

라디델은 앞으로 갖게 될 직업에 매혹되어 당장에라도 실습에 나서고 싶었다. 클로이버가 원하는지 원하지 않는지 물어보지도 않고 라디델은 그를 자리에 앉히고 세발을 하고 이발을 했다. 그런데 보라, 프리츠가 몇 마디 조언도 채 하기 전에 그는 훌륭하게 모든 과정을 끝냈다. 라디델은 그에게 담배를 건네고, 주전자를 가져와 차를 끓이고, 수다를 떨었다. 그의 친구 프리츠는 그가 이렇게 속히 슬픔을 떨쳐버리는 것을 보고 무척 놀랐다. 프리츠는 달라진 분위기에 금방 적응하지 못하다가 마침내 알프레트의 유쾌한 기분에 유감없이 휩쓸려 들었다. 지금 기분 같아서는 알프레트가 명랑했던 예전처럼 기타를 잡고 우스꽝스런 노래를 부르기라도 할 것 같았다. 그러나 책상 위에 놓여있던 아버지에게 보낼 편지를 보는 순간 알프레트의 명랑한 기분은 사라졌다. 클로이버가 간 다음 그는 늦은 저녁까지 편지를 가지고 씨름했다. 그는 편지를 몇 차례 다시 읽어보더니 만족스럽지 않은지, 끝내는 집으로 가서 직접 고백하기로 결심했다. 마음의 짐, 고통을 벗어나는 길은 그길 밖에 없었다.

6장

아버지에게 다녀온 라디델은 예전보다 더 말이 없어졌지만 소기의 목적은 달성했다. 그는 클로이버의 스승 밑에서 반년 간 수습생으로 일하기로 했다. 그러나 우선 그의 경제사정이 형편없이 어려워졌다. 벌이가 없고, 집에서 매월 송금되어 오는 돈은 생활비로 쓰기에 너무 빠듯했기 때문이다. 그는 지금까지 살던 제법 큰 방을 포기하고 작은 방으로 옮겨야 했으며, 그밖에도 새 직업에 어울리지 않는 여러 습관은 버려야 했다. 다만 기타는 그대로 가지고 있었다. 기타는 그가 다른 모든 것들을 잊을 수 있게 해 줬다. 그는 머리손질과 콧수염, 손, 손톱손질에 온갖 정성을 다 기울였다. 그는 모든 사람이 놀랄 만큼 이발수습과정을 빠른 속도로 끝마쳤다. 그는 솔질하고, 붓질하고, 향유를 바르고, 비누칠을 하고, 세발을 하고, 화장을 하는 일에 능숙해졌다. 무엇보다도 그가 기뻤던 것은, 이제 자기 적성에 맞는 새 직업을 찾고, 장래를 내다 볼 수 있으며, 의미 있는 일, 보람된 일을 할 수 있게 됐다는 확신이 든 것이다.

물론 처음에는 아이들의 머리를 깎아주고 노동자들의 면도를 해주고, 빗과 솔을 닦는 등 초보들이 하는 일만 맡아했다. 그러나 인조쪽머리를 능숙하게 뚫음으로써 곧 스승의 신뢰를 쌓게 되었고, 그리하여 얼마 지나지 않아 잘 차려입은 점잖은 한 신사를 접대할 수 있는 영광의 날을 맞이하게 되었다. 신사는 만족해 하며 그에게 팁을 주었다. 그렇게 그는 한 계단 한 계단 올라갔다. 단 한 번 고객의 뺨을 베어 야단을 맞은 적이 있지만, 그밖에는 거의 매번 인정을 받고 성공적으로 임무를 수행했다. 그를 누구보다도 칭찬하고, 뛰어난 이발사로 인정해준 사람은 프리츠 클로이버였다. 프리츠는 성실한 이발사였지만, 손님의 머리에 어울리는 이발을 할 수 있는 창의력 같은 것은 부족했으며, 고객과 스스럼없이 담소를 나누고 친교를 트는 재주는 없었기 때문이다. 이런 점에서 라디델은 탁월했다. 석 달 가량 지나자 그의 머리손질에 길들인 단골고객들은 항상 그에게만 머리를 깎아달라고 했다. 그밖에도 그는 새 포마드와 애프터셰이브로션, 비누, 고급 솔과 빗 등을 더 자주 사도록 손님들에게 설득하는 방법을 터득했다. 그리고 실제로 모든 손님들이 그의 권고를 받아들여 이런 물품들을 기꺼이 감사한 마음으로 구입했다. 그도 그럴 것이 그 자신이 부러울 정도로 말끔하고, 더할 나위 없이 멋스러웠기 때문이다.

이발소에서 그는 없어서는 안 될 존재가 되었고, 그 자신도 일에 만족했기 때문에 궁핍은 웬만큼 견뎌낼 수 있었다. 그리고 마르타 베버와 오랫동안 만나지 못한 것도 꾸준히 참아냈다. 그는 이발사가 된 자기의 새로운 모습을 그녀에게 보여주기가 창피했다. 그는 베버네 여자들에게 자기가 이발사가 됐다는 걸 비밀로 해달라고 프리츠에게 신신당부했다. 그러나 비밀은 그리 오래 가지 못했다. 자기 언니가 잘 생긴 공증인을 좋아하는 걸 알고 있는 메타가 프리츠에게 집요하게 캐묻는 바람에 비밀이 들통난 것이다. 그녀는 언니에게 라디델에 관한 새로운 소식을 하나둘 전해줬다. 마르타는 자기 애인이 건강상의 이유로 직업을 바꿨을 뿐 아니라 아직도 여전히 자기를 사랑하고 있다는 얘기를 들었다. 그밖에도, 그가 새로 마련한 직업을 그녀에게 보여주는 걸 창피하게 여기고 있으며, 무언가 이루어내서 미래를 위한 확고한 전망을 보여주기 전까지는 그녀 앞에 나타나지 않기로 마음먹었다는 얘기도 전해 들었다.

어느 날 저녁 베버네 처녀들 방에서 다시 공증인에 대한 얘기가 나왔다. 메타는 공증인을 다이아몬드의 킹보다 더 훌륭하다고 칭찬했다. 그러나 마르타는 늘 그랬던 것처럼 퉁명스러웠으며, 속마음을 털어놓지 않았다.

"정신 차려." 메타가 말했다. "그 사람 프리츠보다 먼저 결혼할는지 몰라."

"할 테면 하시라지. 난 상관없어, 얘."

"상관없다고? 공증인이 그래도 전혀 상관없단 말이지?"

"이런 장난 그만해! 라디델은 결혼할 여자가 어디에 있는지 벌써 알고 있어."

"그럴 거야, 그랬으면 좋겠어. 하지만 언니가 너무 무뚝뚝하게 구니까, 그 사람 지금 겁이 나서 길을 전혀 찾지 못하고 있어. 그 사람한테 눈짓만 하면 네 발로 달려올 걸."

"그럴 수도 있겠지."

"그럼, 내가 윙크해볼까?"

"너 그 사람 갖고 싶니? 넌 이발사가 있지 않아?"

메타는 입을 다물고 속으로 웃었다. 그녀는 언니가 지난번에 라디델에게 모나게 군 자신을 후회하고 있는 걸 눈치 챘다. 그녀는 기가 죽은 언니가 다시 용기를 낼 방법을 궁리했다. 한편으로 그녀는 언니가 속으로 한숨 쉬는 소리를 들으며 조금은 고소한 생각도 들었다.

그러는 동안 샤프하우젠에서 프리츠의 노 스승으로부터 다시 연락이 왔는데, 그가 곧 은퇴하고 싶다면서, 클로이버의 생각은 어떠냐고 물었다. 그렇게 묻고, 동시에 자기 가계를 그에게 넘겨줄 금액과 계약금 액수도 알려왔다. 스승의 호의가 담긴 저렴한 가격이었으나 클로이버의 수중에는 그만한 돈이 없었다. 독립하여 결혼할 수 있는 기회가 코앞에 닥쳤는데, 돈이 없는 것이었다. 그는 걱정이 태산 같아 거리를 배회했다. 그러다 그는 드디어 마음을 가라앉히고 가게구입을 포기한 채, 뒤늦게 라디델에게 이 사실을 털어났다.

라디델은 그가 자기에게 진작 그런 사정을 알려주지 않았다고 나무라며, 자기 아버지에게 말씀드려 이 기회를 잡아보자고 제안했다. 그래서 아버지가 허락하면, 둘이 동업하면 되지 않겠느냐는 것이었다.

두 젊은이가 사업계획을 가지고 왔을 때 적이 놀란 라디델의 부친은 지원 여부를 얼른 결정할 수가 없었다. 그러나 그는

자기 아들이 곤경에 처했을 때 도와준 프리츠 클로이버에 대한
신뢰가 컸다. 그뿐 아니라 알프레트가 스승이 발급해준 최우수
수업증명서를 가지고 온 것이었다. 아들이 바야흐로 제대로 된
길로 들어선 것 같은데, 그런 아들의 길을 막아서야 되겠는가
하는 생각이 들었다. 며칠 간 아들들과 티격태격하던 끝에 그는
샤프하우젠으로 가서 상황을 직접 살펴보기로 했다.

마침내 두 동업자는 이발소를 인수했다. 그들은 모든 동료들
로부터 축하의 인사를 받았다. 클로이버는 봄에 결혼식을 올리
기로 했다. 그는 라디넬에게 신랑 제1 들러리를 서달라고 부탁
했다. 때문에 라디넬은 베버 댁 방문을 피할 수 없게 되었다. 그
는 프리츠의 친구들과 함께 베버 집으로 갔으나 가슴이 떨려
계단을 오르기가 여간 힘들지 않았다. 위에 올라가자 예전의 그
향기와 어스름이 그를 맞이했다. 메타가 웃으며 그에게 인사를
건넸다. 늙은 어머니는 걱정스런 표정으로 그를 바라봤다. 그러
나 마르타는 환한 방 뒤쪽에 심각한 표정으로 서 있었다. 검은
의상에 약간 창백한 얼굴을 드러낸 그녀가 그에게 손을 내밀었
다. 그런데 이번엔 라디넬 못지않게 그녀가 당황스러워했다. 그
들은 인사를 나누고, 서로의 건강을 물었다. 고풍어린 작은 와
인잔에 연분홍색 달콤한 와인을 마시며 결혼에 관해 그리고 결
혼과 연관된 이런저런 이야기들을 나눴다. 라디넬은 마르타 양
의 기사가 되어도 좋겠느냐고 물었다. 그리하여 그는 다시 이
집에 자주 드나들 수 있게 되었다. 두 사람은 점잖을 빼며 가벼

운 얘기들만 나누었지만, 서로 은근한 눈길을 주고받았다. 그들은 각자, 상대방이 뭐라고 표현할 수는 없지만 매력적으로 달라졌다고 느꼈다. 서로 말은 하지 않았지만, 그들은 상대방이 근래에 고통을 당했다는 것을 느낌으로 알았고, 앞으로는 뚜렷한 이유 없이 상대방에게 고통을 주지 않기로 작정했다. 동시에 그들은 오랜 이별과 갈등이 서로를 서먹하게 만들기는커녕, 오히려 더 가깝게 만든 것이 신기하기만 했다. 그리하여 그들 사이의 문제는 이제 깨끗이 해결된 것처럼 보였다.

그리고 실제로 그들 사이의 문제는 깨끗이 해결됐다. 그렇게 된 데에는 메타와 프리츠의 노력이 적지 않았다. 이들은 말없이 서로 화해한 두 사람을 장래를 약속한 한 쌍처럼 대했다. 라디델이 베버 집에 오면 모두들 그가 마르타 때문에 온 것으로 알고, 누구보다도 그녀와 함께 있고 싶어서 온다고 생각했다. 라디델은 결혼식 준비를 함께 도왔는데, 마치 자기의 결혼식처럼 열심히 정성을 다했다. 말은 안 했지만, 그는 자기의 뛰어난 기술로 마르타를 위해 멋지고 새로운 머리스타일을 만들어주려고 궁리에 궁리를 거듭했다.

결혼식을 며칠 앞두고 베버 집안이 바쁘게 돌아가던 어느 날 라디델이 멋진 모습을 하고 나타났다. 그는 잠시 기다리다가 마르타가 혼자 있는 틈을 타, 마음속 깊이 간직한 어려운 청이 하나 있다고 털어놨다. 그녀는 얼굴이 빨개졌다. 그가 무슨 말을 하려는지 짐작이 갔기 때문이다. 그녀는 그런 말을 하기에는 그가 날을 잘못 택했다고 생각했지만, 모처럼의 기회를 놓치고 싶지 않아, 하고 싶은 말이 있으면 하라고 다소곳하게 말했다. 용기를 내서 그가 말했다. 청은 다름 아니라, 결혼식 날 자기가 고안해낸 새로운 기술로 아가씨의 머리를 손질해 주고 싶은데 허락해 주겠느냐는 것이었다.

마르타는 놀라워하면서 그가 한번 예행연습을 해보라고 했다. 메타가 도왔다. 라디델은 그의 오랜 소망을 이루게 되었다. 마침내 마르타의 긴 금발을 손에 잡을 수 있게 된 것이다. 처음에 마르타는 메타가 머리 손질을 하고, 그는 단지 옆에서 지도만 해 주기를 원했으나 그렇게 되지 않았다. 그가 곧장 자기 손으로 그녀의 머리를 잡더니 그 자리를 고수했던 것이다. 머리스타일이 완성되어갈 무렵 메타가 잠깐 나갔다 오겠다고 말하고 자리를 비워줬다. 말은 그렇게 했지만 그녀는 두 사람만의 시간을 마련해주기 위해 오랫동안 돌아오지 않았다. 그러는 동안 라디델은 한껏 기술발휘를 했다. 마르타는 거울에서 자기가 공주처럼 아름다워진 모습을 보았다. 그는 그녀의 뒤에 서서 여기저기 마무리 손질을 했다. 그 순간 그는 감정을 억누르지 못하고 아름다운 처녀의 관자놀이를 손으로 가볍게 쓰다듬었다. 그러자 그녀는 두근거리는 가슴으로 고개를 돌려 눈물고인 눈으로 조용히 그를 쳐다봤다. 그 다음 순서는 자연스럽게 진행됐다. 그는 그녀 위로 허리를 숙여 키스를 했고, 그녀는 눈물을 흘리며 그를 꼭 껴안았다. 그는 그녀 앞에 무릎을 꿇은 후 그녀의 애인이자 약혼자로 다시 일어섰다.

"우리, 엄마에게 이 일을 알려야겠어요." 그녀가 처음으로 기분 좋은 말을 했다. 항상 우울한 표정을 짓는 늙은 과부가 마음에 걸리기는 했지만 그는 그러자고 대답했다. 그러나 그가 마르타의 손을 잡고 어머니에게 가서 딸과의 결혼을 허락해 달라고 하자 노파는 고개를 약간 젓더니 가타부타 말이 없었다. 하지만 어머니는 곧 메타를 불렀다. 그리하여 두 자매는 서로 얼싸안고 웃었다 울다 했다. 그러다가 메타가 두 팔을 놓더니 다시 포옹을 하며 마르타의 머리를 탐내며 경탄했다.

"정말 멋져요!" 그녀가 라디델에게 말하며 손을 내밀었다. "라디델 씨의 걸작이로군요. 그건 그렇고, 우리 이제 서로 말을 트기로 해요."

예정된 날에 화려하게 결혼식이 거행됐고, 아울러 약혼식도 치러졌다. 이어서 라디델은 서둘러 샤프하우젠으로 갔다. 클로이버네도 그 방향으로 신혼여행을 떠났다. 노 스승은 라디델에게 가게를 넘겨줬다. 라디델은 기다렸다는 듯이 신장개업을 했다. 클로이버가 올 때까지는 노인이 도왔다. 그럴 수밖에 없었던 것이, 손님이 밀려들었기 때문이다. 라디델은 이곳에서 비로소 그의 운이 트이기 시작했음을 감지했다. 클로이버가 아내와 콘스탄츠에서 증기선을 타고 돌아올 때, 라디델은 그를 마중하러 나갔다. 집으로 오는 길에 벌써 라디델은 앞으로 가게를 확장하자는 제안까지 했다.

다음 일요일에 두 친구는 두 여자와 함께 이 무렵이면 물이 풍성해지는 라인강 폭포로 산책을 나갔다. 이곳에서 그들은 파릇파릇 잎이 무성한 나무 그늘에 앉아 하얗게 포말을 이루며 흘러가는 강물을 바라보며 유쾌하게 지난날을 회상했다.

"그래." 라디델이 세차게 떨어지는 폭포를 내려다보며 생각에 잠겨 말했다. "다음 주면 국가시험을 치렀을 텐데."

"후회되지 않아요?" 메타가 물었다.

라디델은 대답대신 고개를 저으며 웃었다. 그리고 나서 그는 양복 윗주머니에서 작은 상자를 꺼내 뚜껑을 열고, 작은 과자 대여섯 개를 세 사람에게 건네주면서 자기도 한 개 집어들었다.

"출발이 좋은 것 같구나." 프리츠 콜로이버가 웃으며 말했다. "우리 사업이 벌써 성황을 이룬다는 거지?"

"그래 문전성시야." 라디델이 과자를 먹으며 말했다. "성시라고. 그리고 틀림없이 더 번창하게 될 거야."

사랑의 허상과 실상 (약혼)

히르쉬 골목에 자그마한 직물가게가 있었는데, 이 가게는 이웃집들과 마찬가지로 새로운 시대가 되었는데도 변함없이 옛 모습 그대로 간직하고 있었다. 이 가게에 드나드는 많은 고객들은 가게를 나올 때면 언제나 "다시 뵐 수 있는 영광을 주시기 바랍니다"라는 인사를 받았다. 20년 전부터 한결같이 이 가게를 찾는 고객은 예외 없이 이 인사를 받곤 했다. 고객 중에는 나이 지긋한 여자 고객 두세 명이 있었는데, 이들은 이따금 이 가게에 들러 리본과 레이스를 구매할 때마다 엘레(옛 길이의 단위: 약 55~85cm) 단위자로 원하는 길이를 재달라고 했다. 손님접대는 시집을 안 간 이 집의 딸과 여점원이 맡았으며, 주인은 이른 아침부터 저녁 늦게까지 가게에 나와 있었지만 말은 한마디도 하지 않았다. 그는 칠순을 바라보는 나이에 몸집은 작은 편이었으며, 홍조를 띤 예쁘장한 두 뺨과 짧게 깎은 잿빛 수염을 하고 있었다. 그리고 어쩌면 오래전부터 대머리가 된 것처럼 보이는 머리에는 늘 꽃무늬와 물결무늬가 수놓인 빳빳한 모자를 쓰고 있었다. 그의 이름은 안드레아스 온겔트, 이 도시의 성실하고 존경받는 시민노장이었다.

말수가 적은 키 작은 상인에게서 특이하게 눈에 띄는 점은 없었다. 그는 수십 년 전 모습 그대로, 나이가 더 들어 보이지도 덜 들어보이지도 않았다. 하지만 안드레아스 온겔트도 예전엔 소년이었던 적이 있었고, 청년이었던 적이 있었다. 나이 든 사람들에게 들으면 그가 예전엔 "작은 온겔트"라고 불렸으며, 원치 않게 유명세를 치렀다고 한다. 그러니까 약 35년 전 그는 훗날 모든 게르버자우 사람들에게 익히 알려진, 그러나 지금은 누구도 이야기하거나 들으려고 하지 않는 '사건'을 겪었다. 그의 약혼에 관한 이야기였다.

어린 안드레아스는 학교에서 급우들과 이야기하거나 함께 어울리는 일이 전혀 없었다. 그는 어디를 가나 자신이 잉여인간이며, 사람들로부터 주목을 받는 존재라는 생각이 들었다. 그는 소심하고 겸손해서 다른 사람들에게 먼저 자리를 양보했다. 선생님들을 보면 깊은 존경심이 일었고, 급우들을 보면 경외심이 일었다. 그는 길이나 놀이터에는 전혀 나타나지 않았으나, 어쩌다 한 번씩 강에서 수영을 했으며, 겨울에 어떤 아이가 눈을 한 움큼 집어 들면 놀라서 몸을 웅크렸다. 그러나 집에서는 누나가 물려준 인형들과 즐겁고 정겹게 놀았다. 그리고 장

작은 세상

난감 상점놀이도 즐겼는데, 이를테면 저울에 밀가루와 소금, 모래 등을 달아보기도 하고, 이것들을 조그만 종이봉지에 한 가지씩 넣었다가 다시 바꾸어 넣기도 했다가, 그것들을 꺼내서 다시 봉지에 싸보기도 하고, 또다시 꺼내서 저울에 달아보기도 했다. 그는 어머니의 집안 잔일도 즐겨 거들었다. 어머니 대신 장을 봐오기도 하고, 작은 뜰에서 상추를 갉아먹는 달팽이들을 잡기도 했다.

학교 급우들이 자주 괴롭히거나 놀려대도 그는 절대 화를 내거나 섭섭하게 여기는 일이 거의 없었다. 그렇게 그는 대체적으로 편안하고 만족한 삶을 살았다. 같은 또래 아이들과의 교우관계에서 주고받지 못한 정을 자기 인형과 함께 나누었다. 그는 아버지를 일찍 여읜 늦둥이 아들이었다. 어머니는 다른 직업을 가지기를 바랐지만 그가 원하는 대로 내버려 두었다. 어머니는 그의 온순한 성격이 못내 애처롭기만 했다.

이렇듯 별 탈 없이 조용히 지내던 안드레아스는 학교를 마치고, 윗마을 시장에 있는 디얼람 상회에서 수습생활을 마친 후부터 달라지기 시작했다. 그러니까 열일곱 살 되던 해부터 얌전하기만 하던 그가 달라지기 시작한 것이었다. 작은 키에 아직 수줍음을 타고 있었지만, 이제 눈을 커다랗게 뜨고 처녀들을 살피기 시작했다. 그는 마음속에 이성에 대한 사랑의 제단을 차렸는데, 자신의 사랑이 비극적인 상황으로 빠져들면 들수록 이 제단의 불길은 더욱더 거세게 타올랐다.

나이 적은 처녀에서 나이 많은 처녀에 이르기까지 처녀들을 만날 기회는 얼마든지 있었다. 왜냐하면 젊은 온겔트는 디얼람 상회에서 수습을 마친 후 자기 고모의 직물 가게 – 이 가게를 나중에 고모로부터 물려받았다 – 에 들어갔기 때문이다. 가게에는 아이들과 여학생들, 젊은 아가씨들, 노처녀들, 하녀들 그리고 부인들이 매일 같이 드나들면서 리본이나 아마제품 그리고 레이스와 자수 본 따위를 고르고, 물건이 좋다는 둥, 좋지 않다는 둥 평을 늘어놓으면서 물건 값을 깎기도 하고, 귀담아 듣지도 않으면서 조언을 구하기도, 물건을 사고, 산 물건을 다시 교환하기도 했다. 온겔트는 수줍어하며 이런 저런 손님들을 언제나 깍듯이 맞이했다. 그는 양각사다리를 오르내리며 물건을 펼쳐 보이기도 하고 포장을 하기도 했다. 그리고 고객들의 주문을 메모하고 그들에게 물건 값을 알려줬다. 그러면서 그는 일주일에 한 번 꼴로 바꾸어가며 여자를 한 명씩 연모했다. 아름다운 아가씨를 대할 땐 얼굴을 붉히며 레이스와 모직물을 추천하고 떨리는 손으로 계산서를 작성했으며, 그녀가 거만하게 가게를 나갈 때는 두근거리는 가슴으로 가게 문을 잡아주면서 "다시 뵐 수 있는 영광을 주시기 바랍니다"라고 정중하게 인사를 했다.

마음에 드는 아름다운 여자에게 잘 보이고 호감을 사기 위해 안드레아스는 섬세하고 신중한 몸가짐을 익혔다. 그는 밝은 금발머리를 매일 아침 조심스럽게 빗질했으며, 겉옷과 속옷 모두

깨끗하고 깔끔하게 차려입었다. 그리고 이제 막 조금씩 나기 시작한 코밑수염을 들여다보면서 그것이 무성해지기를 애타게 기다렸다. 그는 고객들을 맞이할 땐 우아하게 절을 하고, 직물을 꺼내 보일 땐 왼쪽 손을 판매대에 받치고 한쪽 다리를 약간 구부리고 서서 은은한 미소를 짓기도 하고 내심 뿌듯하다는 표정을 짓기도 하면서 웃음을 능수능란하게 조절했다. 그밖에도 그는 항상 새로운 미사여구들을 구사했다. 이 미사여구들은 대체로 부사(副詞)로 구성되었는데, 날이 갈수록 그는 더욱 더 새롭고 멋진 미사여구들을 배우고 개발해냈다. 그는 어릴 때부터 말재주가 없어 주어와 술어를 갖춘 완전한 문장을 사용하는 법이 드물었다. 때문에 그는 이런 기이한 어법을 즐겨 사용했다. 이를테면 그는 의미와 이해는 제쳐놓고, 자신과 상대방이 그럴 듯하게 들어 넘길 수 있는 언어를 구사하는데 이력이 났다.

누군가 "오늘 날씨가 정말 화창하군요"라고 말하면 키 작은 온겔트는 "그럼요 … 아, 그래요 … 그렇고말고요 … 물론입니다 … " 라는 식으로 대답하는 것이었다. 어떤 여자고객이 이 아마포도 견고하냐고 물으면 "아, 그럼요, 틀림없습니다. 말하자면, 확실히 그렇습니다"라고 대답했다. 그리고 어떤 사람이 그의 안부를 물으면 "대단히 고맙습니다 … 물론 잘 지냅니다 … 아주 잘 지내고말고요 … "라고 응수했다. 특히 중요하고 영예로운 자리에서는 "그럼에도 불구하고, 좌우당간, 결코 그 반대는 아닙니다만"과 같은 표현을 마다하지 않았다. 이럴 때면 앞으로 숙인 머리에서 꼬물거리는 발끝에 이르기까지 그의 온몸에는 아주 곰살궂고 정중하고 풍부한 감정이 실려 있었다. 비교적 길고 힘줄이 많은 그의 목과 목에 달린 상당히 크고 움직임이 많은 울대뼈는 그가 말을 할 때마다 아주 인상적이었다. 작은 키의 감상적인 점원이 대답을 할 때 스타카토 억양이라도 튀어 나오면 듣는 사람은 그의 후두융기가 그의 몸의 삼분의 일은 차지하는 것 같다는 인상을 받았다.

자연은 그 재능을 의미 없이 분배하지 않는다. 온겔트의 인상적인 목은 그의 언변과는 조화를 이루지 않았을는지 모르지만, 정열적인 가수의 특성내지 상징으로는 그야말로 안성맞춤이었다. 안드레아스는 노래를 퍽 좋아했다. 칭찬을 멋들어지게 하고, 극히 공손한 태도로 고객을 대하고, 여러 가지 몸짓을 해가며 "좌우당간", " ~ 임에도 불구하고"라고 말할 때에도 그의 마음속 깊은 곳은 노래할 때만큼 그렇게 푸근하지는 않았을 것이다. 그의 이러한 재능은 학교에 다닐 적에는 나타나지 않았으나 변성기가 완전히 끝난 후에는 더욱 더 향상되었다. 물론 이 재능을 밖으로 드러내지는 않았지만 말이다. 자신의 은밀한 기쁨과 은밀한 예술을 드러내놓고 향유하는 것은 소심하고 수줍음을 잘 타는 온겔트의 기질에 맞지 않았기 때문이다.

저녁식사 후 잠자리에 들기 전 그는 불을 끈 채 자기 방에 들어박혀 한 시간가량 노래를 부르며 서정적 무아경에 도취되곤 했다. 그의 음성은 고음의 테너였다. 정규음악교육을 받지 않은 공백을 그는 열정으로 메웠다. 그의 눈은 촉촉이 젖어 빛났으며, 예쁘게 가르마를 탄 그의 머리는 목덜미 쪽으로 젖혀지고, 그의 목울대는 운율과 더불어 아래위로 움직였다. 그의 애창곡은 〈제비들이 돌아오면〉이었다. "이별, 아, 이별은 괴로워" 라는 구절에 이르면 그의 음성을 길게 떨었고, 이따금 두 눈에 눈물이 고이기도 했다.

상인으로서의 그의 경력은 빠른 속도로 진전됐다. 몇 년간 그를 대도시에 보낼 계획도 세웠지만, 그는 이미 사업상 고모에게 없어서는 안 될 존재가 되었기에 고모는 그를 도시로 가게 내버려두지 않았다. 훗날 고모로부터 가게를 물려받기로 되어 있기에 그의 물질적인 복지는 확실하게 보장되어 있었다. 그러나 그의 마음속 그리움은 채워지지 않았다. 매번 눈길을 주고 허리를 굽혔지만 자기 또래의 모든 처녀들, 이를테면 예쁜 아가씨들에게 그는 우스꽝스러운 인물일 뿐이었다. 그는 아가씨들을 볼 때마다 차례대로 사랑에 빠졌다. 그녀들이 그에게 한 발짝만 다가섰어도 누구라도 받아들였을 것이다. 그러나 세월이 흘러 더욱 세련된 언어를 사용하고 더 멋진 의상을 착용했지만 그에게 손을 내미는 아가씨는 한 명도 없었다.

예외가 있기는 했지만 그는 눈치 채지 못했다. 키르커스포일레라고도 불리는 파울라 키르커라는 처녀였는데, 그녀는 언제나 그에게 친절했고, 그를 진지하게 대하는 것 같았다. 물론 그녀는 젊지도 예쁘지도 않았다. 그녀는 그보다 몇 살 연상이었으며, 평범한 외모를 지니고 있었다. 그러나 그녀는 부유한 수공업자 집안의 성실하고 명망 있는 처녀였다. 안드레아스가 거리에서 인사를 건네면 그녀는 친절하고 정중하게 인사를 받으며 감사해 했고, 가게에 올 때마다 친절하고 겸손했다. 그녀는 그의 손님시중을 공손하게, 상인으로서의 그의 친절한 언행을 진지하게 받아들였다. 그래서 그는 그녀가 싫지 않았으며, 그녀를 신뢰했다. 그러나 그뿐, 그녀는 그의 관심 밖이었다. 그녀는 그가 가게 밖에서는 한 번도 생각해 본 적이 없는 몇 안 되는 미혼 여성이었다.

때로 그는 멋진 새 구두를 신고 싶고, 때로 근사한 스카프를 두르고 싶었지만, 이것들은 점점 자라나는 코밑수염, 그가 애지중지하는 코밑수염과는 비교가 되지 않았다. 그가 마침내 어떤 무역상으로부터 오팔이 박힌 금반지를 산 것은 그의 나이 스물여섯 살 때였다.

나이 서른에 접어들었을 때도 여전히 그는 꿈결처럼 먼 결혼의 항구를 향해 노를 저어가고 있었다. 때문에 그의 어머니와 고모는 그의 결혼문제에 적극적으로 개입하기로 했다. 노령에 접어든 고모는 그에게 자기 생전에 가게를 물려주겠다는 말로 운을 뗐다. 단 그가 게르버자우의 참한 딸과 결혼하는 날 물려주겠다는 것이었다. 고모의 이 말을 신호로 어머니도 발 벗고 나섰다. 곰곰이 생각한 끝에 그녀는 자기 아들이 더 많은 사람들과 만나고, 여자들과 사귀는 법을 익히게 해주기 위해 한 단체에 가입시키기로 했다. 아들이 노래를 좋아한다는 것을 알고 있던 그녀는 이걸 미끼로 그에게 합창단 멤버로 들어가라고 권했다.

사람들과 어울리는 것이 두렵기는 했지만 안드레아스는 어머니의 제안을 받아들였다. 그러나 그는 보다 진지한 음악이 더 좋다는 이유로 리더크란츠 합창단보다는 교회성가대를 선호했다. 하지만 그가 성가대를 선호한 진짜 이유는 다른 데 있었다. 마르그레트 디얼람이 성가대에 있었기 때문이다. 이 처녀는 온겔트가 예전에 도제교육을 받았던 스승의 딸로 아주 예쁘고 명랑했다. 그녀는 스무 살 안팎의 처녀였는데, 안드레아스는 최근에 그녀에게 반해버린 것이다. 벌써 오래전부터 그녀와 같은 또래의 미혼녀를 구했지만 찾을 수가 없었다. 더구나 예쁜 여자는 눈을 씻고 보아도 없던 터였다.

어머니는 딱히 성가대를 싫어할 이유가 없었지만, 성가대는 리더크란츠만큼 사교적인 밤 행사나 축제를 별로 열지 않는다는 점이 마음에 걸렸다. 그러나 대신에 성가대는 비용도 훨씬 저렴하고, 성가대의 단원들 중에는 좋은 가문의 처녀들도 있었다. 어머니에게는, 이 처녀들과 안드레아스가 합창연습이나 공연을 할 때 함께 어울릴 기회가 충분히 있으리라는 생각이 들었다. 그래서 그녀는 아들을 데리고 곧장 성가대 지휘자에게 갔다. 지휘자는 머리가 희끗한 교사였는데, 그들을 친절하게 맞이했다.

"안녕하십니까, 온겔트 씨" 하고 그가 말했다. "우리와 함께 노래하시겠다고요?"

"네, 그렇게 해주시면 … ".

"예전에 노래해 보셨나요?"

"아 네, 그러니까 어느 정도 … "

"그럼 연습 한 번 해보죠. 외울 수 있는 노래 한 곡 아무거나 불러 보세요."

온겔트는 어린애처럼 얼굴에 홍조를 띠우며 좀처럼 시작할 엄두를 못 냈다. 계속해서 노래해보라고 종용하던 지휘자는 마침내 거의 노기마저 띠었다. 그러자 온겔트는 드디어 두려움을 극복하고 체념한 듯한 시선으로, 조용히 앉아있는 어머니를 바라보면서 노래를 부르기 시작했다. 그는 어느새 황홀경에 빠져들며 몇 구절을 거침없이 불렀다.

지휘자는 그만하면 충분하다고 했다. 그는 다시 공손해지면서, 노래를 아주 멋지게 불렀다고 말했다. 노래에 감정이 실려 있음을 느낄 수 있었으며, 어쩌면 그가 성가가 아닌 세속음악에 소질이 더 있을 것 같으니 리더크란츠에 가서 오디션을 한 번 보는 게 어떻겠느냐고 물었다. 온겔트 씨가 당황해서 대답을 못하고 망설이자 그의 어머니가 그를 대변해주려고 애를 썼다. 온겔트는 정말 노래를 잘 부르는데 오늘은 약간 당황했다고 그녀가 말했다. 리더크란츠는 성가대와는 완전히 달라 품위가 별로 없으니 지휘자가 호의를 베풀어 그를 받아주기 바란다고 했다. 한마디로 말해, 자기는 매년 교회에 선물도 보내고 하니, 지휘자가 아량을 베풀어 어느 정도 수습기간만 주면 분명 아들의 실력을 알아보게 될 것이라고 말했다. 성가는 재미로 부르는 것이 아니며, 단상도 이미 가득 차서 온젤트를 받아들일 자리가 없다고 늙은 지휘자가 공손하게 두 번씩이나 말했지만, 어머니의 달변이 끝내 성공을 거두었다. 늙은 지휘자는 서른 살이 넘은 남자가 합창을 하겠다고 그 모친을 조력자로 데리고 오는 일을 지금까지 한 번도 경험해 본 적이 없었다. 자기 합창단 멤버가 이런 식으로 늘어나는 것이 그에게는 처음 겪는 일이고 마뜩찮은 일이었지만, 한편으로는 내심 즐거운 일이기도 했다. 물론 음악 그 자체를 위해서는 별로 내키지 않았지만 말이다. 그는 안드레아스에게 다음 합창연습 때 함께 하자고 했다. 그렇게 지휘자는 두 사람이 미소를 띠면서 돌아가게 했다.

수요일 저녁 키 작은 온젤트는 합창연습장에 일찌감치 도착했다. 이날은 부활절을 위한 합창연습을 하는 날이었다. 그의 뒤를 이어 계속해서 하나둘씩 도착한 남녀 합창대원들은 새 회원에게 아주 친절하게 인사를 건넸다. 대원들 모두가 쾌활하고 명랑한 사람들 같아서 온젤트는 마음이 놓였다. 마르그레트 디얼람도 왔다. 그녀도 신참에게 고개를 끄덕이며 친절한 미소를 보냈다. 이따금 뒤에서 웃어대는 소리도 들렸지만 그는 자신을 약간 우습게 여기는 분위기에 익숙해 있었기 때문에 별로 신경 쓰지 않았다. 그에 반해 그가 이해하기 힘들었던 것은 키르커스포일레의 냉담하고 굳은 표정이었다. 그녀도 합창단 멤버였는데, 곧 알게 된 일이지만 그것도 존중받는 여자 합창단원 중의 한 사람이었다. 그녀는 이상할 정도로 싸늘했으며, 그가 이 성가대에 들어온 것에 거의 반감을 지닌 것처럼 보였다. 하지만 키르커스포일레가 그와 무슨 상관이란 말인가?

노래를 부를 때 온겔트는 지나치게 조심스러워했다. 학교에서 악보 읽는 법을 배운 기억이 어렴풋하게 남아 있기는 했다. 다른 사람들이 부르는 대로 더러 박자를 따라 부르기는 했지만, 전반적으로 그는 자기 노래에 자신이 없었다. 그는 자기가 언제 다른 합창단원들과 조화를 이루게 될는지 심히 걱정됐다. 그가 당황해 하는 것을 본 지휘자는 내심 웃음이 나왔고, 측은지심이 들었다.

"시간이 지나면 잘될 겁니다. 열심히 하세요" 하고 그는 헤어지면서 온겔트에게 위로의 말을 건넸다. 그러나 안드레아스는 그날 저녁 내내 마르그레트와 가까이 있으면서 그녀를 자주 바라볼 수 있었다는 생각에 기분이 매우 좋았다. 여성합창단 바로 뒤에 배치된 테너 파트의 일원으로 예배시간 전후에 신도들 앞에서 찬송가를 불렀던 생각, 부활절에 그리고 앞으로 합창을 할 때마다 디얼람 양과 가까운 곳에 서서 거리낌 없이 그녀를 바라볼 수 있다는 생각을 하니 더할 나위 없이 기뻤다. 그러나 그 순간 그는 자신의 키가 작고 낮아서 다른 합창단원들 사이에 서면 아무도 자기를 볼 수 없을 것이라는 생각에 다시금 가슴이 아렸다. 그는 고심 끝에 합창동료들 중 한 사람에게 앞으로 닥치게 될 자신의 고충을 더듬더듬 털어놨다. 물론 걱정의 근본 원인은 숨긴 채 말이다. 그러자 동료는 웃으며 그를 안심시키고, 그가 잘 보이는 자리를 찾을 수 있도록 도와주겠노라고 했다.

합창연습이 끝나자마자 단원들은 인사를 건네며 곧장 자리를 떴다. 몇몇 남자는 여자들을 집으로 바래다주고, 몇몇은 서로 어울려 맥주를 마시러 갔다. 온겔트는 혼자서 쓸쓸하게 깜깜한 교사(校舍) 앞에 선 채 그들, 더 정확히 말해 마르그레트를 쓸쓸하고 실망어린 표정으로 바라봤다. 그때 키르커스포일러가 그의 옆을 지나갔다. 그가 모자를 벗고 인사를 하자 그녀가 말했다.

"집으로 가세요? 그럼 같은 방향이네요. 같이 가죠."

그는 그러자고 말하고 그녀 옆에 서서 3월의 서늘하고 축축한 골목길을 따라 집으로 발길을 옮겼다. 그는 헤어질 때 잘 자라는 인사 이외에는 그녀와 한 마디도 나누지 않았다.

다음날 마르그레트 디얼람이 가게에 들렀다. 그는 그녀의 시중을 들 수 있어서 여간 기쁘지 않았다. 그는 그녀가 관심을 보이는 모든 옷감을 비단이라도 되는 것처럼 조심스럽게 다뤘다. 자를 마치 바이올린의 활처럼 휘두르며, 모든 동작에 감정을 싣고 우아한 몸짓으로 그녀의 시중을 들었다. 그러면서 그는 어제 있었던 합창연습에 관해 그녀가 뭔가 말을 해주기를 은근히 기대했다. 그의 기대가 어긋나지는 않았다. 문을 나가기 직전에 그녀가 물었다.

"댁도 노래를 좋아하는 줄 몰랐어요, 온겔트 씨. 노래하신지 오래 됐어요?"

그가 두근거리는 가슴으로 "네 … 오히려 단지 그 … 실례합니다만" 하고 입을 여는데 그녀는 가볍게 고개를 끄덕이고 나서 이미 골목으로 사라졌다.

"멋져, 멋져!" 그는 혼잣말로 감탄을 늘어놓으며 미래를 꿈꿨다. 그는 옷감을 정리하면서 생전 처음으로 반모혼방 레이스를 순모와 혼동했다.

그러는 사이에 부활절이 점점 다가오고 있었다. 성금요일과 부활절 당일에 찬송합창을 해야 하기 때문에 이번 주에는 연습이 자주 있었다. 온겔트는 항상 시간 맞춰 나타나서 합창분위기를 망치지 않으려고 심혈을 기울였다. 단원들도 모두 그를 친절하게 대했다. 다만 키르커스포일레만은 그가 만족시키지 못한 것 같았다. 그게 그의 마음에 걸렸다. 그녀는 그가 완전히 신뢰하는 유일한 여자였기 때문이다. 그는 한결같이 그녀와 함께 집으로 갔다. 마르그레트를 바래다주고 싶은 생각이 굴뚝같았으나 용기가 나지 않아 매번 속만 끓인 채 결단을 내리지 못했다. 그래서 그는 포일레와 함께 가는 것이었다. 그는 그녀와 함께 귀가하던 첫날 그녀와 한마디 말도 나누지 않았었다. 다음 번 귀갓길에는 키르커가 그에게 힐난조로 말했다. 왜 그렇게 말이

작은 세상

없느냐, 혹시 그녀를 두려워하느냐고 물었다.

"아닙니다." 그가 놀라며 말을 더듬었다. "그렇지 않아요 … 오히려 … 정말 그렇지 않아요 … 정 반대에요."

그녀는 나직하게 웃으며 물었다.

"노래는 잘 돼가나요? 노래하는 게 즐거워요?"

"물론입니다 … 아주 좋아요 … 정말."

그녀는 고개를 내저으며 나직하게 말했다.

"댁과 정말 얘기다운 얘기를 나눌 수 없는 건가요, 온겔트 씨? 댁은 대답도 돌려서 하고 있어요."

그는 어찌할 바를 모르고 말을 더듬었다.

"좋은 의미로 드리는 말씀이에요" 하고 그녀가 계속해서 말했다. "그렇지 않은가요?"

그가 고개를 힘차게 끄덕였다.

"얘기 좀 해봅시다! 댁은 '왜요, 여하튼, 실례합니다만' 등과 같은 말 빼고는 할 말이 전혀 없나요?"

"네, 그게, 저는 분명히, 그럼에도 불구하고 … 그렇지만."

"네 그럼에도 불구하고 그렇지만. 댁은 저녁에 어머님과 고모님하고 말할 때 독일어로 합니까, 아니면 다른 언어로? 그럼 나나 다른 사람들하고도 그렇게 말하세요. 그러다보면 제대로 된 대화를 나눌 수 있어요. 그렇게 하지 않으시겠어요?"

"아니요, 그렇게, 정말 그렇게 하고 싶어요 … 정말 … "

"그럼 됐어요. 잘 생각하셨어요. 이제 당신과 대화를 나눌 수 있겠군요. 제가 당신에게 몇 가지 말씀 드릴 게 있어요."

그녀는 종전과는 달리 그에게 이야기를 건넸다. 그녀는 그가 노래도 잘 못 부르면서 그보다 젊은 사람들이 대부분인 성가대에 들어간 이유가 도대체 뭔지 물었다. 그리고 사람들이 이따금 그를 놀림거리 아니면 그보다 더한 대상으로 삼고 있는 걸 알기나 하느냐고 물었다. 이야기의 내용이 그의 자존심을 건드리면 건드릴수록 그는 그녀가 던지는 충고가 선의에서, 그를 위한 마음에서 나왔다는 생각이 들었다. 그는 그녀의 충고를 냉정하게 거절할 것인가 아니면 감읍할 것인가를 두고 갈피를 잡을 수 없었다. 그러는 사이에 그들은 키르커의 집에 도착했다. 파울라는 그에게 손을 내밀며 진지하게 말했다.

"안녕히 주무세요, 온켈트 씨. 제 말 고깝게 생각지 마세요. 다음에 우리 얘기 계속해요, 그럴 거죠?"

그는 마음이 착잡해져서 집으로 왔다. 그녀가 그의 속을 뒤집어 놓은 것을 생각하면 가슴이 쓰렸고, 다른 한편으로 누군가가 그렇게 친절하고 진지하게 호의적으로 그와 이야기를 나눴다는 생각을 하면 조금 위안이 되었다.

다음 합창연습을 끝내고 집으로 돌아올 때는 집에서 어머니와 이야기할 때처럼 또렷한 독일어로 말할 수 있었다. 이렇게 말을 제대로 하게 되자 그는 용기가 생기고 자신감이 들었다. 다음날 저녁 그는 내심을 털어놓을 생각을 했다. 그러니까 자기가 좋아하는 사람의 이름이 디얼람이라는 것을 밝히려고 한 것이다. 힘들겠지만 그렇게 말하면 포일레가 자기를 도와주리라고 믿었다. 그러나 그녀는 그가 그런 말을 제대로 꺼내지도 못하게 했다. 그녀는 돌연 그의 말을 자르면서 말했다.

"당신은 결혼하려는 거죠, 안 그래요? 당신의 입장에서는 결혼이 가장 현명한 길이죠. 나이가 있으니까요."

"나이라고요, 그렇긴 하죠." 그는 비통한 심정으로 말했다. 그녀는 웃기만 했다. 그는 위로를 받지 못한 채 집으로 향했다. 다음 귀갓길에 그는 다시 이 문제를 꺼냈다. 포일레는 그가 누구를 원하는지 그 자신이 알고 있어야 한다고 그의 말을 받아넘겼다. 그리고 그가 합창단 단원으로 활동하는 것이 그에게 결코 도움이 되지 않는다고 했다. 그 이유는 젊은 처녀들은 애인이 우스꽝스러운 존재가 되는 것을 가장 꺼려하기 때문이라고 했다.

이 말에 충격을 받아 찢어질 것 같았던 그의 가슴은 성금요일 생각으로 진정됐다. 처음으로 무대에서 합창단 일원으로 노래하게 될 성금요일을 생각하니 가슴이 벅차올랐다. 온겔트는 합창준비에 여념이 없었다. 성금요일 아침이 되자 그는 각별히 신경을 써서 차려입은 옷에 중후한 멋을 풍기는 실크해트를 쓰고 일찌감치 나타났다. 자리가 배정될 무렵 그는 언젠가 자리배정 때 그를 도와주겠다고 약속한 동료에게 다시 한 번 도움을 청했다. 동료는 정말 그 약속을 잊지 않고 있었다. 그가 오르간연주자에게 손짓을 하자 오르간연주자가 낄낄거리며 조그만 상자를 하나 들고 와서 온겔트가 설 자리에 갖다 놨다. 키 작은 온겔트가 상자위에 올라서자 테너 파트의 키 큰 사람들과 마찬가지로 앞을 잘 내다볼 수 있고 청중들도 그를 잘 볼 수 있게 되었다. 그런 장점이 있는 반면에 그는 상자 위에 서 있느라고 위험을 감수해야 했다. 몸의 균형을 유지하느라고 애를 썼는가 하면, 상자에서 넘어져 다리가 부러지면서 아래 난간 쪽에 서있는 처녀들 한 가운데로 떨어지면 어떻게 하나 하는 걱정으로 진땀이 났다. 걱정을 하지 않을 수 없는 게, 오르간 돌출부가 가늘고 경사진 노대 아래의 신도석(信徒席) 쪽으로 기울어져 있었기 때문이다. 그런가 하면 아름다운 마르그레트 디얼람의 목덜미를 가슴 두근거리도록 가까운 거리에 서 바라볼 수 있는 즐거움도 만끽했다. 합창과 예배가 끝났을 무렵 그는 녹초가 되었다. 교회의 문이 열리고 종소리가 들리자 그는 깊은 안도의 한숨을 쉬었다.

다음날 키르커스포일레는 의도적으로 그렇게 높인 자리가 교만하게 보였을 뿐 아니라 그를 우스꽝스럽게 보이게 했다고 나무랬다. 다음에는 자기의 작은 키를 부끄러워하지 않겠다고 약속했지만, 온겔트는 이번 부활절 축제에는 마지막으로 다시 한 번 상자를 사용해야겠다고 했다. 의자를 사용하라고 권한 동료의 체면을 살려주기 위해서도 그렇게 해야겠다는 것이었다. 그녀는 동료가 그를 놀려먹기 위해 상자를 갖다 줬다는 걸 눈치 채지 못했느냐고 물어볼까 하다가 그만뒀다. 고개를 갸우뚱

거리며 그렇게 하라고 승낙은 했지만, 그녀는 그의 무신경에 화가 치미는 한편 그의 순진함에 마음이 끌리기도 했다.

부활절 당일 성가대는 종전보다 더 장엄해졌다. 어려운 노래가 선곡되었다. 온겔트는 상자위에서 씩씩하게 균형을 잡았다. 그러나 합창이 끝날 무렵 발밑의 상자가 흔들거리기 시작하자 그는 깜짝 놀랐다. 난간 쪽으로 떨어지지 않기 위해서는 꼼짝 않고 서있을 도리밖에 없었다. 물의(物議)와 불행한 일이 일어나지 않은 대신에 테너 온겔트는 나직하게 무너지는 상자소리와 함께 점점 키가 줄어들었다. 그러다 겁에 잔뜩 질린 얼굴과 함께 앞으로 가라앉으면서 그는 청중의 시야에서 사라졌다. 지휘자와 신도석, 난간 그리고 금발의 마르그레트의 목덜미가 그의 시야에서 사라졌다. 그러나 그는 무사히 바닥에 내려섰다. 낄낄거리는 남자 합창동료들 이외에 그들 가까이에 앉아 있던 어린 남학생들 말고는 이 상황을 목격한 사람이 없었다. 그가 가라앉은 곳 위쪽에서는 부활절 합창이 화려하게 울려 퍼지고 있었다.

오르간연주자의 마지막 연주곡이 끝나자 신도들은 교회를 떠났으나 합창단은 무대에 그대로 남아 서로 몇 마디 주고받았다. 다음날 부활절 이튿날엔 매년 그랬듯이 축제의 일환으로 소풍을 가기 때문이었다. 안드레아스 온겔트는 처음부터 이 소풍에 대한 기대가 컸다. 그는 심지어 이제 소풍을 함께 갈 거냐고 디얼람 양에게 물을 용기도 생겼다. 이 질문은 별로 힘들지 않게 입에서 나왔다.

"네, 물론 저도 가죠." 아름다운 처녀가 침착하게 말하고 나서 물었다.

"그건 그렇고 아까 아프지 않았어요?" 이렇게 말하고 그녀는 터져 나오는 웃음을 참으며 대답을 기다리지도 않고 곧장 달아나버렸다. 이 순간 포일레가 동정어린 시선으로 진지하게 그를 바라봤다. 그녀의 이러한 시선이 그를 더욱 당혹스럽게 만들었다. 얼떨결에 솟아오른 그의 용기는 삽시간에 다시 꺾여버리고 말았다. 엄마에게 소풍에 관해 말하지만 않았던들, 그리고 엄마가 따라가라고 권유만 하지 않았던들 그는 소풍을 포기하고, 당장에라도 합창단에서 탈퇴하고, 모든 희망을 팽개쳐 버리고 싶었다.

부활절 다음날 하늘은 푸르고 쾌청했다. 두 시가 되자 합창단원들이 시의 위쪽 잎갈나무 가로수 길에 거의 다 모였다. 친척들과 그밖에 여러 부류의 손님들도 함께 왔다. 온겔트는 어머니를 대동하고 왔다. 지난 저녁 그는 자기가 마르그레트를 사랑하게 되었노라고 어머니에게 고백했다. 아울러 사랑이 이루어질 희망이 거의 없다는 말도 덧붙였다. 그러나 어머니가 소풍가는 날 오후 그를 좀 도와주면 구원의 길이 생길는지도 모르겠다고 말했다. 아들에게 모든 것을 베풀어주고 싶었지만 어머니는 마르그레트가 아들에 비해 너무 어리고 너무 예쁘다는 생각이 들었다. 하지만 시도는 해봐야 하지 않겠는가. 중요한 것은 안드레아스가 곧 신부를 맞이하여 가게를 물려받는 일이었다.

행군하는 동안 합창단은 노래를 부르지 않았다. 숲길이 오르기에 상당히 가파르고 힘들었기 때문이다. 온겔트 부인도 물론 힘이 들었지만 애써 숨을 돌리고 나서, 우선 아들에게 앞으로 남은 시간을 위해 각별히 행동거지에 신경을 쓰라고 주의를 준 후, 디얼람 부인과 유쾌하게 대화를 나누기 시작했다. 마르그레트의 어머니는 산길 오르기에 숨이 벅차서 꼭 필요한 대답만 하려고 애를 쓰면서 상대방의 즐겁고 재미있는 이야기를 듣고 있었다. 온겔트 부인은 화창한 날씨에 관해 이야기를 시작하더니, 이어서 교회음악이 거룩하다, 디얼람 부인의 건강한 모습이 보기가 좋다고 칭찬을 늘어놓는가 하면, 마르그레트의 봄옷이 눈부시도록 예쁘다고 은근슬쩍 화제를 마르그레트 쪽으로 돌렸다. 그녀는 의상에 관한 얘기에 한참 머물다가, 드디어 자기 시누이의 직물가게가 최근 몇 년 동안 엄청난 호황을 맞이하고 있다는 얘기로 또 다시 화제를 돌렸다. 이야기를 듣고 있던 디얼람 부인은 달리 어쩔 수가 없어서 젊은 온겔트에 관한 칭찬으로 응수했다. 온겔트는 상인으로서의 재질과 감각이 뛰어나다. 그 점은 몇 년 전 안드레아스가 도제수업을 받을 때 자기 남편이 이미 알아보고 인정했다고 했다. 디얼람 부인이 이렇게 비위를 맞춰주자 그녀는 내심 기뻐 어찌할 바를 몰랐다. 그녀는 가늘게 한숨지으며 말했다. 물론 안드레아스는 성실하고, 앞으로 더 유능해질 것이며, 번창하는 가게도 그 애의 소유나 다름없지만, 여자들 앞에서 너무 수줍음을 타서 걱정이라고 했다. 그 애는 나름대로 결혼에 대해 관심도 갖고, 결혼을 바람직한 미덕으로 생각하고 있기는 하지만, 결혼을 저돌적으로 추진할 용기가 부족하다는 것이었다.

디얼람 부인은 걱정에 가득 찬 어머니를 위로하기 시작했다. 안드레아스의 어머니에게 위로의 말을 건네면서도 그녀는 안드레아스의 결혼문제와 연관해서 결코 자기 딸을 떠올려 보지는 않았지만, 이 도시의 어떤 딸도 안드레아스와 만나는 것을 싫어하지는 않을 것이라고 말했다. 이 말이 온겔트 부인에게는 꿀처럼 달았다.

그러는 사이에 마르그레트는 다른 젊은 단원들과 함께 대열에서 훨씬 앞서 나가 있었다. 어리고 쾌활한 이 젊은이들 소그룹에 온겔트도 합류해 있었다. 물론 다리가 짧아 무진 고생은 했지만 말이다.

또다시 모두가 그를 친절하게 대해줬다. 이들 장난꾸러기들에게는 사랑에 빠진 눈에 겁먹은 꼬마 아저씨가 훌륭한 먹잇감이었기 때문이다. 예쁜 마르그레트도 이들과 한 패였다. 그녀가 자기를 연모하는 안드레아스에게 진지한 척하면서 계속해서 말을 걸자 그는 기뻐 어쩔 줄 몰라 말을 더듬거렸고, 얼굴이 홍당무가 되었다.

그러나 그의 기쁨은 얼마 가지 않았다. 불쌍한 온겔트는 자신이 놀림감이 되고 있다는 사실을 서서히 깨닫게 된 것이다. 그런 수모를 아무리 감수한다 할지라도, 다시금 패배감이 들고 희

작은 세상

망이 사라지는 것은 어쩔 수 없는 노릇이었다. 하지만 가능하면 겉으로는 아무런 내색을 하지 않으려고 했다. 젊은 청년들은 매 15분마다 거침없이 그를 놀려대며 웃음을 터뜨렸다. 그러나 그는 그들이 웃을수록, 모든 익살과 암시가 그를 겨냥하고 있다는 것을 분명하게 느끼면 느낄수록 온힘을 쏟아 더 크게 웃었다. 마침내 젊은이들 중 가장 당돌한 청년 지나치게 심한 장난으로 다른 청년들의 야유를 무색하게 만들었다. 전봇대만큼 키가 큰 그는 약국조수였다.

그들이 막 아름다운 떡갈나무를 지나갈 무렵이었다. 그때 약사가 온겔트에게 높이 솟은 떡갈나무의 맨 아래 가지를 두 손으로 잡아볼 수 있겠느냐고 말했다. 그는 몸을 곧추 세우고 여러 차례 위로 뛰어봤으나 손이 닿을 듯 닿을 듯하다가 끝내 닿지 않았다. 그를 반원으로 둘러싸고 있던 관객들이 웃음을 터뜨리기 시작했다. 그게 끝이 아니었다. 약사는 또 다른 짓궂은 장난을 통해 온겔트를 웃음거리로 만들어서 다시 한 번 자신을 과시할 묘안을 짜냈다. 갑자기 그는 온겔트를 움켜잡더니 그를 번쩍 치켜든 후 나뭇가지를 잡고 매달려 보라고 했다. 놀란 온겔트는 화가 났다. 그는 공중에 뜬 자신이 자칫하다가 떨어질까봐 겁을 먹지만 않았던들 그런 장난 그만 하라고 외쳤을 것이다. 그는 나뭇가지를 꽉 움켜쥐고 매달렸다. 그러자 그를 들고 있던 약사가 온겔트를 놓아버렸다. 온겔트는 젊은 청년들이 폭소를 터뜨리는 가운데 속수무책으로 나뭇가지에 매달려 발을 허우적거리며 화난 음성으로 소리쳤다.

"내려줘요!" 그가 격렬하게 소리 질렀다. "빨리 날 내려달란 말이야, 이 사람아!"

그의 음성이 고음의 쇳소리로 변했다. 그는 자신이 깡그리 무너져 내린 채 영원한 조롱의 대상이 돼버렸다는 느낌이 들었다. 약사는 그가 혼자서 뛰어내려보라고 했다. 이 말에 모두들 손뼉을 치며 환성을 질렀다.

"혼자서 뛰어내려 봐요!" 마르그레트 디얼람도 소리치며 합세했다.

"네, 그럴 게요" 하고 그가 대답했다. "되도록 빨리 뛰어내릴 게요!"

그의 고문자가 짧은 연설을 시작했다. 온겔트 씨가 성가대의 단원이 된지도 벌써 3주가 되었는데, 그 누구도 그가 노래 부르는 소리를 듣지 못했다는 것이었다. 그래서 그가 모여 있는 사람들에게 노래를 한 곡 불러야만 그 위험스러운 꼭대기에서 내려올 수 있을 것이라고 했다.

그의 말이 끝나기가 무섭게 안드레아스가 노래를 부르기 시작했다. 힘이 빠져 나가는 걸 느꼈기 때문이었다. 그는 거의 울먹이며 노래를 불렀다.

"너는 아직 그 순간을 기억하는가" - 첫 구절이 채 끝나기도 전에 그의 손이 풀렸다. 그가 소리를 지르며 아래로 나뒹굴자 모두들 깜짝 놀랐다. 만약 그의 다리가 부러졌다면 분명 모두들 후회하며 그를 동정했을 것이다. 그러나 그는 얼굴이 창백해졌을 뿐 다친 데 없이 일어섰다. 그는 자기 옆 소택지에 떨어진 모자를 집어 들어 조심스럽게 머리에 쓴 후 아무 말 없이 그곳을 떠나 그들이 왔던 길로 발길을 되돌렸다. 첫 커브길을 돌아서자 그는 길 가장자리에 앉아 숨을 돌렸다.

그때 약사가 나타났다. 그는 양심의 가책을 느낀 나머지 그의 뒤를 살금살금 따라왔던 것이다. 그가 미안하다고 사과를 했지만 대답을 듣지 못했다.

"정말 미안합니다" 하고 그가 다시 한 번 사과했다. "악의를 갖고 그런 건 절대 아닙니다. 용서하시고 다시 올라 가시죠!"

"됐어요." 온겔트가 말하며 고개를 내젓자 약사는 서운해 하며 발길을 돌렸다.

잠시 후 나이 든 사람들로 구성된 두 번째 대열과 두 어머니가 천천히 다가오고 있었다. 온겔트는 그의 어머니에게로 가서 말했다.

"난 집에 갈게요."

"집이라니? 왜 그래? 무슨 일 있었니?"

"아니에요. 하지만 소용없어요. 이제 확실히 알았어요."

"그래? 너 퇴짜 맞은 거냐?"

"아니에요. 하지만 난 알아요 … "

그녀가 그의 말을 끊고 그를 잡아당겼다.

"바보 같은 짓 하지 마라! 같이 가자. 곧 잘될 거야. 커피 마실

때 내가 널 마르그레트 옆에 앉혀주마. 두고 봐라."

그는 걱정스럽게 고개를 내저었으나, 어머니의 말을 거역하지 못하고 따라 나섰다. 키르커포일레가 그에게 말을 걸려다 그만 뒀다. 그가 입을 꾹 다문 채 앞만 바라보고 있었기 때문이었다. 그의 얼굴은 전례 없이 화가 난 표정으로 일그러져 있었다.

약 반 시간이 지난 후 일행은 목적지인 작은 숲속 마을에 도착했다. 이 마을의 음식점은 커피가 맛있기로 유명했을 뿐 아니라, 음식점 인근에 약탈기사[5]의 무너진 성터도 있었다. 음식점 정원에서는 이미 오래전에 도착한 젊은이들이 활기차게 놀이를 즐기고 있었다. 음식점 안에서 꺼내온 식탁들이 한 자리에 가지런히 모아지고, 젊은이들이 의자와 벤치를 갖다 놓았다. 이어서 새 식탁용구들이 식탁 위에 올려졌다. 식탁 위에는 이제 잔과 주전자, 접시 그리고 빵 등이 준비되었다. 온겔트 부인은 아들을 마르그레트 옆에 앉히는데 성공했다. 그러나 그는 좋은 기회를 잡을 생각은 않고, 자신이 불행한 인간이라는 생각에 울적한 시선으로 앞만 내다보고 있었다. 그는 넋을 잃고 스푼으로 식은 커피를 저어대면서 어머니의 집요한 눈총에도 불구하고 완강하게 입을 꾹 다물고 있었다.

두 번째 잔을 비운 후 젊은이들의 리더가 성터로 가서 놀자고 말했다. 청년들이 왁자지껄 떠들어대며 처녀들과 함께 자리

---

5) 중세말기에 기사계급이 몰락하면서 경제적으로 궁핍해진 기사들이 약탈행위를 통해 부를 축적했는데, 이런 기사들을 약탈기사라고 부른다.

작은 세상

에서 일어섰다. 마르그레트 디얼람도 일어섰다. 용기를 내지 못하고 머뭇거리는 온겔트에게 그녀는 진주가 박힌 그녀의 예쁜 손수건을 내밀며 말했다.

"이거 좀 보관해 주세요, 온겔트 씨. 우린 놀러가요."

그는 고개를 끄덕이며 손수건을 받았다. 끔찍하게도 당연한 그녀의 말, 나이든 사람들과 함께 있으면서 놀이에 참가하지 말라는 그녀의 말에 그는 더 이상 놀라지 않았다. 다만 그는 자신이 모든 것을 처음부터 깨닫지 못했다는 점, 합창연습 때 저들이 베푼 지나친 친절, 작은 상자 사건하며, 기타 모든 것을 자신이 눈치 채지 못했다는 점이 놀라울 뿐이었다.

젊은이들이 가고, 남은 사람들이 계속 커피를 마시며 이야기를 나누고 있을 때 온겔트는 조용히 자리에서 일어나 음식점 뒷마당으로 나갔다. 그는 들판을 지나 숲으로 갔다. 그가 손에 들고 있던 예쁜 손수건이 햇빛을 받아 화사하게 빛났다. 새로 잘라낸 나무 그루터기 앞에 와서 그는 걸음을 멈췄다. 그는 주머니에서 자기 손수건을 꺼내 아직 색깔이 변하지 않은 축축한 그루터기에 펼쳐놓고 그 위에 앉았다. 그러고는 얼굴을 두 손에 파묻고 슬픔에 잠겼다. 그의 시선이 다시금 마르그레트의 화려한 손수건을 향했다. 그때 불어오는 바람을 타고 젊은이들의 떠드는 소리와 환호성이 들려왔다. 그는 무거워진 머리를 아래로 깊숙이 숙이고 소리 없이 어린애처럼 울기 시작했다.

그렇게 그는 한 시간가량 앉아 있었다. 이제 그의 눈물은 다시 말랐고 격앙된 감정도 가라앉았지만, 자신이 비참하다는 생각과 자신의 온갖 노력이 물거품이 되고 말았다는 생각은 더욱 뚜렷해졌다. 그때 문득 나직하게 그에게로 다가오는 발자국 소리와 옷자락 스치는 소리가 들렸다. 그가 자리에서 일어나기도 전에 파울라 키르커가 그의 옆에 멈춰 섰다.

"혼자이시네요?" 그녀가 농조로 물었다.

그는 아무 대답이 없었다. 그를 뚫어지게 바라보던 그녀는 갑자기 진지한 표정을 짓더니 여성 특유의 상냥한 어조로 물었다.

"왜 그래요? 무슨 안 좋은 일이라도 있으세요?"

"아니에요." 온겔트는 나직하게 대답하고 이어서 꾸밈없이 말했다. "아니에요. 난 사람들과 어울릴 수 없다는 걸 깨달았어요. 난 그들의 장난감일 뿐이라는 걸 깨달았단 말이에요."

"그렇게 비관적으로만 생각하지 말아요 … "

"아니에요, 비관적으로 생각할 수밖에 없어요. 난 그들의 어릿광대라고요. 특히 그들과 어울리는 처녀들한테는요. 내가 너무 순진했고 너무 정직하게 생각했기 때문이에요. 당신이 말한 것처럼 합창단에 들어가지 말아야 했어요."

"합창단에서 다시 탈퇴하면 되잖아요. 그러면 당신의 슬픔도 모두 사라질 거예요."

"탈퇴하는 건 어렵지 않아요. 오늘 당장에라도 탈퇴할 수 있어요. 하지만 그걸로 결코 모든 게 끝나지 않아요."

"왜 아니라는 거죠?"

"내가 그들에게 비웃음거리가 되고 말았기 때문이에요. 그리고 이제 더 이상 한 사람도 … "

그는 거의 흐느끼기 직전이었다. 그녀가 다정하게 물었다.

" … 그리고 이제 더 이상 한 사람도 … 라고요?"

떨리는 음성으로 그가 말을 이었다.

"이제 어떤 처녀도 더 이상 날 알아주지 않고, 날 진지하게 받아들이지 않는다고요."

"온겔트 씨." 포일레가 천천히 말했다. "지금 당신은 잘못 생각하고 있다는 거 알아요? 아니면 내가 당신을 알아주지 않고, 진지하게 받아들이지 않았다고 생각하세요?"

"그렇게 생각하진 않아요. 당신은 날 알아주고 계세요. 하지만 알아주는 게 문제가 아니에요."

"그게 아니면 뭐가 문제에요?"

"아, 하나님 맙소사. 그건 절대 내 입으로 말할 수 없어요. 하지만 다른 사람들 모두가 나보다 낫다는 생각을 하면 미치겠어요. 하지만 나도 사람이에요, 안 그래요? 하지만 나와 … 나와 그 누구도 결혼할 생각은 안한다고요!"

오랜 침묵이 흐른 후 포일레가 다시 말을 이었다.

"그래요. 당신은 이런저런 여자에게 당신을 원하는지 원하지 않는지를 물어본 적 있어요?"

"물어봤냐고요! 아니요, 물어보지 않았어요. 뭣 때문에 물어봐요? 물어보지 않아도 뻔해요. 아무도 날 원하지 않아요."

"그러니까 당신은 처녀들이 당신한테 와서 아, 온젤트 씨, 외람되지만 저는 당신이 나와 결혼해 주기를 간절히 원합니다라고 말해주기를 바라는 거로군요. 그래요, 그런 날이 오기를 학수고대해 보세요!"

"그런 건 아니에요." 안드레아스가 한숨을 내쉬었다. "내 말이 무슨 뜻인지 당신도 잘 알잖아요, 포일레 양. 어떤 여자가 나를 좋게 봐서 날 받아주기만 한다면, 그렇다면 … "

"그렇다면 당신은 아마도 자비를 베풀어 그녀에게 윙크를 하고, 그녀를 오라고 손짓하겠네요! 맙소사, 당신은 … 당신은 정말 … "

이렇게 말하고 그녀는 웃음이 아니라 눈물을 흘리며 달아났다. 온젤트는 그녀의 눈물을 보지는 못했지만, 그녀의 음성에서 그리고 그녀가 그렇게 달아나는 것을 보고 뭔가 느낌이 왔다. 그는 그녀에게로 달려갔다. 그가 다가서자 두 사람은 잠시 말이 없었다. 다음 순간 그들은 서로 와락 껴안으며 키스를 했다. 그리하여 키 작은 온젤트는 마침내 약혼을 하게 되었다.

그가 약혼녀와 수줍어하면서, 그러나 용감하게 그녀와 팔짱을 끼고 음식점 정원으로 돌아왔을 때 모두들 이미 떠날 준비를 마치고 두 사람을 기다리고 있었다. 떠들썩한 가운데 모두들 놀란 표정으로 고개를 내저으며 축하한다고 말했다. 그때 아름다운 마르그레트가 온젤트 앞으로 오더니 물었다. "내 손수건은 얻다 뒀어요?"

작은 세상

당황한 새신랑이 그 손수건 어디어디에 있노라고 말하고 숲
으로 내달리자 포일레도 함께 뛰었다. 그가 오래 앉아서 울었던
곳, 갈색 나뭇잎들이 널려 있는 곳에 손수건이 반짝거리고 있는
걸 보고 신부가 말했다.

"우리 다시 여기로 달려오길 잘 했어요. 당신 손수건도 아직
여기 있네요."

운명의 수레바퀴 (발터 쾸프)

후고 쾸프는 늙고, 착하기 이를
데 없는 진정한 게르버자우 사람이었다는 것밖에 할 말이 별로
없다. 시장광장의 건물들 중에 견고하고 오래된 큰 건물이 한
채 있는데, 이 건물에는 나지막하고 어두컴컴한 상점이 하나 들
어서 있었다. '금광'이라 불리는 이 상점은 그가 아버지와 할아
버지로부터 물려받아 옛 방식대로 운영하고 있었다. 그가 자기
방식대로 결정한 것이 단 한 가지 있었으니, 그의 신부를 외지
로부터 데려온 것이었다. 그녀의 이름은 코르넬리에였으며, 목
사의 딸이었다. 그녀는 경제적으로는 가진 것이 별로 없었지만
아름답고 진실한 여자였다. 사람들은 그녀가 놀랄 정도로 아름
답고 진실하다고 한동안 떠들어댔다. 사람들은 훗날에도 그녀
가 좀 별나다고 여겼지만, 그런대로 그녀의 행동에 익숙해졌다.
쾸프는 아내와 아주 화목한 부부생활을 영위하면서, 상점이 성

시를 이루는 가운데 아버지 방식대로 소박하게 살고 있었다. 그는 마음씨가 착하고 명망을 누리는데다, 상술이 뛰어나 부족할 것이 없는 삶을 살았다. 그러니까 그는 이 지역에서 행복하고 만족한 삶을 사는 사람들 중 한 사람이었다. 그리고 제때 아들도 얻었는데, 아이 이름은 발터라고 지었다. 발터는 얼굴과 신체는 친탁을 했는데, 눈은 회청색이 아니라 어머니를 닮아 갈색이었다. 물론 지금까지 큄프 가문에서 갈색 눈을 가진 사람은 없었지만, 잘 관찰해 보면 갈색 눈이 아버지에게 그리 나쁠 것도 없었다. 소년에게서 별종(別種)의 기색은 보이지 않았기 때문이다. 모든 일상이 별 탈 없이 정상적으로 유지됐으며, 상점도 계속 성시를 이루었다. 부인의 행동거지는 여전히 주위 사람들과 약간 달랐으나, 그게 그리 문제되지는 않았다. 아이는 건강하게 자라서 학교에 들어갔고, 학교에서는 우등생이 되었다. 그러나 이 상인에게는 아직 부족한 것이 하나 있었다. 시의원이 되는 일이었는데, 이 일이 성사되기를 초조하게 기다렸다. 시의원만 되면 최고의 영예를 누리게 되고, 아버지와 할아버지처럼 모든 것을 성취하게 되기 때문이었다.

그러나 시의원이 되는 일은 이루어지지 않았다. 큄프 가(家)의 전통에 어긋나게 가장이 이미 마흔네 살에 죽음의 침상에 눕게 된 것이었다. 그의 기력은 점점 쇠진되어 갔다. 그래서 그는 불가피하게 처리해야 할 것들 일체를 침상에서 결정하고 정리했다. 그러던 어느 날 검은 피부의 아름다운 부인이 그의 침대 옆

작은 세상

에 앉았다. 그들 두 사람은 지난 일들과 앞으로 다가올 일들에 관해 이런저런 이야기를 나눴다. 물론 무엇보다도 먼저 어린 발터에 관한 이야기부터 나왔다. 두 사람에게 새삼스러운 일은 아니었지만, 이 문제에 관해서는 의견의 일치를 보지 못했다. 그들은 이 문제로 끈질기지만 조용하게 언쟁을 벌렸다. 설혹 누가 방문에 바짝 다가서서 귀를 기울였다 하더라도 이들이 언쟁을 벌이고 있다는 것은 전혀 눈치 채지 못했을 정도였다.

부인은 결혼 첫날부터 기분이 언짢은 일이 있어도 줄곧 공손하고 부드럽게 말했다. 어떤 제안이나 결정을 내릴 때 그녀의 조용하지만 완강한 반대에 부딪히면 남편은 화를 내곤 했다. 그러나 그녀는 그의 신경질적인 첫 마디에 이미 그가 그 다음 어떻게 행동할지를 알고 있었다. 남편은 가슴속에서 끓어오르는 분노를 그 자리에서 표출하지 않고 그대로 상점이나 거리로 가지고 나가기 때문에 그녀가 더 대꾸를 하지 않아도 자신의 뜻을 관철시킬 수 있다는 사실을 터득했던 것이다. 이번에도 대화는 절제되고, 도를 넘지 않는 가운데 진행됐다. 죽음을 눈앞에 둔 그의 최후의 강렬한 소망이 그녀의 확고한 이견(異見)과 대립하고 있었다. 환자의 얼굴에 자신의 감정을 애써 억누르려는 표정이 역력히 드러났다. 금방이라도 자제력을 잃고 절망감에 분노가 터져 나올 것만 같았다.

"난 여러모로 당신한테 적응하는 편이오, 코르넬리에." 그가 말했다. "그리고 당신이 이따금 나에게 제기한 이의가 분명 정당하기도 했소. 하지만 이번 경우는 다르다는 걸 당신도 알지 않소. 내가 지금 당신에게 이야기하는 건 내가 수년 전부터 확고하게 품어온 소망이고 의지라오. 이 소망과 의지를 난 당신에게 분명하고 확고하게 전하고 관철시키려 하오. 당신은 죽음을 눈앞에 둔 내가 일시적인 기분을 얘기하는 게 아니라는 걸 알잖소. 나는 지금 내 유언의 일부를 말하는 거요. 그러니 당신이 아량을 베풀어 내 말을 들어주면 좋겠소."

"당신이 그렇게 말해도 소용없어요." 그녀가 대답했다. "더 이상 그 얘기는 듣지 않겠어요. 당신은 내가 들어줄 수 없는 걸 요구하고 있어요. 미안하지만, 내 생각은 결코 변함이 없어요."

"코르넬리에, 이건 죽어가는 사람의 마지막 간청이라는 걸 생각해 봤소?"

"네, 생각해 봤어요. 하지만 난 우리 애의 전 인생에 관한 결정을 내려야 한다는 생각을 더 많이 하는 거예요. 당신의 소망보다 그게 더 중요하다고요."

"왜 내 청을 들어주지 못한다는 거요? 그건 일상화된 일인데. 내 건강만 유지된다면 내가 옳다고 생각하는 걸 발터도 하게 해줄 생각이란 말이오. 지금 나는 그 애가 나 없이도 제 길을 찾고 목표를 정해서 최선을 다하기를 바랄 뿐이오."

"당신은 그 애가 우리 두 사람의 자식이라는 걸 잊고 있어요. 당신이 건강했다면 우리 두 사람이 그 애를 가르치게 될 거예요. 그리고 그 애에게 뭐가 가장 좋은 건지 우리 두 사람이 지켜보겠죠."

환자는 입을 비죽거리며 침묵했다. 그는 눈을 감고 어떻게 하면 자기가 염두에 둔 목표를 지혜롭게 달성할 수 있을지 곰곰이 생각해 보았지만 묘안이 떠오르지 않았다. 통증이 밀려오고, 내일도 의식을 지니게 되는지 확신이 서지 않았기에 그는 마지막 결심을 했다.

"그럼 좋소. 아이를 불러줘요." 그가 조용히 말했다.

"발터 말이에요?"

"그래요, 빨리."

코르넬리에 부인은 천천히 문으로 발길을 옮기다가 돌아섰다.

"그만 두는 게 좋겠어요!" 그녀가 애원조로 말했다.

"왜 그래요?"

"당신이 하려는 거, 여보 후고, 그거 분명 옳은 게 아니에요."

그는 다시 두 눈을 감고 지친 음성으로 말했다.

"그 애를 데려 오라니까!"

그녀는 방을 나가 밝고 큰 건넌방으로 건너갔다. 발터는 숙제를 하고 있었다. 아이의 나이는 열두세 살 정도 되었으며, 상냥하고 친절한 소년이었다. 어머니가 들어오자 아이가 겁에 질려 평상심을 잃은 건 두말할 나위가 없었다. 그도 그럴 것이 아이는 아버지의 죽음이 임박했다는 사실을 이미 알고 있었기 때문이다. 마음이 착잡해진 아이는 내심 아버지의 죽음을 거부하면서 어머니를 따라 환자의 방으로 들어갔다. 아버지는 아이를 침대 옆으로 와서 앉으라고 했다.

환자는 소년의 따뜻하고 작은 손을 쓰다듬으며 그를 다정하게 바라봤다.

"아빠가 너와 중요한 얘기를 할 게 있어, 발터. 넌 이제 자랄 만큼 자랐다. 그러니 내 말도 잘 알아듣고 이해할 거야. 이 방 여기서 내 아버지와 내 할아버지가 돌아가셨단다. 바로 내가 누워있는 이 침대에서 말이야. 하지만 그분들은 나보다 훨씬 더 연세가 드셨지. 할아버지도 아버지도 이미 성인이 된 아들을 두셨단다. 그래서 아무 걱정 없이 이 집과 가게 그리고 그밖에 모든 것들을 아들에게 넘겨주실 수 있었어. 그게 바로 중요한 거야. 그걸 네가 알아야 해. 너의 증조할아버지와 할아버지 그리고 네 아버지 모두가 여기서 수십 년 동안 사업구상과 사업걱정을 하셨기 때문에 사업이 번창한 가운데 아들에게 넘겨지게 됐다. 이제 내가 죽게 될 텐데, 앞으로 사업이 어떻게 굴러갈지, 누가 내 뒤를 이어 이 집의 주인이 될지 알 수가 없구나. 이 문제에 대해 생각 좀 해 보거라. 넌 이 문제를 어떻게 생각하니?"

어린애는 슬프고 착잡해져서 고개를 숙인 채 아래만 내려다 봤다. 소년은 아무 말도, 아무 생각도 할 수가 없었다. 어두워져 가는 방안에서 이 특이한 시간의 엄숙하고 장엄한 분위기가 마치 무겁고 답답한 공기처럼 그를 에워싸는 것 같았다. 소년은 당황해 하며 울음이 나오려는 것을 억지로 참고, 슬픔에 젖어 입을 꾹 다물고 있었다.

"넌 내 말을 잘 이해하고 있구나." 아버지가 말을 계속하며 다시 소년의 머리를 쓰다듬었다. "난 네가 앞으로 충분히 자라서 우리 집안 대대로 이어온 사업을 계속 이끌어 나가 주기를 바라는데, 네 생각은 어떤지 분명하게 알았으면 한다. 그러니까 네가 훗날 상인이 돼서 모든 걸 넘겨받으면, 내 걱정이 사라져서 훨씬 홀가분하고 즐거운 마음으로 눈을 감을 수 있을 것 같단 말이야. 그런데 네 어머닌 … "

"그래, 발터" 하고 코르넬리에 부인이 끼어들었다. "아버지 말씀 잘 들었겠지, 그렇지? 이제 네가 하고 싶은 말 마음 놓고 해 보거라. 하지만 잘 생각해서 말해야 한다. 혹시 상인이 되는 게 싫으면 주저하지 말고 말해. 누구도 널 강요하지 않아."

잠시 세 사람은 말이 없었다.

"생각할 시간이 필요하면 건너가거라. 나중에 다시 부를 테니까." 어머니가 말했다. 아버지는 발터에게 시선을 고정시켰다. 그의 대답을 기다리는 시선이었다. 소년은 자리에서 일어섰다. 도대체 어떤 대답을 해야 할지 전혀 생각이 나지 않았다. 그는 어머니의 생각이 아버지와 다르다는 것을 눈치 챘다. 소년에게는 아버지의 당부가 그리 중요하게 여겨지지 않았다. 그가 막 몸을 돌려 나가려는 찰나 환자가 다시 한 번 그의 손을 잡으려고 팔을 뻗었으나 닿지 않았다. 그걸 본 발터가 다시 돌아섰다. 환자의 얼굴에서 간청하는 눈빛, 거의 불안에 떠는 눈빛을 본 순간 그는 갑자기 동정심이 일었다. 죽어가는 아버지에게 고통을 주느냐 아니면 기쁨을 주느냐는 자기 손에 달렸다는 생각에 온몸에 전율이 왔다. 전례 없는 책임감이 죄의식처럼 그를 억눌렀다. 잠시 망설이던 그는 돌연 힘차게 아버지에게 손을 내밀고 눈물을 흘리며 나직하게 말했다.

"그래요, 약속할게요."

그러자 어머니가 그를 큰방으로 데리고 갔다. 큰방도 이제는 어두웠다. 그녀는 등을 켠 후 소년의 이마에 키스를 해주며 그를 위로했다. 그러고 나서 그녀는 환자에게 돌아갔다. 환자는 지친 나머지 베개에 깊숙이 머리를 파묻고 잠들어 있었다. 키가 훤칠하고 아름다운 그녀는 창가의 팔걸이의자에 앉아서 피곤한 눈으로 어둠이 깔린 창밖을 내다봤다. 그녀의 시선은 마당을 지나 들쭉날쭉 솟은 지붕들을 넘어 멀리 희미한 하늘을 향했다. 그녀는 아직 한창나이에 미모도 여전했다. 다만 관자놀이의 창백한 피부에 조금은 피곤기가 감돌았다.

그녀도 졸음이 왔지만 애써 참았다. 이제 모든 짐이 그녀의 어깨에 지워졌다. 그녀는 생각에 잠겼다. 이제 자신이 원하건 원하지 않건 간에 중요하고 결정적인 시간들을 어떻게든 감내해야 할 운명에 처한 것이다. 섬뜩하고 조용하게 신경을 자극하는 이 삶의 시간들, 모든 것이 중요하고 진지하지만 아무것도 예측할 수 없는 삶의 시간들이 그녀의 피곤을 떨쳐버리고 있었다. 그녀는 소년의 앞날을 생각해야 했고, 그가 그런 결정을 내린 걸 위로해 주어야 했다. 그녀는 저기 누워 잠들어 있는 남편,

작은 세상

아직 살아있지만 더 이상 이 세상 사람이 아닌 남편의 숨소리에 귀를 기울였다. 그러나 그녀가 가장 깊게 생각해야 할 시간은 조금 전에 지나간 바로 그 시간이었다.

그건 그녀와 남편과의 마지막 언쟁이었다. 그녀는 자기가 옳다고 생각했음에도 불구하고 남편에게 졌다. 그녀는 지금까지 남편을 바라보며 살아왔다. 그녀는 남편을 사랑하고 남편과 싸우면서 남편의 마음을 들여다보았다. 그녀는 남편과 함께 조용하고 깨끗한 삶을 살아왔다. 그녀는 그를 사랑했고, 오늘도 여전히 그를 사랑했다. 그러나 그러면서도 그녀는 항상 혼자였다. 그녀는 그의 마음을 읽을 수 있었지만 그는 그녀의 마음을 헤아리지 못했다. 서로 사랑할 때에도 말이다. 그는 항상 자기에게 익숙한 길만 갔다. 그는 이성이나 감성적으로도 항상 겉으로만 맴돌았다. 그녀가 용납하지 않고 따를 수 없는 일이 생기면 그는 양보하며 미소를 지었지만, 결코 그녀를 이해하지는 못했다.

그런데 이제 가장 나쁜 일이 벌어진 것이다. 그녀는 자식문제를 놓고 남편과 한 번도 진지하게 대화를 나눌 수 없었다. 그녀가 그에게 말해 본들 무슨 소용이 있었겠는가? 그는 정녕코 본질을 들여다보지 않았다. 아이의 갈색 눈은 어머니를 닮았지만 나머지는 모두 자기를 닮았다고 확신했다. 그녀는 아이가 자기에게서 영혼을 물려받았다는 것과 아이의 영혼 속에는 아버지의 정신과 본성에 반하는 그 무엇이 있다는 것 그리고 아이가 무의식중에 남모르는 고통에 시달리고 있다는 것을 그녀는 몇 년 전부터 매일같이 피부로 느껴 알고 있었다. 분명 아이는 아버지로부터 많은 것을 물려받았다. 아이는 거의 모든 면에서 아버지를 닮았다. 그러나 가장 내밀한 신경, 한 인간의 전정한 본질을 구성하는 그런 것, 암암리에 향상되는 재질(才質), 이런 생명의 섬광은 아이가 그녀에게서 물려받은 것이었다. 누가 소년의 마음 가장 깊숙한 곳, 소년만이 지니고 있는 샘, 그 조용히 솟아오르는 샘을 들여다볼 수만 있다면, 그곳에서 어머니의 영혼을 발견할 수 있을 것이다.

큄프 부인은 조심스럽게 일어서서 침대로 갔다. 그녀는 허리를 굽혀 잠든 남편을 바라봤다. 그녀는 그를 다시 한 번 제대로 바라보기 위해 하루만 더, 아니 몇 시간만 더 살아있어 주기를 바랐다. 그는 그녀를 한 번도 올바로 이해하지 못했다. 하지만 그게 그의 책임은 아니었다. 그는 천성적으로 박력이 부족하고 성격이 투명하지 못했다. 그래서 그녀의 속마음을 깊이 이해하지는 못했지만 그녀의 말을 따르곤 했다. 그녀에게는 그런 그가 사랑스럽고 기사(騎士)답게 느껴졌다. 신혼 초에 이미 그녀는 그의 성품을 들여다 볼 수 있었다. 그 당시에도 그녀는 남편의 그런 성품 때문에 조금은 마음이 아팠다.
그후 남편은 사업에서 그리고 친구들을 대할 때 안타깝게도 약간은 더 퉁명스럽고, 인습적이고, 속물적으로 처신했지만, 그의 진지하고 확고부동한 성격의 바탕은 흔들리지 않았다. 그럼에도 불구하고 그들 부부는 후회 없는 삶을 살았다. 다만 그녀는 아들이 방해받지 않고 타고난 성품대로 자유롭게 살기를 바랐다. 이제 그녀는 어쩌면 남편과 함께 자식도 잃게 되는지 모르겠다는 생각이 들었다.

환자는 밤늦게까지 잠들어 있다가 통증과 함께 깨어났다. 아침이 가까워 오면서 그의 몸이 수척해지고 최후의 기력마저 사라져가는 것이 확연하게 눈에 들어왔다. 그러나 그 사이에 그가 명료하게 말할 수 있는 순간이 있었다.

"여보." 그가 말했다. "그 애가 나와 약속하는 거 당신도 들었지?"

"그래요, 물론 들었어요. 걔가 당신 뜻대로 하기로 약속했어요."

"그럼 내가 그 점 안심해도 되겠소?"

"그럼요, 안심하세요."

"그럼 됐소. 그런데 여보, 코르넬리에. 나한테 화나지 않았소?"

"왜 화가 나요?"

"발터 문제로 말이오."

"아니에요, 여보. 전혀 화나지 않았어요."

"정말이오?"

"정말이라니까요. 당신 내말 못 믿는 거예요, 그래요?"

"아니야, 아니오. 오 여보! 당신한테 감사하오."

그녀는 자리에서 일어나 그의 손을 잡았다. 통증이 또 엄습해왔다. 그가 나직하게 신음했다. 그의 신음소리는 시시각각으로 이어지더니 다음날 아침에는 기력이 쇠진했는지 신음소리마저 멎었다. 그는 반쯤 눈을 감은 채 누워있었다.

그러다 스무 시간 후에 마침내 세상을 떠났다.

아름다운 부인은 이제 검은 상복을 입고 있었으며, 소년은 팔에 검은 상장(喪章)을 끼고 있었다. 그들은 집에만 머물러 있었다. 가게는 임대를 줬다. 임차인은 라이폴트라는 사람이었다. 그는 몸집이 작고 부담스러울 정도로 공손했다. 발터 아버지의 친구가 발터의 후견인으로 정해졌다. 그는 양순한 사람으로 발터의 집에 드나드는 일이 별로 없었으며, 엄격하고 날카로운 과수댁의 눈초리를 두려워했다. 그밖에 그는 우수한 상인으로 인정받고 있었다. 이렇게 우선은 모든 것이 될 수 있는 한 잘 마무리되었고, 퀸프 가의 일상은 별 장애 없이 잘 흘러갔다.

다만 가정부 문제에 있어서는 이전에도 끊임없이 골치를 썩었는데, 이 문제가 예전보다 더 골칫거리가 되었다. 한번은 미망인이 심지어 3주 동안이나 직접 요리를 하고, 집안일을 돌보아야 했다. 그녀는 다른 사람들보다 급료를 덜 주지도 않았으며, 가정부들이 먹는 음식과 새해의 선물을 아끼지도 않았다. 그럼에도 불구하고 어느 가정부도 그녀의 집에 오래 머무르지 못했다. 그녀는 가정부에게 매사에 지나칠 정도로 친절했고 거

작은 세상

친 말을 해본 적이 없었지만, 소소한 일에는 이해하기 힘들 정도로 엄격했다. 얼마 전에 그녀는 처녀를 한 명 고용했다. 그녀는 부지런하고 솜씨 있는 이 처녀를 좋아했다. 그런데 처녀가 궁여지책으로 약간의 거짓말을 했다고 미망인은 그녀를 그 자리에서 해고했다. 처녀가 울면서 빌었지만 소용없었다. 켐프 부인은 접시 스무 개를 깨트리고, 수프를 얼마든지 태워먹어도 용서했지만, 조금이라도 변명을 늘어놓거나 잘못을 솔직히 털어놓지 않으면 가차 없었다.

때마침 홀더리스가 게르버자우로 돌아왔다. 그녀는 오랫동안 외지로 가서 일을 하여 돈도 얼마간 벌어왔다. 그녀가 돌아온 주목적은 예전에 사귀던 남자를 만나기 위해서였다. 기와공장의 반장인 그는 오래전부터 그녀에게 더 이상 편지를 하지 않고 있었다. 그녀는 너무 늦게 돌아왔다. 그가 그녀를 배신하고 결혼을 한 것이었다. 그녀가 곧 다시 떠날 채비를 하고 있던 차에 켐프 부인이 우연히 그녀의 소식을 듣고 그녀를 위로해주며 떠나지 말라고 설득했다. 그리하여 그녀는 그때부터 30년 동안 켐프 부인의 집에서 일을 했다.

몇 달간 그녀는 집안일과 부엌일을 열심히 그리고 묵묵히 잘해냈다. 그녀는 주인의 말을 어김없이 잘 들었지만, 이따금 조언을 따르지 않고, 주인에게 받은 지시에 부드럽게 불평을 늘어놓기도 했다. 하지만 그녀의 불평은 도를 넘지 않고 이해할 만했으며, 항상 솔직했기 때문에 부인은 그녀의 불평을 받아들였을 뿐 아니라 그런 불평을 유발시킨 자신을 변명하기도 하고, 그녀의 불평에서 가르침을 받기도 했다. 그렇다고 가정부가 부인의 권위를 손상시키는 일은 없었다. 그리하여 그녀는 점차 부인의 조력자 내지 협력자의 위치에 올라서게 되었다. 두 사람의 관계는 거기서 머물지 않았다. 어느 날 저녁 홀더리스는 등을 켠 탁자 옆에 앉아 한가하게 뜨개질을 하면서 여주인에게 자기의 과거에 관한 이야기를 들려줬다. 그녀는 즐겁지는 않았지만 모범적인 삶을 살았다. 큄프 부인은 노처녀의 과거 이야기를 들으면서 존경심과 연민의 정을 느꼈다. 그녀가 그렇게 솔직하게 자신의 과거를 털어놓자 부인 또한 지금까지 아무에게도 털어놓지 않았던 자신의 과거사를 그녀에게 들려줬다. 이렇게 해서 두 사람에게는 자기의 생각과 견해를 서로 나누는 것이 일상화되었다.

그러는 동안 부지불식간에 부인의 사고방식이 가정부에게로 전이되고 있었다. 예컨대 종교적인 면에서 그녀는 부인으로부터 많은 견해를 받아들였다. 전도(傳道)를 통해서가 아니라 무의식중에, 그러니까 서로 가깝게 지내면서 습관적으로 받아들인 것이었다. 캠프 부인은 목사의 딸이기는 했으나 결코 정통파는 아니었다. 그녀에게는 성서와 타고난 기질이 교회의 규범보다 더 우선했다. 그녀는 일상적인 행동과 삶을 항상 하느님에 대한 경외심과 그녀의 마음속에 내재한 계율에 부합시키려고 노력했다. 그녀는 하루의 삶이 안겨주는 결과와 일상의 제반 요구들을 겸허하게 받아들이면서도, 항상 마음속의 묵도는 게을리 하지 않았다. 그러한 그녀의 묵상은 말과 행동으로는 표현할 수 없는 경지였다. 묵상은 그녀에게 평안을 가져다줬고, 마음이 어지러울 때 균형추 역할을 해주었다.

두 여자와 한 집안에서 함께 사는 관계로 어린 발터 또한 그들로부터 영향을 받지 않을 수 없었다. 하지만 그에게는 학교가 우선했기에 그들의 대화와 가르침에 크게 관심을 가질 수가 없었다. 어머니 또한 그를 성가시게 하지 않았다. 그녀는 자식의 본성을 확인하면 할수록 점점 아버지의 성격과 특성이 어린애에게서 나타나고 있다는 사실을 편견 없이 받아들였다. 게다가 아이의 외모까지 아버지를 점점 닮아갔다.

누구도 우선은 아이에게서 특별난 것을 발견하지 못했지만, 자세히 살펴보면 아이에게는 좀 색다른 것이 있기는 했다. 큄프가에는 없는 갈색 눈을 가졌고, 정서면에서는 아버지와 어머니의 유전자를 모두 물려받았다. 어머니는 이런 유전자의 양립을 거의 알아채지 못했다. 그러는 사이에 발터는 어느덧 소년기의 끝자락, 사춘기에 접어들었다. 이를테면 그의 내부에서 동요가 일어나면서 엉뚱한 행동이 눈에 띄기 시작한 것이다. 아이들이 흔히 그렇듯이 소심해져서 부끄럼을 잘 타다가도 돌연 거칠어지는가 하면, 자주 흥분하기도 하고, 마음을 진정시키지 못하기도 했다.

아버지와 똑같이 아이는 평범한 삶과 지배정서에 적응했다.

다시 말해 아이는 급우들과 잘 어울렸으며, 선생님들에게서도 칭찬을 받았다. 하지만 동시에 아이에게는 다른 성정도 깃들어 있는 것 같았다. 가끔은 자기 자신에 대해 숙고해보는 것 같기도 하고, 열정적인 놀이에서 한걸음 물러나 혼자서 다락방에 기어들어가거나, 이례적으로 다감한 표정을 지으며 조용히 어머니를 찾을 때면 가면을 한 꺼풀 벗어버리는 것 같기도 했다. 그럴 때마다 어머니가 아이를 포근히 감싸주고 아이의 응석을 받아주면 소년답지 않게 감동하는가 하면, 심지어 울음을 터뜨리기까지 했다. 한번은 소년이 급우들과 어울려 선생님에게 대항해서 작은 복수극을 벌린 적이 있었다. 그런데 조금 전까지만 해도 아이들의 이런 짓궂은 장난에 열렬히 박수를 보내던 소년이 얼마 안가 돌연 자신의 행동을 후회하며 직접 선생님을 찾아가 용서를 빌기까지 했다.

소년의 이런 모든 행동은 도를 넘지 않았으며, 악의가 없었다. 소년의 행실이 더러 약점을 드러내 보이기도 했지만, 성정은 근본적으로 착해서 누구에게도 해를 끼치지 않았다. 그렇게 조용히 세월이 흘러 어머니와 가정부 그리고 아들이 만족한 삶을 영위하는 가운데 어느덧 소년의 나이 열다섯 살이 되었다. 라이폴트 씨도 발터를 위해 신경을 썼다. 그는 소년의 마음에 들 만한 자질구레한 물건들을 가게에서 가져와 소년에게 건네주며 소년과의 친목을 도모하려 했다. 그러나 발터는 너무 공손한 그를 전혀 좋아하지 않고 완강하게 거부했다.

소년이 졸업반에 들어섰을 때 어머니는 그가 정말 거부감 없이 상인이 되기로 결심했느냐고 물었다. 그녀는 그가 공부할 기질을 타고 났으니 계속 공부해서 대학교에 가는 게 어떻겠느냐고 설득했다. 그러나 소년은 상인실습생이 되는 걸 당연할 일로 받아들이고 있었다. 소년은 상인이 되는 것에 전혀 이의가 없었던 것이다. 자식의 그런 결정에 대해 당연히 기뻐해야 하지만, 그녀에게는 어쩔 수 없이 실망감이 먼저 왔다.

소년이 라이폴트 씨의 지도 아래 집에서 도제수업을 받는 것이 가장 간단하고 가장 쉬운 길이기 때문에 어머니와 후견인은 그렇게 하는 것이 당연하다고 오래전부터 생각해 왔는데, 의외로 소년은 그 길을 완강하게 거부했다. 어머니는 자식의 이런 완강한 저항이 자기를 닮은 것이라는 생각이 들어 별로 기분이 언짢지 않았다. 그녀는 아들의 말을 따르기로 했다. 소년은 다른 상점에서 도제수업을 받기로 한 것이다.

발터는 자부심을 느끼며 열심히 도제수업을 받기 시작했다. 수업을 받기 시작한지 얼마 되지 않은 그가 벌써 게르버자우의 상인들이 흔히 쓰는 언어와 제스처 몇 가지를 익혔다. 어머니는 그런 그를 기특해 하며 웃었다. 그러나 이런 즐거움은 그리 오래가지 않았다.

처음에는 단지 사소한 잡일을 돕거나 견학만 하던 견습생 발터는 얼마 지나지 않아 곧 상점에서 시중을 들며 상품판매도 하게 되었다. 이 일이 처음에는 매우 즐겁고 자랑스러웠는데,

얼마 가지 않아 그는 갈등이 생기기 시작했다. 그가 서너 차례 혼자서 몇몇 고객을 상대하는 것을 본 스승이 저울을 달 때 조금 더 신중해야 한다고 넌지시 일러주는 것이었다. 자기가 아무런 실수를 한 적이 없다고 생각한 발터는 무슨 말인지 좀 더 구체적으로 설명해 달라고 했다.

"그래, 넌 아버지가 저울질하는 것도 보지 못했느냐?" 상인이 물었다.

"도대체 무슨 말씀을 하시는지요? 뭘 못 보았다는 게예요?" 발터가 의아한 표정을 지으며 대답했다.

소금과 커피, 설탕 등등과 같은 물품을 저울에 달 때 구매자를 위하는 것처럼 마지막에는 일부러 더 수북하게 담아 저울추가 더 내려가게 만들어야 한다며 가게주인이 그에게 시범을 보였다. 하지만 사실은 그게 무게를 더 가볍게 하는 방법이라는 것이었다. 그렇게 할 수밖에 없는 이유는, 예컨대 설탕의 경우 원래 이윤이 남지 않기 때문이라는 것이었다. 그리고 그렇게 해도 구매자에서는 알아차리지 못한다고 했다.

그 말에 발터는 깜짝 놀랐다.

"하지만 그건 나쁜 짓이잖아요." 그가 조심스럽게 말했다.

상인이 집요하게 그를 설득하려 했으나 그는 그의 말을 듣지 않았다. 그는 그런 상행위를 도저히 받아들일 수가 없었던 것이다. 가게주인이 방금 자기에게 던진 질문이 머리에 떠오르자 그는 상기된 얼굴로 그의 말을 가로막으며 화난 음성으로 소리쳤다.

"우리 아버지는 그런 짓을 한 번도 하지 않았어요. 절대 하지 않았다고요."

이 말에 놀란 주인은 기분이 상해 한바탕 크게 야단을 치려다가 꾹 참고 어깨를 으쓱하며 말했다.

"그건 내가 더 잘 안다, 이 건방진 놈아. 현명한 가게치고 저울을 그렇게 다루지 않는 가게는 없단 말이야."

그러나 발터는 이미 문을 향해 걸음을 옮기고 있었다. 주인의 말이 더 이상 귀에 들리지 않았다. 그는 화가 머리끝까지 치밀어 고통스러워하며 집으로 돌아갔다. 그가 겪은 일과 불평을 듣고 어머니는 적지 않게 놀랐다. 그녀는 아들이 얼마나 진심으로 스승에게 경의를 표했는지 알고 있었다. 그리고 또한 아들이 평소 특이한 언행을 삼가고, 남을 호되게 욕하지 않는다는 것도 알고 있었다. 그러니 아들의 이번 행동은 충분히 이해할 수 있었다. 그녀는 일순간 걱정이 되기도 했지만, 다른 한편으로 이번엔 아들의 예민한 도덕심이 평소의 습관과 침착성보다 강했다는 것이 기뻤다. 그녀는 우선 상인을 찾아가서 달랬다. 그런 다음 후견인에게 조언을 청했다. 후견인은 다시금 발터의 반발이 이해가지 않는데, 어머니마저 아들의 행위에 정당성을 부여하는 것에 적이 놀라지 않을 수 없었다. 그 역시 발터의 스승을 찾아가 그와 이야기를 나눴다. 그리고 나서 그는 어머니에게 발터를 며칠간 쉬게 하자고 했다. 그러나 발터는 사흘이 아니라 나흘, 일주일이 지나도 다시 가게에 갈 기미를 보이지 않았다. 그는 모든 상인이 그런 사기행각을 필요로 한다면 차라리 상인이 되고 싶지 않다고 했다.

후견인은 계곡 위에 위치한 소도시에 작은 가게를 운영하는 친지가 한 사람 있었다. 이 사람은 주위에서 사이비신도 또는 경건주의자 취급을 받았는데, 후견인도 그를 그렇게 여기며 업신여겼다. 후견인은 궁여지책으로 이 사람에게 편지를 보냈는데, 곧 답장이 왔다. 그는 평소에는 견습생을 받지 않는데, 이번에는 시험 삼아 발터를 한번 받아보겠다고 했다. 그렇게 해서 발터는 데트링엔의 그 상인에게 가게 됐다.

상인의 이름은 레클레였으며, 이 마을에서는 그를 "엄지손가락 빠는 아이"라고 불렀다. 왜냐하면 그는 심각한 생각을 할 때마다 왼쪽 엄지손가락을 빨아대다가 최종결정을 내리곤 했기 때문이다. 그는 매우 경건했고, 한 작은 교파의 신도로 악덕상인이 아니었다. 가게는 작지만 장사를 잘했으며, 옷은 항상 허름하게 입고 있었지만 부자라고 소문이 나 있었다. 그는 발터를 아예 자기 집으로 들어와서 살라고 했고, 발터는 이에 별 이의가 없었다. 레클레는 융통성이 없는 데다 성격이 까다로운 반면에 그의 부인은 부드러운 성격에 필요 이상으로 인정이 많았다. 그녀는 될 수 있는 한 남편의 눈에 띄지 않게 조용히 견습생에게 위로의 말을 해주거나 그의 등을 쓰다듬어 주고, 맛있는 군것질거리를 갖다 줌으로써 그를 응석받이로 만들었다.

레클레의 가게에서는 정확성과 절약정신이 일상화되었다. 레클레는 고객에게 정직했다. 그는 양질의 설탕과 커피를 함량에 미달됨이 없이 정확하게 저울에 달아 팔았다. 발터 큄프는 상인도 초지일관 정직할 수 있다는 것을 믿기 시작했다. 그는 자기 직업에 대한 재질도 부족하지 않아 엄격한 스승으로부터 꾸중을 듣는 일도 거의 없었다. 그가 데트링엔에서 배운 것은 상도(常道)만이 아니었다. 상점주인은 부지런히 그를 "성경수업"에 참여시켰다. 수업은 이따금 그의 집에서 열리기도 했는데, 농부와 재단사, 제빵사, 제화공 등이 수업에 참여했다. 이들은 때로 마누라를 데려오기도 하고 때로 혼자 오기도 했다. 이들은 정신과 마음의 허기를 평신도 간의 기도와 설교 그리고 공동 성서해석을 통해 채웠다. 이 지역 사람들은 이런 모임에 강한 의지를 지니고 있었다. 이들은 대체로 천성이 착하고 고귀했다.

발터에게는 성서해석이 이따금 지루하기도 했지만, 대체적으로 그의 천성에 거슬리지는 않았고, 그를 종종 진심에서 우러난 기도로 이끌기도 했다. 그러나 큄프는 어렸을 뿐 아니라 게르버자우 출신이었다. 그 때문에 시간이 흐를수록 이 모임에서 몇 가지 어처구니없는 일들과 마주치게 되었다. 그뿐 아니라 다른 젊은이들이 이 모임을 웃음거리로 삼는다는 말을 들을 기회도 잦아짐에 따라 그는 이 모임에 의문이 들면서, 가능하면 거리를 두게 되었다.

그러나 한편 성경공부모임의 일원이라는 것이 이목을 끌고 심지어 웃음거리가 된다고 해도 그것이 그에게 그리 큰 문제가 되지는 않았다. 온갖 거부감에도 불구하고 그는 형제애의 전통을 고수하는 이 모임이 어느 정도 이해는 갔다. 아무튼 레클레와 함께한 수업과 레클레 집의 정신이 그의 심신에 깊이 배어들었다.

그리하여 그는 심지어 견습기간이 끝났는데도 그 집을 떠날 생각을 하지 않았다. 후견인이 누차 경고를 했지만 그는 그후 2년 동안 레클레 집에 더 머물렀다. 그렇게 2년이 지난 후에야 비로소 후견인은 상점운영을 위해 바깥세상으로 나가 상업에 관한 제반 업무를 배우도록 그를 설득할 수 있었다. 발터는 후견인의 말이 미심쩍고, 별로 내키지 않았지만 군복무를 마치고 마침내 타지로 떠났다. 예비학교에 다니지 않았던들 발터는 아마도 오랜 타지생활을 견뎌내지 못했을 것이다. 타지에서 생활한다는 것이 그에게는 그리 쉬운 일이 아니었다. 물론 그에게는 이른바 좋은 일자리라고 일컫는 상점들이 밀려들었다. 말하자면 그는 도처에서 환영받은 것이다. 그러나 자기주장을 펼치기 위해, 그리고 일자리를 박차고 나오지 않기 위해 그는 엄청난 인내가 필요했다. 저울눈을 속이라고 그를 강요하는 사람은 아무도 없었다. 왜냐하면 그는 대체로 큰 상점의 계산대에서 일을 했기 때문이었다. 그러나 드러내놓고 저지르는 부정행위는 없었지만, 돈을 벌기 위한 책동과 경쟁 전반이 그에게는 참을 수 없이 거칠고 섬뜩하고 냉정해 보였다. 특히 레클레와 같은 사람

작은 세상

들과의 교류가 끊어져서 그가 자신의 이런 불편한 심정을 토로할 대상을 찾지 못하는 마당이기에 더욱 그런 생각이 들었다.

그럼에도 불구하고 그는 난관을 타개해 나가기로 했다. 상인이란 직업을 포기하고 싶은 생각도 들었지만, 아버지도 이런 역경을 겪었으리라는 생각을 하면서 모든 것을 하늘에 맡기기로 했다. 그러나 자신도 모르게 가슴속에 굳건히 뿌리내린 자유로운 삶에 대한 은밀한 동경, 가슴을 후련하게 만드는 자유로운 삶에 대한 동경이 그에게서 사라진 적은 한 번도 없었다. 다만 잠잠해졌을 뿐, 유능한 사람이면 누구나 청춘이 끝날 무렵 만족스럽지 못한 자신의 삶을 회고하면서 느끼게 되는 섬세한 고통과 같은 것은 여전히 남아있었다.

그를 다시 게르버자우로 데려오는 일은 여간 힘들지 않았다. 고향에 있는 가게를 필요 이상으로 장기간 남에게 맡기는 게 좋지 않다는 것을 알면서도 그가 돌아올 생각을 전혀 하지 않았던 것이다. 돌아가야 한다는 생각을 하면 할수록 그에게는 두려움이 앞섰다. 한번은 자기 집으로 돌아와 가게에 나가 봤지만, 이제 더 이상 빠져나갈 수 없이 갇히고 말겠다는 생각만 들었다. 이제 전적으로 자기 책임 하에 가게를 꾸려나가야 한다는 생각을 하니 두렵기만 했다. 그렇게 되면 자신도 몹쓸 인간이 되리라는 생각이 들었기 때문이다. 물론 그도 정직하고 고귀한 심성을 지니고 자신의 품위를 지켜나가는 대상인과 소상인들을 알고 있었다. 그들이 그에게는 존경스런 이상형이었다.

하지만 그들은 모두 강인하고 날카로운 개성의 소유자들로, 그들이 받는 존경과 그들이 거둔 성공은 이러한 개성이 가져다준 자연스런 결과물이라고 여겨졌다. 그리하여 쾸프는 이런 힘과 일관성이 자신에게는 완전히 결여되었음을 자각하는 지경에까지 이르게 되었다.

그는 임대계약을 거의 1년가량 연장시켰다. 그러고 나서 좋든 싫든 돌아올 수밖에 없었다. 왜냐하면 라이폴트의 임대기간은 이미 한 번 연장되었는데, 이 연장기간마저 이제 곧 마감이 다가오고 있었기 때문이다. 엄청난 손해를 감수하지 않는 한 더는 이 기간을 연장할 수 없었다.

겨울의 문턱에 접어들어 가방을 챙겨들고 고향에 돌아와 아버지의 집을 물려받았을 무렵 그는 이미 청년기를 지나고 있었다. 외형상으로 그는 부친이 결혼하던 시절의 모습과 거의 닮아 보였다. 게르버자우 사람들은 너나 할 것 없이 귀향한 그를 덕망과 재산이 있는 가문의 후계자요, 호주로 깍듯이 대했다. 그래서 쾸프는 자신이 생각했던 것보다 훨씬 쉽게 자기 역할을 수행할 수 있게 되었다. 아버지의 친구들은 그에게 친절하게 인사를 건넸고, 자기네 아들들과 함께 어울리기를 권했다. 그의 죽마지우들은 그에게 악수를 청하며 축하인사를 했고, 그를 히르쉬와 앙커 주점의 지정석으로 데리고 갔다. 어디를 가나 그는 모범적인 삶을 산 아버지의 후광 덕분에 자리를 양보 받았을 뿐 아니라, 사양을 허락하지 않는 온갖 편의를 제공받았다. 그는 아버지가 한때 받았던 존경을 자신이 그대로 물려받는다는 것이 때로 이상스럽게만 생각됐다. 아버지는 자기와 완전히 다른 사람이었으리라는 확신이 들었기 때문이다.

라이폴트 씨의 임대기간이 거의 끝날 때가 다가오면서 퀌프는 얼마간 엄청나게 할 일이 많아졌다. 장부들을 살피고 상품목록을 익히는 일, 라이폴트와 대차관계를 청산하는 일, 공급자와 고객을 소개 받는 일 등으로 눈코 뜰 새 없이 바빴다. 밤에 종종 장부들에 파묻혀 있을 때면 그렇게 할 일이 많은 게 내심 즐겁기도 했다. 정신없이 바쁘다 보니 우선 가슴속 깊이 뿌리내린 근심을 잊게 되고, 그런 걱정이 겉으로 드러나지 않음으로써 한동안 어머니의 질문을 피할 수 있게 되었기 때문이다. 자기를 위해서 그리고 어머니를 위해서도 근본적인 대화가 필요하다는 것을 잘 알고 있었지만 그는 대화를 가급적 뒤로 미뤘다. 그밖에는 솔직하고, 조금은 당혹스러울 정도로 다정하게 어머니를 대했다. 어머니야말로 이 세상에서 자기와 뜻이 맞고, 자기를 이해해주며, 자기를 참되게 사랑해주는 유일한 사람이라는 것을 그는 새삼 깨닫고 있었다.

마침내 모든 것이 정리되고, 임차인이 물러가자 발터는 거의 매일 저녁에 그리고 낮에도 반시간 이상 어머니와 함께 앉아서 이야기를 나눴다. 그럴 때면 코르넬리에 부인은 뜻하지 않게 아들의 마음이 열려, 다시금 어린 시절에 그가 품고 있던 여린 속내를 들여다보게 되는 시간을 가졌다. 그녀는 자신이 오래전에 감지했던 예감이 신기하게도 적중했다는 느낌이 들었다. 겉보기와 달리 그녀의 아들 마음속에는 쾸프 가(家)의 상인정신이 들어 있는 것이 아니었다. 아들은 강요된 역할에 갇혀있을 뿐 마음속에는 어린 시절의 심성을 그대로 간직하고 있었다. 그러니까 그는 자발적이 아닌 강요된 삶을 기형적으로 영위하고 있는 것이었다. 다른 상인들처럼 계산을 하고, 장부를 기록하고, 물건을 매매하기는 하지만, 그런 것들은 학습을 통해 습득된 재주일뿐 그의 본성에 부합되는 것은 아니었다. 그는 이중으로 겁이 났다. 자기 역할을 올바로 수행하지 않음으로써 아버지의 명예를 실추시킬 것인가, 아니면 끝내 그 역할에 몰두하여 자신을 망치고 돈에 영혼을 팔게 될 것인가 하는 걱정이었다.

몇 년이 조용히 흘러갔다. 쾸프 씨는 고향에서 자신을 정중하게 영접한 것이 그의 미혼때문이었다는 생각이 점차 들었다. 온갖 유혹에도 불구하고 결혼을 안 한 채 나이를 먹는 것이 - 자신이 생각해도 양심의 가책을 느끼는 일이지만 - 이 도시와 집안의 상례(常禮)에 매우 어긋나는 일인 줄 알면서도 그는 어쩔 도리가 없었다. 세월이 갈수록 중요한 결정을 내리기가 점점 더 두려워졌기 때문이다. 그 자신이 불안한 마음을 달래지 못하고, 자신을 믿지 못하는 어린애 같다는 생각이 종종 드는 마당에 어떻게 아내와 자식들을 거느릴 수 있단 말인가? 명사들이 다니는 주점의 지정석에 자기 또래의 사람들이 나타나서 서로 품위를 갖춰가며 상대방을 정중하게 대하는 것을 볼 때마다 그들이 신기하기만 했다. 겉으로 드러난 것처럼 마음속에서도 그들 자신이 정녕 그렇게 남자답고 의젓하게 느껴지는지가 궁금했다. 만약 그렇다면 왜 그를 솔직하게 받아들이고, 그가 그들과 전혀 다르다는 것을 왜 눈치 채지 못한단 말인가?

어머니만 제외하고 그 누구도, 가게에 들르는 고객과 시장의 동료들, 술집의 친구들 중 그 누구도 그의 속내를 들여다보지 못했다. 어머니는 물론 그를 정확히 알 수 있었다. 왜냐하면 다 큰 어린애가 어머니 옆에 앉아서 매번 한탄을 하고 조언을 구하고 질문을 해댔기 때문이다. 그럴 때마다 그녀는 그를 달래며 마음에도 없는 지청구를 퍼부었다. 그럴 때면 홀더리스도 조심스럽게 끼어들었다. 별난 이 세 사람은 저녁이면 모여 앉아 남다른 것들에 관해 이야기를 나눴다. 끊임없이 압박해오는 양심의 가책이 상인 큄프로 하여금 새로운 질문과 새로운 생각을 떠올리게 했다. 그럴 때면 어머니와 홀더리스가 경험에서 우러나거나 성서에서 얻은 지식을 바탕으로 조언을 해주고 설명을 덧붙였다. 모든 질문의 요지는 큄프 씨가 행복하지 않다는 것, 그가 바라는 삶을 살고 있지 못하다는 것, 한마디로 불행하다는 것이었다.

도련님이 결혼만 하셨던들, 하고 리스가 한숨을 쉬면, 큄프 씨는 오, 아니에요, 결혼했더라면 상황이 더 나빠졌을 거예요, 하고 응수했다. 그가 그렇게 대답하는 데는 그럴 만한 이유가 충분히 있었다. 그럼 그가 대학공부를 했더라면, 아니 서기나 수공업자가 됐더라면 어땠을까. 그랬다면 여차여차하게 지냈을 것이라고 리스가 말했다. 그렇게 했더라면 아마도 지금쯤 완전히 몰락했을 것이라고 큄프가 마주 받았다. 목수와 학교선생, 목사, 의사 등 여러 직업을 상정해 보았으나 아무 해결책도 찾지 못했다.

"그런 것들이 아주 좋은 직업이라고 한들, 나에게는 다 무용지물이에요. 현재의 내 직업은 아버지처럼 상인이라고요."

이따금 코르넬리에 부인은 아버지에 대해 이야기했다. 그는 아버지의 이야기를 항상 즐겨들었다. 그래, 나도 아버지와 같은 남자였다면 얼마나 좋을까! 그는 아버지 얘기를 들을 때마다 이런 생각을 했고, 이따금 이런 생각을 입 밖으로 내어 말하기도 했다. 그럴 때면 그들은 성경의 한 장(章)을 읽거나 시민조합 도서관에서 대출해 온 역사서의 한 구절을 읽기도 했다. 그러고 나면 읽은 것으로부터 어머니가 결론을 이끌어내어 말했다.

"인생을 살아가면서 자기 삶에 만족하는 사람은 소수에 불과해. 사람들의 눈에 띄지 않을 수도 있겠지만, 누구나 고난을 겪고 감수한단다. 사랑하는 하나님께서는 고난을 왜 긍정해야 하는지 알고 계신다. 우리는 일단 고난을 받아들이고 인내해야 해."

그러는 사이에 발터 큄프는 장사를 계속하면서 계산을 하고, 편지를 쓰고, 여기저기 방문을 하고, 교회에 나가고, 모든 것을 전례대로 정확하고 깔끔하게 처리해 나갔다. 세월이 흘러 그의 마음속 욕망은 어느 정도 누그러졌지만, 그렇다고 아주 사라진 것은 아니었다. 그의 얼굴에는 의아하고 근심스런 상념 같은 것이 늘 어른거렸다.

어머니에게는 이런 그의 표정이 처음에는 약간 걱정스러웠다. 그러나 그가 만족한 삶을 살지는 못하지만 예전보다는 더 남자다워지고 결단력이 강해졌다는 생각은 들었다. 그녀는 아들이 자기를 굳게 믿고 의지하며, 지치지 않고 모든 것을 자기와 공유한다고 생각했다. 세월이 흘러도 모든 것이 변함없이 유지됐고, 그런 분위기에 익숙해진 그녀는 걱정과 방황의 성격을 타고난 아들의 불안이 그리 심각한 단계는 아니라고 판단했다.

어느덧 거의 사십 줄에 들어선 발터 큄프는 여전히 결혼을 하지 않았고, 달라지지도 않았다. 시내에서는 그의 칩거를 노총각의 기벽으로 치부했다.

체념하고 사는 이런 삶에 변화가 올 수 있으리라고 그는 한 번도 생각해 본 적이 없었다.

그러나 변화는 갑자기 왔다. 아무도 알아보지 못하게 서서히 늙어가던 코르넬리에 부인이 창백한 얼굴로 잠시 병상에 누웠다가 다시 기력을 회복하는 것 같더니 다시 재발하면서 끝내 급격하고 조용하게 숨을 거두고 말았다. 시립병원 의사가 돌아간 후 임종의 침상에는 아들과 늙은 가정부만 남았다.

"리스, 좀 나가줘요!"

"아, 도련님!"

"나가달라니까요. 그렇게 하는 게 좋아요!"

방에서 나온 그녀는 주방에 앉아 안절부절 못했다. 한 시간 후 문을 두드렸으나 아무런 대답이 없었다. 그녀는 다시 발길을 돌렸다. 다시 한 시간이 지난 후 방문을 두드렸지만 역시 대답이 없었다. 또 두드려도 마찬가지였다.

"쾸프 도련님, 오, 도련님!"

"조용히 해요, 리스!"

"저녁식사는요?"

"조용히 하라니까요, 리스! 혼자 들어요!"

"도련님은요?"

"난 안 먹어요. 이대로가 좋아요. 잘 자요!"

"그렇게 할게요. 그런데 저는 절대 그 방에 들어가면 안 되는 건가요?"

"내일 들어오세요, 리스."

그녀는 방에 들어가는 것을 포기할 수밖에 없었다. 걱정스러워 잠을 이루지 못한 그녀는 새벽 다섯 시에 벌써 방문 앞에 다시 나타났다.

"쾸프 도련님!"

"네, 왜 그래요?"

"커피 갖다드릴까요?"

"좋으실 대로."

"그러고 나서 제가 들어가도 될까요?"

작은 세상

"그래요, 리스."

그녀는 물을 끓이고, 분말커피 두 스푼과 치커리를 넣은 후 여과시킨 다음 잔에다 커피를 따랐다. 그러고 나서 다시 방으로 왔다.

그가 문을 열고 그녀를 들여보냈다. 그녀는 침대로 가서 무릎을 꿇고 망자를 바라보더니 이불을 다시 가지런히 덮었다. 그러고 나서 일어선 그녀는 주인을 바라보며, 어떻게 말을 걸까 궁리했다. 자세히 보니 주인은 거의 알아볼 수 없을 정도로 달라져 있었다. 그의 얼굴은 창백하고 홀쭉해져 있었다. 게다가 그는 뭔가를 뚫어지게 바라보는 듯 놀랍도록 눈을 부릅뜨고 있었다. 전에는 전혀 볼 수 없던 표정이었다.

"도련님은 분명 편찮으신 거예요. 도련님은 … "

"난 괜찮아요, 아주 건강하다고요. 이제 커피 마시죠."

그들은 한마디도 주고받지 않은 채 커피를 마셨다.

온종일 그는 혼자 방에 틀어박혀 있었다. 몇 사람이 조문을 하러왔다. 그는 조용히 조문객을 맞이했다. 그러나 아무도 망자를 보게 하지 않은 채 차가운 표정으로 곧장 그들에게 작별인사를 건넸다. 밤이 되자 그는 망자를 지키려고 다시 망자의 방으로 갔다. 의자에서 잠이 든 그는 동이 틀 무렵에야 깨어났다. 그제야 비로소 그는 검은 상복을 입어야 한다는 생각이 났다. 그는 손수 서랍장에서 프록코트를 꺼냈다. 매장은 밤에 이루어졌는데, 그는 울지도 않고 아주 차분하게 행동했다. 그럴수록 홀더리스는 더 신경이 예민해졌다. 그녀는 상복을 입고, 울어서 벌겋게 달아오른 얼굴로 하녀들을 인솔했다. 눈물 젖은 손수건을 입에 갖다 댄 채 그녀는 눈물어린 두 눈을 껌벅거리며 불안한 듯 끊임없이 도련님을 바라봤다. 그녀는 이 차갑고 차분한 행동이 진정한 그의 모습이 아니며, 집요한 그의 내향성과 은둔 생활이 그의 건강을 해치고 있음에 틀림없다는 생각이 들었다. 그녀는 그렇게 경직된 그에게 다시 활기를 불어넣어 주려고 애를 썼으나 허사였다. 그는 멍하니 창가에 앉아 있다가도 벌떡 일어나 끊임없이 이 방 저 방을 돌아다녔다. 가게 문에는 사흘간 휴무라는 쪽지가 나붙었다. 그러나 나흘이 지나 닷새가 되어도 가게 문은 닫혀 있었다. 보다 못해 몇몇 친지가 그에게 빨리 문을 열라고 성화를 해댔다.

쾸프는 다시 가게 문을 열고, 저울질을 하고, 계산을 하기는 했지만, 정신은 다른 데 가 있었다. 저녁에 시민단체 모임이나 히르쉬 주점에도 그가 더 이상 나타나지 않았지만 사람들은 상중이기 때문에 그럴 거라고 양해해줬다. 그의 정신은 죽은 듯이 조용하고 텅 비어 있었다. 그는 이제 어떻게 살아가야 한단 말인가? 당혹감이 극에 달한 그는 마치 심신이 마비된 것 같았다. 서있을 수도, 그렇다고 쓰러질 수도 없었다. 바닥이 없는 허공에 떠 있는 기분이었다.

그렇게 얼마간 시간이 지나자 그는 마음에 동요가 일었다. 불안해지기 시작한 것이다. 무언가 변화가 있어야 한다는 생각이 들었다. 그러나 변화가 밖으로부터 와서는 안 되고, 안으로부터, 그의 내면으로부터 와서 그를 해방시켜야 한다고 생각했다. 이때부터 사람들은 무언가 눈치 채기 시작했다. 발터 큄프가 게르버자우에서 가장 잘 알려지고 가장 빈번하게 회자되는 인물이 되기 시작한 것이다.

자신의 운명이 원숙한 경지에 들어서고 있다는 느낌이 들 무렵 기이한 상인은 고독을 염원하게 되었고, 한편으로 자신에 대한 불신감이 일기 시작했다. 그리하여 그는 지금까지 익숙했던 외부의 영향권을 벗어나 자기 자신을 위한 삶을 창출해내기로 했다. 그는 우선 사람들과의 교류를 끊기로 했는데, 심지어 충직한 홀더리스마저도 멀리하기로 했다.

"차라리 그렇게 하는 게 돌아가신 어머니를 잊을 수 있는 길인 것 같아요." 그가 말했다. 그는 돈을 넉넉하게 줄 테니 마음 편히 떠나라고 리스에게 말했다. 그러나 늙은 가정부는 웃기만 하면서, 자기는 이제 이 집 사람이니까 그냥 머물러 있겠다고 했다. 그녀는 그가 어머니를 잊으려고 하는 게 아니라 오히려 어머니를 한시도 잊지 못한 채, 어머니를 상기시키는 것이라면 사소한 것이라도 애지중지한다는 것을 익히 알고 있었다. 어쩌면 홀더리스는 주인의 속내를 당시에 이미 들여다보았던 것 같았다. 어쨌든 그녀는 그를 떠나지 않고 양친을 잃은 집안에서 어머니를 대신해서 그를 돌보기로 결심했다. 하지만 별난 사람을 매일같이 접하고 인내하기란 그리 쉬운 일이 아니었다.

발터 쾸프는 너무 오랫동안 자기 어머니의 자식으로만 살아왔다는 것을 깨닫기 시작했다. 지금 세차게 불타오르는 격정은 이미 수년 전부터 그의 마음속에 잠재해 있었지만, 감사하게도 어머니의 손길이 달래고 눌러줬다. 그런데 젊은 혈기가 더 이상 남아있지 않고, 수년에 걸쳐 습관화되고 타성에 빠진 지금, 그는 그런 삶을 뒤엎어버리고 새로 시작하는 것이 현명할 것 같았다. 그의 가슴은 전례 없이 열렬하게 자유와 조화를 염원했지만, 그의 머리에는 아직 상인정신이 남아 있었다. 그의 삶은 온통 견고하고 평탄한 내리막길만 달려왔기 때문에, 이런 안전한 길을 벗어나 새로운 오르막길로 방향을 전환할 방법을 찾을 수 없었다.

이런 고민을 해결하기 위해 그는 밤에 열리는 경건주의자들의 집회에 여러 번 참석해보기도 했다. 거기서 다소간 위안과 교화를 받기는 했지만, 속으로는 이 사람들의 진정성에 대해 회의가 들었다. 이들은 저녁 내내 비신학적인 성서해석에 열을 올렸는데, 저마다 자기가 잘났다고 떠들어댈 뿐 좀처럼 의견의 일치를 보지 못했다. 위안과 하나님의 은총이 샘솟기를 기원하고, 어린아이처럼 순진한 세계로 돌아가서 하나님의 팔에 안기고 싶었는데, 이 모임에서는 그런 걸 기대할 수 없었다. 이 사람들은 모두가 언젠가 서로 결탁한 것 같았고, 그들의 인생에서 그들 나름대로 설정한 성(聖)과 속(俗) 사이의 경계선 상에 머물기로 한 것 같았다. 쾸프는 지금까지 바로 그런 삶을 살았으며, 바로 그런 삶이 그를 피곤하고 위안 받을 수 없는 슬픔에 잠기게 했던 것이다.

그가 염원한 삶은, 아주 작은 감정의 미동에도 하느님께 귀의하고, 진정한 신뢰가 뒷받침되어야 하는 삶이었다. 그는 자기 자신과 하느님의 뜻에 부합되지 않는 한 어떤 일도 하지 않겠다고 스스로에게 다짐했다. 이런 달콤하고 성스런 감정이 회계장부와 가게의 계산대에서는 결코 일어날 수 없다는 것이 분명해졌다. 그는 일요신문에서 이따금 위대한 평신도들에 관한 글을 읽었는데, 아메리카나 스웨덴, 스코틀랜드에서 크게 각성했다는 것이며, 수십 명, 수백 명이 모이는 집회에서 예리한 통찰력을 터득했다는 기사(記事)였다. 이들 은혜 받은 사람들은 금후 정신적으로 새로운 삶을, 진리와 함께하는 삶을 살고 있다는 뉴스였다. 이런 보도를 접한 쾸프는 이들의 삶이 무척이나 부러웠다. 때때로 하느님이 이곳저곳 여러 지역에 강림해서 사람들 사이를 거닐고 계시지만, 이곳, 그의 근처에는 한 번도 나타나지 않는 것 같았다.

홀더리스는 그 당시 그런 그가 비참해보였다고 했다. 그의 선량한 얼굴은 점점 여위어 볼이 홀쭉해지고, 주름은 점점 깊고 진하게 패었다. 늘 깔끔하게 단장하던 얼굴도 이제는 손질을 하지 않아 성기고 담황색이 된 수염으로 뒤덮여 아이들의 웃음거리가 됐다. 옷도 신경을 쓰지 않아 가정부가 보살펴주지 않았다면 그는 더 빨리 아이들의 조롱거리가 되었을 것이다. 기름으로 얼룩진 낡은 작업복을 식탁에서도 입고 있었고, 저녁에 긴 산책 길에 나설 때에도 그대로 입고 다녔다. 산책을 나가면 종종 그는 자정이 되어서야 돌아오곤 했다.

그래도 가게만은 꾸준히 지켰다. 가게는 조상 대대로 물려받은 것으로 그를 지난날들과 연결해주는 마지막 연결고리였다. 그는 내키지 않았지만 장부정리를 계속했고, 온종일 서서 손님 접대를 했다. 영업은 잘됐지만 그에게는 별로 달갑지 않았다. 그는 자기 적성에 맞는 일을 하고 싶었다. 양심에 거리낌이 없는 삶, 자신의 능력을 지속적으로 충분히 발휘하는 삶을 살고 싶었던 것이다. 그는 자신이 길들여진 일을 포기할 경우 마지막 버팀목이 사라지고, 숭배하기보다는 두려워하는 힘에 구제불능의 상태로 예속되리라는 것을 잘 알고 있었다.

작은 도시에는 항상 걸인과 문제아, 늙은 술꾼, 출옥한 전과자가 있게 마련이다. 모든 사람들로부터 조롱받고, 짜증스런 존재, 금치산자로 낙인찍힌 이들은 시에서 얼마 안 되는 보조금을 받는 대가로 말 안 듣는 어린 아이들을 놀라게 해주는 괴물이 되고, 업신여김을 당하는 천덕꾸러기가 된다. 당시에 괴켈러라고도 불리는 알로이스 베켈러는 이런 사람들 중의 한 사람이었다. 기묘한 모습을 한 그는 산전수전 다 겪은 떠돌이 늙은 무위도식자로, 오랜 유랑 끝에 이곳에 정착했다. 그는 먹을 것과 마실 것만 수중에 들어오면 장광설을 늘어놓았다. 이를테면 그는 주막에서 우스꽝스런 개똥철학으로 사람들을 즐겁게 해줬다. 자기가 무전(無錢)의 황제요, 게으름뱅이 나라의 황태자라고 하면서, 손수 벌어먹고 사는 사람들을 측은하게 여겼다. 그에게는 언제나 청중이 두서너 명 있었는데, 그들은 그를 돌보아주고, 강연 대가로 그에게 와인을 몇 잔씩 사줬다.

어느 날 저녁 발터 큄프는 고독하고 우울한 긴 산책길에 이 괴켈러와 마주쳤다. 그는 길거리에 가로누워 막 오수를 즐기고 난 참이었다.

그렇게 대자로 누워있던 그와 불현듯 마주친 큄프는 깜짝 놀랐다. 날이 어두워 하마터면 그를 밟을 뻔했다. 하지만 곧 뜨내기를 알아보고 큄프는 큰소리로 그에게 야단을 쳤다.

"여보, 베켈러, 거기서 뭐하는 거요?"

노인은 몸을 반쯤 일으키고 흐뭇한 표정으로 눈을 깜빡거리며 대답했다.

"그래, 당신 큄프, 당신은 거기서 뭘 하는 건데?"

말을 되받은 큄프는 자기에게 존칭을 붙이지도, 존대어를 쓰지도 않는 그가 불쾌했다.

"좀 더 공손하게 말할 수 없소, 베켈러?" 기분이 상한 그가 물었다.

"그렇게 할 수 없겠는데, 큄프." 노인이 희죽거리며 말했다. "유감스럽지만 그렇게 할 수 없소."

"왜 그렇게 할 수 없다는 거요?"

"나한테 공손의 대가를 지불한 사람이 없기 때문이오. 세상에 공짜란 없는 법이오. 존경하는 큄프 나리께서 나한테 언제 뭘 선물하거나 손에 쥐어준 적이 있소? 오, 없지. 부자 나리 큄프님께서 그런 선행을 하신 적이 없어. 너무 점잖고 너무 거만해서 가난뱅이에게 눈길을 줄 수 없었을 거야. 그렇소, 안 그렇소?"

"그 이유는 당신이 잘 알고 있을 거요. 적선해주면 당신은 그걸 가지고 뭘 하지? 술이나 마시지 달리 뭘 하겠소? 술 마시는 데 줄 돈은 나에게 한 푼도 없소. 있어도 주지 않을 거요."

"그래요, 그래. 자, 그럼 편히 쉬고 잘 자시오, 형제."

"형제라니?"

"모든 사람은 형제가 아니요, 큄프? 안 그렇소? 예수는 아마도 당신을 위해 그리고 나를 위해 죽지 않았소?"

"그렇게 말하지 마오. 이런 문제 가지고 농담을 하면 안 돼요."

"내가 농담을 했다고?"

큄프는 생각에 잠겼다. 이 비렁뱅이의 말이 그를 심사숙고하게 만들면서 신기하게도 그를 자극했다.

"그럼 좋소." 그가 친절하게 말했다. "한 번 일어나 보시오. 내가 당신에게 기꺼이 뭔가 주고 싶어졌소."

"아이, 이것 봐라!"

"그래요, 하지만 그걸로 술을 마시지 않겠다고 약속해야 하오. 그렇게 하겠소?"

"약속은 할 수 있소만, 이번 건은 약속과 별개요. 돈, 돈을 사용할 수 없다면 돈이 아니지."

"당신을 위해서 하는 말이오. 내 말을 믿으시오."

술꾼은 웃었다.

"나는 이제 예순네 살이오. 나에게 좋은 걸 당신이 나보다 더 잘 알고 있다는 얘기요? 그렇소?"

돈지갑을 꺼내서 이미 손에 든 큄프는 당황스러웠다. 자기를 형제라고 부르며, 호의를 깔아뭉개는 이 천박한 자와의 말씨름에서 힘이 모자라 궁지에 몰리고 패배한 느낌이 든 그는 재빨리, 거의 겁에 질려 지갑에서 1탈러를 꺼내 베켈러에게 내밀었다.

"자, 이거 받고 … "

고액의 은화를 받아든 알로이스 베켈러는 은화를 눈으로 확인하더니 봉두난발한 머리를 내저었다. 그러고 나서 그는 연방 굽실거리며 지나치게 정중한 어조로 감사하다고 떠벌렸다. 은전 하나에 철학자가 돌연 겸손해져서 굽신거리는 것을 본 큄프는 창피하고 슬픈 생각이 들어 곧장 그 자리를 피했다.

그럼에도 불구하고 그는 어떤 행동을 실행에 옮겼다는 생각에 마음이 가벼워졌다. 그러나 한편으로, 베켈러에게 1탈러를 줬다는 것이 그에게는 공연한 낭비요, 스스로가 너무 주제넘게 돈을 탕진하지 않았나 하는 생각도 들었다. 이날 저녁엔 그가 몇 주만에 처음으로 기분이 흡족해져 제시간에 산책에서 돌아왔다.

괴켈러에게는 이제 축복받은 날들이 시작됐다. 며칠에 한 번
씩 발터 큄프가 돈을 주었기 때문이다. 때로 1마르크, 때로 50
페니히, 그리하여 괴켈러의 유복한 생활은 그칠 줄 몰랐다. 한
번은 그가 큄프의 가게를 지나가게 됐는데, 그를 본 가게주인이
그를 불러들여서 고급 여송연을 열두 개비나 선사했다. 횔더리
스가 가게에 들르다가 우연히 이 광경을 목격하게 되었다.

"저런 거지에게 값비싼 여송연을 주시다니요, 도련님!"

"진정해요." 주인이 말했다. "저 사람도 한 번쯤은 행복한 삶
을 살아야 되지 않겠어요?"

늙은 백수건달만 선물을 받은 것이 아니었다. 고독한 사색자
(思索者)에게는 베풀어줌으로써 남을 즐겁게 해주는 것에 대한
기쁨이 날로 충만해 갔다. 가난한 아낙네들에게는 정량보다 무
게를 두 배로 달아주거나 아예 돈을 받지 않았고, 장날엔 마부
들에게 팁을 두둑이 줬으며, 농부의 아내들이 장을 보러오면 장
바구니에 치커리를 덤으로 넣어주거나 건포도를 한 줌씩 넣어
줬다.

그의 자선행위는 그리 오래 가지 않아 사람들의 눈에 띄게
되었다. 우선 횔더리스가 그걸 알아챘다. 그녀는 주인에게 끊임
없이 호된 지청구를 퍼부었다. 그녀의 지청구가 처음에는 별 효
과를 거두지 못했지만, 점차 조금씩 그를 민망하게 만들고, 그
를 괴롭혔다. 때문에 그는 자신의 '낭비벽'을 그녀 앞에서는 드

러내지 않으려고 했다. 홀더리스를 스스럼없이 대하던 그가 이제는 그녀를 경계하게 됨으로써 하마터면 집안의 평화가 깨질 지경에 이르렀다.

리스와 괴켈러 다음으로 상인 발터의 기이한 자선행위는 아이들의 눈에도 띄었다. 아이들은 1페니히를 들고 가게로 와서 설탕이나 감초 또는 구주콩[6]을 달라고 하고, 그러면 그는 그들이 원하는 만큼 내줬다. 리스는 창피해서 그리고 베켈러는 약아빠져서 그의 자선행위를 입 다물고 있었지만, 아이들은 그렇지 않았다. 그리하여 큄프의 인심이 엄청나게 후하다는 소식은 삽시간에 온 시내에 퍼졌다.

이해하기 힘든 일은, 그 자신이 이런 자선행위에 거부감과 두려움을 느끼고 있었다는 것이다. 낮 동안에 그렇게 몇 파운드씩 퍼주고 낭비한 그는 저녁에 계산을 하고 장부를 정리할 때면, 이런 방종하고 헛된 장사에 깜짝 놀라곤 했다. 불안한 가운데 거듭 계산을 해보고, 손해액을 확인해보았다. 그리고 난 후 물품을 주문하고 구입할 때면 돈을 아끼기 위해 저렴한 구입처를 물색했다. 하지만 이 모든 것은 다음날 또 다시 퍼주는 기쁨을 누리기 위한 준비작업에 지나지 않았다. 그는 아이들을 나무라면서 쫓아버리는가 하면, 아이들에게 맛있는 것을 잔뜩 쥐어주기도 했다. 그러면서 자신에게는 아주 인색하게 굴었다. 가계지출을 줄이고, 옷도 사 입지 않고, 지하실의 와인이 바닥나도 다

---

6) 세례 요한이 황야에서 먹었다는 나무열매.

시 채우지 않았다.

그의 자선행위가 불행한 결과를 가져오는 데는 그리 오랜 시간이 걸리지 않았다. 상인들은 그가 어처구니없는 퍼주기 술책으로 자기네 고객을 빼돌렸다고 그에게 대놓고 욕을 하거나, 아니면 거친 글을 통해 비난했다. 그와 돈독한 관계를 맺고 있던 사람들뿐 아니라 많은 고객들도 달라진 그에게 반감을 느끼고 그의 가게를 멀리했고, 어쩔 수 없이 그를 만나기라도 하면 노골적으로 불신의 감정을 드러냈다. 그가 맛있는 사탕과 딱총을 준 아이들의 부모들 또한 왜 그런 짓을 했느냐고 그에게 화를 냈다. 유명인사들 사이에서 누렸던 그의 명성은 이미 오래전에 빛이 바랬다. 잃어버린 그의 명성은 보잘 것 없는 사람들, 가난한 사람들로부터 받는 미심적은 인망(人望)으로는 대체되지 않았다. 큄프는 이런 변화들을 별로 심각하게 받아들이지 않았지만, 이해할 수 없는 일들이 끊임없이 일어난다는 생각은 들었다. 친지들은 점점 더 자주 그에게 냉소를 짓거나 동정어린 눈길을 보냈고, 거리에서는 그의 뒤에서 쑤군대거나 웃어대는 소리가 들렸고, 근엄한 사람들은 불편한 심기를 드러내며 그를 피했다. 큄프의 아버지와 친분관계를 맺고 있던 몇몇 어르신들은 그를 나무라거나 충고하기도 하고 그를 격려하기 위해 그에게 왔었지만, 곧 그를 멀리하고, 화를 내며 그에게 등을 돌렸다. 그리하여 발터 큄프가 제정신이 아니고, 머지않아 정신병원에 가게 될 것이라는 말들이 점점 더 넓게 퍼져나갔다.

상인 큄프의 가게는 이제 폐업 직전에 임박했다. 고통 속에 살아온 큄프 자신이 누구보다도 그걸 잘 알고 있었다. 하지만 가게 문을 완전히 닫기 전에 그는 마지막으로 사려 깊지 못한 야량을 베품으로써 많은 적을 만들었다.

어느 월요일에 그가 물건을 원가에 판다는 광고를 주간신문에 게재한 것이다.

하루 종일 그의 가게는 전례 없이 손님들로 붐볐다. 점잖은 사람들은 오지 않았고, 정신 나간 장사꾼에게서 값싸게 물건을 구입하여 이득을 취하려는 사람들이 몰려들었다. 저울은 온종일 쉴 새가 없었고, 가게의 벨소리는 요란하게 울렸다. 사람들은 헐값에 구입한 물건들을 바구니와 자루에 가득 채워 가지고 나갔다. 홀더리스는 어찌할 바를 몰랐다. 그녀의 주인은 그녀의 말을 듣지 않고 그녀를 가게에서 나가라고 했다. 밖으로 나온 그녀는 문에 버티고 서서 가게에서 나오는 사람들에게 사정을 했다. 난리판을 벌이는 사람들을 보면서 그녀는 불쾌감을 억눌렀으며, 비교적 염치를 차리는 사람들에게는 그들의 헐값구매 행위를 무위로 만들려고 했다.

어떤 사람에게는 "2페니히 어치 더 받고 싶었던 거 아니에요?" 하고 말하는가 하면, "염치도 좋으시지. 카운터를 지나쳐 오셨군요."

그러나 문을 닫기 두 시간 전에 시장이 부하직원을 대동하고

나타나 가게 문을 닫으라고 명령했다. 퀌프는 두말없이 곧장 덧
창을 닫았다. 다음날 그는 시청에 소환되었다. 장사를 그만두
기로 했다는 그의 말에 담당직원은 고개를 내저으며 그를 다시
방면해주었다.

그는 이제 장사를 접기로 하고 사업자등록을 말소시켰다. 가
게를 임대하거나 팔 생각도 없었기 때문이다. 아직 남아있는 재
고품들은 되는대로 가난한 사람들에게 나눠줬다. 리스는 하나
라도 못 주게 말렸다. 그녀는 커피자루와 막대사탕 등 닥치는
대로 골방에다 갖다 감췄다. 가계에 보태 쓰기 위해서였다.

발터 퀌프의 먼 친척 한 사람이 그에게 금치산 선고를 내려
달라는 청원을 냈으나 오랜 심리 끝에 청원이 기각됐다. 가까운
친척, 정확히 말해 미성년 상속자가 없다는 이유도 있었지만,
다른 한편 퀌프가 사업을 접은 후 별 탈 없이 잘 지내므로 후견
이 필요 없어 보이기 때문이라는 것이었다.

이 패배자를 걱정하는 사람은 아무도 없었다. 그에 관해 도
처에서 말들이 많았지만, 대체로 경멸과 불신에 찬 말들이었다.
이따금 그를 측은하게 여기는 사람들도 있었으나, 그를 찾아오
는 사람은 없었다. 각종 미지불 계산서만 빠른 속도로 잔뜩 날
아들었다. 지금까지 한 짓으로 미루어볼 때 자칫하면 퀌프가 끝
내 파산해서 돈을 떼일 것 같아 겁이 났기 때문이었다. 그러나
퀌프는 장부정리를 정확하게 해서 공증을 거쳐 남김없이 밀린
돈을 다 갚았다. 물론 이렇게 빨리 결산을 함으로써 그의 돈주

머니뿐 아니라 그의 기력마저도 고갈상태에 이르렀다. 채무정리가 끝났을 무렵 그는 자신이 비참하게 파멸하게 될 날도 머지않았다는 느낌이 들었다.

이런 고난의 시기에, 어느 날 그가 한참 분주하게 일을 하고 혼자 한숨을 돌리고 있는데, 갑자기 어떤 사람이 그를 찾아왔다. 슐로처라는 사람으로 데트링엔에서 온 큄프의 옛 스승이었다. 그는 전에도 발터를 몇 번 찾아온 경건한 상인인데, 몇 년 동안 오지 않다가 이번에 온 것이었다. 늙어서 백발이 된 그가 게르버자우로 여행을 감행했다는 것은 그의 나이에는 여간해서 찾아보기 힘든 엄청난 결단이었다.

갈색 긴 프록코트를 입은 그는 청색과 노란색 무늬가 박힌 엄청나게 큰 손수건을 지니고 있었는데, 폭이 넓은 손수건의 가장자리에 지도와 집들 그리고 동물들이 그려져 있었다.

"들어가도 되겠나?" 그가 거실로 들어서면서 말했다. 거실에서는 피곤한 큄프가 성서의 책장을 막 넘기고 있는 중이었다. 노인은 자리를 잡고 앉아서 모자와 손수건을 탁자에 놓더니, 프록코트 자락을 들어서 가지런히 무릎 위에 올려놓은 후 늙은 제자의 창백하고 불안한 얼굴을 바라봤다.

"자넨 이제 무직자가 되었다면서?"

"가게를 접었습니다."

"그렇군, 그랬단 말이지. 앞으로는 어떻게 할 셈인가? 자넨 비교적 아직 젊은 나이일세."

"뭘 해야 좋을지 저도 모르겠습니다. 제가 아는 건, 장사가 제 적성에 맞지 않는다는 겁니다. 그래서 장사를 포기했고요. 재기하기 위해 뭘 해야 할지 생각 중 입니다."

"내 생각엔 너무 늦은 것 같네."

"재기하기에 너무 늦었다는 말씀인가요?"

"재기라는 말뜻을 알고 있다면 말이네. 앞으로 뭘 다시 시작하겠다는 계획도 없이 자기가 배운 직업을 무작정 던져버리는 것은 옳지 않다는 말이네. 자네가 젊은 청년의 나이에 그렇게 했으면 모를까!"

"그런 결정을 내리기까지는 오랜 시간이 걸렸습니다."

"그랬을 테지. 하지만 그렇게 천천히 결정을 내리기엔 인생이 너무 짧다네. 난 자네가 얼마나 힘들었는지, 그래서 현실에 적응하지 못했다는 걸 어느 정도는 알고 있네. 그런 사람들이 더러 있지. 자넨 아버지를 위해 상인이 되었지, 안 그런가? 자넨 자네의 인생을 엉망으로 만들어 놨네. 그리고 자네의 아버지가 원하는 것도 해내지 못했고."

"제가 뭘 해야 할까요?"

"뭘 하냐고? 이를 악물고 정신 똑바로 차리게. 자넨 자네의 인생을 자네가 망쳤다고 생각하겠지. 어쩌면 그랬는지도 모르지. 하지만 지금 자네의 처신이 정상이라고 할 수 있겠는가? 자넨 자신이 받아들인 운명을 비겁하고 어리석게도 차버렸네. 자넨 불행했지. 하지만 그 불행은 남부끄럽지 않은 불행으로 자

작은 세상

네에게 명예를 안겨줬네. 그런데 자네는 더 나은 것을 위해서가 아니라 단지 자네가 지쳤다는 이유만으로 그 명예를 포기해 버렸어. 안 그런가?"

"어쩌면 그럴는지도 모르겠습니다."

"그렇지. 그래서 내가 자네에게 온 걸세. 자넨 성실하지 못했어. 하지만 자넬 탓하려고 이 늙은 몸을 이끌고 여기까지 온 건 아닐세. 그래서 하는 말인데, 가능하면 빨리 다시 시작하게."

"제가 어떻게 하란 말씀인가요?"

"여기 게르버자우에서는 다시 시작할 수 없을 걸세. 그건 나도 알고 있네. 하지만 다른 지역에서 라면 말이네. 왜 안 되겠나? 가게를 하나 인수하게. 크지 않아도 되네. 자네 아버지의 이름으로 다시 명예를 되찾게. 하루아침에 명예를 되찾을 수는 없겠지. 하지만 자네가 원한다면 내가 자넬 돕겠네. 도와줄까?"

"감사합니다, 레클레 선생님. 생각 좀 해보겠습니다."

슐로처는 마시지도 먹지도 않고 다음 기차를 타고 다시 집으로 돌아갔다.

쿰프는 그에게 감사했으나 그의 조언을 따를 수가 없었다.

한가함에 익숙하지 않아 견디기 힘들어 하는 전직 상인은 이따금 울적한 기분으로 시내 산책을 나서곤 했다. 그럴 때마다 그는 직공이나 상인, 노동자, 하인들이 각자 맡은 일에 충실한 것을 보고 신기하기도 하고, 한편으로는 가슴이 무거워 오기도 했다. 그들은 모두가 자기 자리를 지키면서 가치와 목표를 설정

하고 있는데 반해, 자기는 목표도 없이 하릴없이 배회하고 있다
는 생각이 들었기 때문이다.

　잠을 제대로 이루지 못해 찾아간 의사는 그의 무위도식이 불
면의 결정적인 이유라고 했다. 의사는 그가 교외에다 땅을 몇
평 사서 정원을 가꿔보라고 권했다. 그 제안은 그의 마음에 들
었다. 라이멘그루베에 땅을 조금 사고 농기구를 마련한 그는 부
지런히 땅을 파고 삽질을 하기 시작했다. 땀을 흘리고 지치도록
열심히 삽질을 하는 동안 그의 어지러운 머리는 어느 정도 가
벼워지는 것 같았다. 하지만 날씨가 나쁠 때나 기나긴 저녁이
오면 그는 집에 들어앉아 다시 골똘히 생각에 잠겼다. 성경을
읽다가도 문득 세상이 이해할 수 없다는 생각이 들고, 공연히
자신의 인생이 가련하다는 생각이 들었다. 사업을 포기했기 때
문에 하느님에게 더 이상 가까이 다가갈 수 없게 되었다는 생
각도 들었다. 하느님은 자기가 도달할 수 없는 먼 곳에서 어리
석은 자기의 행동을 준엄하고 경멸에 찬 눈으로 내려다보는 것
같았다.

　정원 일을 하는 그를 구경하는 사람이 한 명 있었으니, 다름
아닌 알로이스 베켈러였다. 거지인 자기는 놀고먹으면서 구경
만 하고 있는데, 그렇게 부유한 사람이 괴로워하고, 지치도록
일을 하다니, 이 구경거리가 늙은 백수에게는 무척이나 재미있
었다. 큄프가 쉬는 시간이면 두 사람은 이런저런 이야기를 주고
받았다. 그럴 때면 베켈러는 상황에 따라 때로 매력적인 인간이

되기도 하고, 때로는 공손하고 비굴한 인간이 되기도 했다.

"날 좀 도와주지 않겠소?" 하고 룀프가 물으면 "싫은데요, 나리. 싫다고요. 그런 일은 내 적성에 맞지 않아요. 그런 일은 사람을 바보로 만들어요."

"난 괜찮은데, 베켈러."

"물론, 당신한테는 괜찮겠지요. 왜냐고요? 당신은 그 일이 좋아서 하는 거니까. 그건 신사들에게 어울리는 일이니까 당신한테는 힘들지 않겠죠. 게다가 당신은 한창 좋은 나이잖아요. 난 일흔 살이에요. 내 나이면 쉴 자격이 있지요."

"하지만 얼마 전엔 예순네 살이라고 하지 않았소? 일흔이 아니고."

"내가 예순네 살이라고 했다고? 그건 술에 취해서 한 말이요. 술이 거나해지면 난 훨씬 더 젊어진 느낌이 든다오."

"그러니까 진짜 나이는 일흔 살이라는 거요?"

"일흔 살이 아니라도 상관없소. 난 내 나이를 정확히 세어보지 않소."

"술도 끊을 수 없다는 말이로군! 그리고도 양심에 거리낌이 없다는 거요?"

"없어요. 양심으로 말할 것 같으면, 내 양심은 건강해요. 웬만한 건 다 참아내지요. 그밖에 다른 데도 이상이 없다면, 지금 나이의 갑절이라도 먹고 싶소."

룀프가 기분이 울적해 얘기하기 싫은 날들도 있었다. 눈치가 빠른 괴켈러는 어리석은 정원사가 걸어오는 것만 봐도 그의 기분이 어떤지 알 수 있었다. 그럴 때면 정원 안으로 들어가지 않고 반시간가량 기다렸다. 이를테면 일종의 침묵방문이었다. 그는 정원울타리에 기댄 채, 괴상한 자기 후원자가 한숨을 내쉬며 땅을 갈고 괭이질을 하고, 물을 날라 오고, 묘목을 심는 광경을 아무 말 없이 응시했다. 그러다 그는 말없이 다시 자리를 뜨면서 침을 뱉고, 바지주머니에 손을 넣은 채 희죽이 웃고, 즐거운 양 눈을 껌뻑거렸다.

홀더리스는 괴로운 나날을 보내고 있었다. 그녀는 불편한 집에 혼자 머물면서 청소를 하고 빨래를 하고 부엌일을 했다. 달라진 주인에게 처음에는 화를 내고, 거친 말도 던졌지만 이제는 포기하고, 잘못된 조언을 받은 주인이 지쳐서 다시 자기 말을 들을 때까지 당분간 그대로 내버려 두기로 했다. 그렇게 몇 주가 지났다.

그녀는 주인이 괴켈러 같은 인간과 가깝게 지내는 게 가장 화가 났다. 괴켈러는 고급 여송연을 염치없이 받아간 인간이었다. 가을을 앞두고 몇 주간 비가 왔기 때문에 큄프는 정원에 가지 않았다. 그녀는 호기를 만났다. 그녀의 주인은 어느 때보다 침울한 나날을 보내고 있었다. 어느 날 저녁 그녀는 바느질 바구니를 들고 방으로 들어가, 등불 밑에서 그달에 쓴 돈을 계산하고 있는 주인의 책상 아래에 앉았다.

"무슨 할 말이라도 있어요, 리스?"

"여기 앉아서 바느질하려고요. 바느질하려면 등불이 있어야
하잖아요."

"그렇게 해요."

"그래도 된다고요? 예전에 돌아가신 마님이 계실 때는 물어
보지 않고도 항상 여기 앉았어요."

"그래요, 그래."

"있잖아요, 그후로 많은 게 달라졌어요. 사람들한테 손가락
질 당하는 사람이 한 명 있어요."

"왜 손가락질을 하는 거죠, 리스?"

"얘기해 드릴까요?"

"그래, 해봐요."

"말씀드릴게요. 괴켈러가 무슨 짓을 하고 다니는지 아세요?
저녁이면 술집에 눌러 앉아서 도련님 얘기를 한답니다."

"내 얘기를? 뭐라고 하는데요?"

"그 자가 도련님이 정원에서 일하는 흉내를 내면서 도련님을
비웃는다는 거예요. 그리고 도련님이 자기와 항상 말동무를 한
다고 떠들어댄답니다."

"그게 정말이에요, 리스?"

"정말이냐고요? 전 거짓말 할 줄 몰라요, 절대로요. 괴켈러
가 그런 짓을 한다고요. 그러면 그 자의 주위에 앉아 있던 사람
들은 웃으며 그자를 부추기고, 그 자가 도련님에 관한 이야기를
해준 대가로 그 자의 맥주 값을 내준답니다."

그녀의 말을 주의 깊게 듣고 난 큄프는 팔이 닿는 데까지 등
(燈)을 멀리 밀어냈다. 대답을 기다리며 고개를 든 리스는 그의
눈에 눈물이 가득 고여 있는 것을 보고 깜짝 놀랐다.

그녀는 주인이 병약하다는 것은 알고 있었지만, 그가 이토
록 나약해진 줄은 미처 몰랐다. 그가 갑자기 늙고 초라해 보였
다. 그녀는 말없이 바느질을 계속했다. 더 이상 눈을 들어 그
를 쳐다볼 용기가 나지 않았다. 그는 그렇게 앉아 있었다. 눈
물이 그의 두 뺨을 흘러내려 성긴 수염을 적셨다. 가정부는 복
받치는 감정을 억눌렀다. 지금까지 주인이 일에만 매달리고,
변덕스럽고, 까다로운 사람이라고 생각하고 있었는데, 이제
보니 그는 기댈 데 없고, 정신이 쇠약하고 마음에 상처를 입은
사람이었다.

이날 저녁 두 사람은 더 이상 아무 말도 하지 않았다. 큄프는
잠시 후 다시 계산을 하기 시작했고, 홀더리스는 일찌감치 바
느질을 끝내고, 램프의 심지를 돋은 후 조용히 인사를 하고 나
왔다.

그가 그렇게 불쌍하고 나약하다는 것을 알고 난 후부터 그녀
의 마음속 질투 섞인 분노는 말끔히 사라졌다. 그녀는 그를 돌
보아주고, 부드럽게 대할 수 있게 된 것이 기뻤다. 그가 다시금
갑자기 어린애처럼 보였다. 그녀는 그를 돌보면서 더 이상 부정
적으로 보지 않게 되었다.

날씨가 좋아져 발터가 다시 정원을 열심히 가꾸고 있는데, 알

로이스가 명랑하게 인사를 건네며 나타났다. 그는 정원진입로로 들어와 다시 한 번 인사를 하고 화단 가장자리로 가서 섰다.

"안녕" 하고 인사를 받고나서 큄프가 말했다. "왜 온 거요?"

"별일이 있는 건 아니고, 그냥 들른 거외다. 오랫동안 통 외출을 안 하시기에."

"그밖에 나한테 할 말이 뭐 또 있소?"

"없어요. 그런데, 그게 무슨 말씀이신지? 난 다른 때도 늘 여기에 오지 않았습니까?"

"당신은 이제 다시 여기 올 필요 없소."

"알겠소만, 큄프 나리. 이유나 좀 압시다."

"그 얘기 더 이상 안 하는 게 좋겠소. 제발 가시오, 베켈러. 날 좀 쉬게 해달란 말이오."

괴켈러의 표정이 일그러졌다.

"그래요, 그럼 가야지. 내가 반갑지 않은 놈이란 말이지. 오랜 친구를 그렇게 대하라고 성경에도 쓰여 있더군."

큄프가 슬픈 표정을 지었다.

"그게 아니오, 베켈러." 그가 친절하게 말했다. "우리 기분 좋게 헤어집시다. 그게 좋지 않겠소. 자 이거 받으시오."

그가 1탈러를 건네주자 괴켈러는 놀라며 돈을 받아 주머니에 쑤셔 넣었다.

"고맙소이다. 부디 나쁘게 생각하지 마쇼. 감사하오. 그럼 안녕히 계시오, 큄프 나리. 안녕!"

이렇게 말하며 그는 어느 때보다 만족해서 돌아갔다. 그러나 며칠 지나지 않아 그가 또 나타났다. 하지만 이번에는 쾸프가 아무런 선물도 주지 않고 단호하게 작별을 고했다. 그는 화가 잔뜩 난 채 돌아가면서 울타리 너머로 욕을 해댔다.

"당신, 위대한 나리, 당신, 당신이 가야할 곳이 어딘 줄 알아? 튀빙엔이야. 정신병원이 있는 튀빙엔 말이야. 잘 알아 두라고."

괴켈러의 말이 틀리지는 않았다. 쾸프는 고독하게 지내는 몇 달간 점점 자학에 빠져들면서 비생산적인 번민으로 자신을 괴롭혀댔다. 겨울에 접어들면서 그의 유일한 낙이요, 기분전환의 일환이었던 정원일이 끝나자 그는 병약한 사고의 좁은 틀에 완전히 갇혀버리고 말았다. 그때부터 그의 증세는 기복을 거듭했지만 끝내 내리막길로 내달았다.

우선 할 일 없이 혼자 있다 보니 자신의 지난 삶을 곱씹는 일이 잦아졌다. 그는 있지도 않은 지난날의 죄를 뉘우치면서 육체적으로 정신적으로 쇠진되어갔다. 그러다 다음에는 아버지의 말을 듣지 않았다고 절망하며 괴로워했다. 종종 성서를 뒤지다 죄와 연관된 구절이 나오면 자신이 바로 죄인이라고 느꼈다.

이렇게 고난을 자초하면서 그는 죄의식을 지닌 어린 아이처럼 홀더리스에게 매달렸다. 그녀는 사소한 일을 가지고도 용서를 빌곤 하는 그가 적지 않게 걱정됐다. 그녀는 그의 사고력이 소진되어 간다고 느꼈지만, 아무에게도 그런 말을 할 엄두가 나지 않았다.

한동안 집에 틀어박혀있던 쾸프는 크리스마스가 가까워 오자 불안증이 도지면서, 지난날들에 관해 그리고 어머니에 관해 많은 이야기를 했다. 불안은 그를 다시금 자주 집밖으로 내몰았다. 그로 인해 그의 건강은 더욱 악화되기 시작했다. 그는 사람들이 무서워졌다. 자신이 유별나게 사람들 눈에 띄며, 사람들이 자기에 대해 쑥덕거리고, 손가락질하고, 아이들은 자기 뒤꽁무니를 따라다니며, 점잖은 사람들은 자기를 피한다는 것을 눈치챈 것이다.

불안한 그는 이따금 사람들을 만나면 모자를 깊이 눌러썼다. 그런가 하면 어떤 사람들에게는 친히 다가가 손을 내밀며 미안하다고 했다. 뭐에 대해 미안한지는 말하지 않았다. 그리고 자기 걸음걸이를 흉내 내는 아이들에게는 상아손잡이가 달린 지팡이를 휘둘러댔다.

그는 옛 친지이자 고객 중 한 사람을 찾아갔다. 그가 장사를 하면서 바보짓을 하는 것을 보고 그를 멀리 했던 사람이었다. 발터는 그에게 유감스럽다, 정말 유감스럽다며, 자기를 용서하고 다시 친절하게 봐달라고 했다.

새해가 시작되기 얼마 전 저녁에 그는 일 년 넘게 가지 않던 히르쉬 주점으로 가서 지정석에 자리를 잡고 앉았다. 일찍 왔기 때문에 그가 첫 번째 저녁손님이었다. 그후 하나둘 씩 들어온 손님들은 그를 보고 놀라면서 인사를 건넸다. 손님들이 늘어나면서 여러 테이블에 자리가 찼다. 그러나 큄프가 앉아있는 테이블엔 아무도 오지 않았다. 늘 와서 앉던 테이블임에도 불구하고. 그는 마시지 않고 그대로 놔둔 와인 값을 지불하고, 슬픈 표정으로 인사를 건넨 후 집으로 돌아갔다.

깊은 죄의식에 사로잡힌 그는 모든 사람들에게 굽실거렸다. 그는 심지어 알로이스 베켈러에게도 모자를 벗고 정중하게 인사를 했다. 아이들이 장난치느라고 밀치면 그가 미안하다고 했다. 많은 사람들이 그를 불쌍히 여겼지만, 그는 바보였고, 어린애들 놀림감이었다.

홀더리스가 그를 데리고 의사의 진찰을 받으러 갔다. 의사는 환자가 정신병 초기라면서, 위험하지 않으니까 집에서 지금처럼 그냥 살아도 된다고 했다. 병원에 다녀온 후부터 가련한 인간 큄프는 불신의 늪에 빠졌다. 그는 자신에 대한 금치산선고를 받아들이지 않고 필사적으로 저항했다. 그때부터 그의 병은 다른 증세를 띠기 시작했다.

"리스." 어느 날 그가 가정부에게 말했다. "리스, 난 지금까지 나귀였어요. 이제 그걸 알겠어요."

"아니, 왜 갑자기 그런 말씀을 하세요?" 그녀가 겁이나 물었다. 그의 음성이 예사롭지 않았기 때문이었다.

"잘 들어요, 리스. 뭔가 배울 게 있을 거예요. 그렇죠, 내가 나귀라고 했죠? 나는 일생동안 달리고, 나를 혹사시키면서 헛것을 찾아다니느라고 행복을 차버렸다고요!"

"무슨 말씀인지 모르겠군요."

"상상 해봐요. 어떤 사람이 먼 곳에 아름답고 화려한 도시가 있다는 얘기를 들었어요. 멀기는 하지만 그는 그곳에 가기를 간절히 바랐어요. 그리하여 마침내 가지고 있던 모든 것을 버리거나 남에게 주고, 모든 친구들과 작별을 고하고 떠났어요. 멀리 멀리 힘이 닿는 한 몇 날 몇 개월 쉬지 않고 갔어요. 그리하여 더 이상 돌아갈 수 없는 곳까지 갔을 무렵, 그는 멀리 있다는 그 화려한 도시가 실재(實在)하지 않는 신기루였다는 사실을 깨달았어요. 그 도시는 현재도 없고 과거에도 없었던 도시였어요."

"슬픈 얘기로군요. 하지만 아무도 그런 짓은 하지 않아요."

"내가, 리스, 내가 그 짓을 했어요. 내가 바로 그런 인간이었단 말이에요. 정말이에요. 내 일생을 그렇게 허비했어요, 리스."

"그럴 리가 없어요, 도련님! 그게 도대체 어떤 도신데요?"

"그런 도시는 없어요. 그러니까 헛소리일 뿐이라고요. 나는 항상 여기에 머물러 있었어요. 그런데 그곳에 가겠다고 모든 것을 내팽개치고 잃어버렸어요. 나는 하느님을 원했어요. 천주 하느님을 원했다고요, 리스. 하느님을 찾겠다고 동분서주한 거예요. 그러다 이제 돌아갈 수 없는 곳까지 왔어요. 알아듣겠어요? 절대로 돌아갈 수 없는 곳까지 말이에요. 모든 게 사기였어요."

"뭐가, 뭐가 사기란 거예요?"

"사랑하는 하느님, 리스. 하느님은 아무 곳에도 없어요. 하느님은 없다니까요."

"도련님, 도련님, 그런 말 하시면 안돼요! 절대 안 된다고요. 그건 용서받지 못할 대 죄악이에요."

"내 말 좀 들어보라니까! 내 말 막지 말고 들어봐요. 당신은 일생동안 하느님을 따라가 봤어요? 수백 일 동안 밤마다 성경을 읽어봤냐고요? 당신 말에 귀를 기울여달라고, 당신의 희생을 받아주는 대가로 당신에게 조그만 빛과 평화를 달라고 수천 번 무릎을 꿇고 기도해 봤냐고요? 하느님을 조금 더 가까이 하기 위해 친구들을 잃어 봤어요? 하느님을 보기 위해 직업과 명예를 내팽개쳐봤어요? 난 그 모든 것을 다 해봤어요. 아니, 그 이상으로요. 하느님이 살아있다면, 저 늙은 베켈러 만큼만 애정과 정의를 가지고 있다면 나를 바라봤을 거예요."

"하느님께서 도련님을 시험하신 거예요."

"시험을 했겠죠, 시험을. 그렇다면 하느님은 내가 하느님 이외에 아무것도 원하지 않았다는 걸 알아봤어야 해요. 하지만 하느님은 그렇게 하지 않았어요. 하느님은 날 시험하지 않았어요. 난 알아요. 하느님은 전설일 뿐이라는 걸 깨닫게 됐다고요."

큄프는 이런 생각에서 벗어나지 못하고 있었다. 그는 자신의 불행한 삶의 원인을 규명해냈다는 데서 위안을 찾았다. 하지만 그가 이런 새로운 자각에 확신을 가진 것도 아니었다. 하느님을 거부하는 순간, 그는 자기가 거부한 하느님이 방금 방으로 들어와 하느님의 편재(偏在)를 증명하고 있는 것 같은 생각이 들어 희망이 부풀어오는 동시에 두려움이 엄습해왔다. 이따금 그는 독신적(瀆神的)인 행동도 서슴치 않았다. 하느님의 대답을 듣기 위해 대문 앞에 나가, 안에 개가 있는지 없는지 알아보겠다고 어린애처럼 멍멍 짖어대기도 했다.

이게 그의 인생의 마지막 단계였다. 그의 하느님은 이제 우상이 되고 말았다. 그는 하느님과 얘기를 하겠다고 하느님을 억지로 불러내기 위해 하느님을 자극하고 하느님을 저주했다. 그리하여 그는 존재의 의미를 잃어버렸다. 그의 병든 영혼에는 현란한 포말과 환상이 넘나들었으나, 생명의 싹을 트게 하지는 못했다. 그의 빛은 완전히 소진돼 애처롭게도 급속히 꺼져버렸다.

어느 날 밤 홀더리스는 그가 늦은 시각까지 침실에서 이리저리 걸어 다니며 뭐라고 중얼거리는 소리를 들었다. 그러다 그의 침실은 조용해졌는데, 이튿날 노크를 했으나 아무런 대답이 없었다. 살그머니 문을 열고 까치발로 그의 방으로 들어선 가정부는 갑자기 질겁해서 소리를 지르며 밖으로 뛰어나왔다. 가방끈으로 주인이 목을 맨 것이었다.

한동안 사람들은 그의 최후에 대해 많은 이야기를 했다. 하지만 그의 운명이 어떤 것이었는지에 관해서 이야기하는 사람은 거의 없었다. 그리고 발터 쾸프가 길을 잃고 헤매던 어둠, 우리모두가 그 어둠 가까이에 살고 있다는 것을 생각해 본 사람은 그리 많지 않았다.

옮긴이의 말

여기에 실린 단편들은 1933년
에 Suhrkamp 출판사에서 출간된 헤세의 단편집 『작은 세상』
(Kleine Welt)의 총 일곱 편 중에서 네 편을 선택해서 옮긴 것이다.
헤르만 헤세는 초기 단편작품에서 대체로 성장하여 완숙단계
에 이른 화자가 자신 내지 3인칭 주인공의 입을 통해 유소년과
청년 시절을 회상한다. 헤세 연구가들은 헤세가 이 이야기들의
소재 대부분을 자신의 과거에서 끄집어오고 있다고 말한다. 다
시 말해 초기작품 대부분이 그리고 후기작품의 일정 부분이 자
전적 성향을 띠고 있다는 것이다. 이를테면 1907년에 출간된
단편집 『이 세상 풍경』Diesseits만 하더라도 총 여덟 편 중 다
섯 편이 1인칭 소설형식을 취하고 있다는 점과 「늙은 태양 아
래서」를 제외한 나머지 일곱 작품들이 모두 과거의 유소년시절
내지 청년시절에 대한 회상으로 채워져 있다는 사실이 이를 방

증한다.

그런가 하면 『이 세상 풍경』 이후 거의 4반세기만에 출간된 단편집 『작은 세상』에서는 타인의 삶이자 곧 우리의 이웃 또는 우리 자신의 삶, 즉 타자 속의 자아일 수 있는 이야기들을 소재로 작품을 형상화한다.

독일 작가들 중에서 헤세만큼 우리에게 친근감을 주는 작가도 드물 것 같다. 헤세의 이 친근감을 무엇보다도 그의 인도(동양)사상에서 찾는 연구가들이 많다. 그가 살던 시기(1877~1962)만 해도 유럽에서는 이른바 오리엔탈리즘이 횡횡했다. 이를테면 서양은 합리적이고 성숙한 국가들인 반면 동양은 비합리적이고 열등하며 도덕적으로 타락한 국가들이라고 매도하던 시기였다. 그러나 헤세는 일찍이, 에드워드 사이드의 『오리엔탈리즘』(1978)이 나오기 훨씬 이전에 이런 편견타파에 앞장섰다. 그는 인도를 비롯해서 세일론, 싱가포르 등지를 여행하면서 동양의 속살을 들여다보고, 동양인들의 문화와 전통이 결코 서양의 그것과 우열을 가릴 수 없다는 것을 몸소 경험했다. 그러한 경험이 가장 두드러지게 나타난 작품이 장편에서는 『싯다르타』(1922)를, 단편에서는 『작은 세상』에 수록된 「문명과 야만의 이중주」를 꼽을 수 있을 것이다.

이 단편의 도입부는 다음과 같은 화자의 서술로 시작된다.

"18세기에 대영제국에서는 새로운 기독교가 번성하면서 새로운 기독교활동이 활발하게 전개됐다. 이 기독교활동은 [⋯] 오늘날엔 이교도 개종을 위한 선교라는 이름으로 여러 사람들에게 널리 알려졌다.

[⋯] 학식이 있고 기독교 신앙을 지닌 유럽인들이 아메리카와 아프리카, 인도에서 마치 닭장을 침범한 담비처럼 행동한 것이다. [⋯] 원주민들은 아주 거칠고, 추잡하게 강탈당했다고 해야 할 것이다. 선교사들은 이교도들에게 희망을 주기 위해 [⋯] 왔다고 했지만, 토착민들에게는 이들의 선교운동도 치욕감과 분노를 자아내게 했을 뿐이다."

「문명과 야만의 이중주」는 작가가 이 도입부에 '피와 살'을 붙여 형상화한 작품이다. 젊은 선교사 아기온은 이교도들을 개종시키기 위해 인도로 파견된다. 그러나 포교보다도 자연에 관심이 더 많은 그는 인도인들의 원시성 내지 야만성을 부정적으로 보는 것이 아니라 자연친화적으로, 즉 긍정적으로 본다. 화자는 아기온의 눈에 비친 인도인을 "동물처럼 온유한 반라(半裸)의 인간들이 낙원의 원시인이 아니라 수천 년 전부터 사고(思考)하고, 신과 예술과 종교를 지닌 사람들"이라고 설명한다. 그런가 하면 야만인들의 이교와 문명인의 기독교를 다음과 같이 비교한다.

"아무도 그 이름을 모르는 신들과 귀신들에게 작은 사발에

든 제물이 봉헌되고, 수백 가지 제식과 수백 개의 사원 그리고 승려들이 이곳에서는 서로 사이좋게 공존하고 있었다. 고향인 기독교의 나라에서는 한쪽 교파가 다른 교파를 적대시하고 살해하는 일이 다반사였는데 말이다." 여기서 우리는 화자가 갈등하는 기독교보다는 화합하는 이교를 더 긍정적으로 파악하고 있음을 간파할 수 있다. 종교의 우열을 거부하는 법정스님은 어느 글에서 다음과 같은 일화를 가정법으로 소개한다. "어느 우연한 기회에 예수와 석가가 우연히 만났다고 가정하자. 두 성현은 어떻게 행동했을까? 두 성현은 아무 말 없이 서로 잔잔한 미소만 띠었을 것이다."

본 작품에서 이른바 문명인을 대표하는 영국인 브래들리에게서 우리는 저 오리엔탈리즘이 타파하기 힘든 편견임을 확인하게 된다. 사업차 인도에 주재하는 브래들리는 자신의 신념과 일치하는 정보만 받아들이고 그렇지 않은 정보는 무시하는 확증편향에 사로잡힌 위인이다. 인도인들은 "모두가 거지요 추잡한 악마 집단으로, 점잖은 영국인들은 아예 상종하지 말아야 한다" 라고 역설하는 그에게 아기온이 "하지만 그런 길 잃은 사람들을 올바른 길로 인도하는 것이 바로 제 사명입니다! 그러기 위해 저는 그들과 친밀하게 지내야하고, 그들을 사랑하고, 그들에 관한 모든 것을 알아야 한다고 생각합니다" 라고 대꾸하자 "조금 지나면 당신이 사랑스럽게 생각했던 것보다 그들에 관해 더 많은 걸 알게 될 거요. […] 그들을 사랑하게 되기는 힘들 거요"라고 응수한다.

인도의 벽지(僻地) 소녀, 천진난만한 자연인 나이사에 매혹된 아기온이 그녀와 장래를 함께 하겠다고 하자 브래들리는 "난 그들을 항상 일종의 귀여운 동물이라고만 생각하오. 재미있는 염소나 예쁜 노루 같은 동물 말이오. 나와 같은 인간으로는 보지 않는단 말이오"라고 대답한다. 여기서 우리는 인종차별주의의 전형을 만나게 된다.

인도에서 밝은 미래를 찾은 아기온은 그의 내적 사명과 성격에 부합되지 않는 선교사 임무를 박차고 자신의 천성에 맞는 일자리를 찾아 나선다.

1909년에 처음 출판된 「사랑과 우정의 변주곡」은 이른바 높은 등급에서 낮은 등급으로 간주되는 직업으로 '퇴출'된 젊은 라디델의 삶을 조명한다. 공증인이 되기 위해 공증인 사무소에서 조수로 일하는 라디델은 순진무구하고 소심하지만, 멋을 알고, 음악을 좋아하는 청년이다. 그의 기타솜씨는 타의 추종을 불허하고, 그가 기타반주에 맞춰 노래를 부르면 동료들은 앙코르를 외치며 환호한다.

공증인이란 직업은 그의 취향에 별로 맞지 않았지만, 대학 갈 실력이 모자라 담임선생과 부모의 권유에 따라 이른바 중위권에 속하는 직업으로 공증인을 택한 것이다. 그러나 우연한 기회에 옛 학우 프리츠 클로이버를 만나면서 그의 운명은 바뀐다.

프리츠는 이발사 조수로 라디델보다 '낮은 등급'의 직업에 종사하기 때문에 친구를 우러러 본다. 그러나 여자친구가 없는 라디델은 약혼녀가 있는 프리츠를 부러워한다. 라디델은 프리츠와 함께 그의 약혼녀 집에 갔다가 그녀의 언니 마르타를 만나 사랑에 빠진다. 하지만 두 연인은 예기치 않은 오해로 헤어진다.

두문불출하며 외로운 나날을 보내던 프리츠는 어느 날 모처럼 집을 나섰다가 때마침 시작된 축제분위기에 이끌려 축제장에 가게 된다. 젊은 연인들이 쌍쌍이 축제를 즐기는 것을 보면서 외로움과 "슬픔이 북받쳐 절망으로 빠져들 무렵, 문득 그의 옆에서 나직하게 '혼자세요?' 하는 음성이 들려"온다. 얼굴을 들어보니 "이마와 깊은 두 눈에는 곱슬머리 몇 가닥"이 나풀거리는 예쁜 처녀 파니가 "연분홍빛을 띤 입으로 웃고" 있다. 착한 라디델은 그녀와 함께 춤을 추고, 사랑에 빠진다. 하지만 그녀는 그의 사랑을 받아들일 수 없다고 말한다. 다음날까지 100마르크를 마련하지 못하면 병든 어머니와 함께 거리에 나설 운명이기 때문이라는 것이다.

그는 자기가 그 돈을 마련해보겠다고 감당하기 어려운 약속한다. 그런 커다란 액수의 돈을 마련할 길이 없던 그는 회사 사장이 등기우편으로 부치라고 준 지폐 일곱 장 중에서 한 장을 훔친다. 이렇게 범죄자가 되면서까지 마련한 돈이었지만, 이튿날 약속한 장소에서 한 시간 늦게 도착한 그는 그녀가 전날 자기에게 그랬던 것처럼 다른 남자와 사랑의 밀어를 속삭이는 것을 목격하게 된다. 파니는 '꽃뱀'이었던 것이다.

뒤늦은 후회와 더불어 100마르크를 다시 사장에게 돌려준 그는 사장의 배려로 감옥신세는 면하지만 회사에서 쫓겨난다. 고민 끝에 그는 친구 프리츠에게 자초지종을 고백한다. 라디델 못지않게 마음씨 착한 친구는 한참 망설이며 주저하던 끝에 그에게 이발기술을 배워보라고 권한다. 그렇지 않아도 공증인업무보다는 머리손질에 더 즐거움을 느끼던 그는 친구의 제안을 감사히 받아들이고, 친구가 근무하는 이발소에서 도제수업을 받기 시작한다. 이어서 마르타와의 오해도 풀리고, "두 친구는 두 여자와 함께 이 무렵이면 물이 풍성해지는 라인강 폭포로 산책을" 나간다.

"면도를 잘하고 쪽머리를 잘 엮는 것을 최고의 목표로 삼는 사람을 자상하게 묘사하는 따위의 허접스런 일에 왜 당신 같은 작가가 훌륭한 재능을 낭비하느냐?"는 비평가들의 질문에 헤세는 다음과 같이 대답한다. "나는 어릴 때부터 욕심이 없는 소시민, 이를테면 라디델 같은 사람의 삶을 유머러스하고 부럽다고 생각했습니다. […] 솔직히 말해서 나에게는 사랑에 빠진 어린 남자직공과 여자점원이 영웅이나 예술가 혹은 정치가나 파우스트 못지않게 대단히 흥미롭습니다. 왜냐하면 이들은 드물고 예외적인 존재로 고고한 삶을 살지 않기 때문입니다. […] 이따금 나는 이 세상엔 조연들만 존재하는 것처럼 생각됩니다. 파우스트와 햄릿을 포함해서 말입니다."

헤세의 이 대답은 라디넬에게만 해당되는 것이 아니라, 「사랑과 우정의 변주곡」에 등장하는 주인공 모두에게 해당되는 얘기일 것이다.

「사랑의 허상과 실상」에서는 작가가 칠순을 바라보는 포목점 주인 안드레아스 온겔트가 35년 전에 겪었던 '사건', 즉 그의 약혼에 관한 이야기를 들려준다. 착하고 내성적이고 수줍음을 잘 타는 온겔트는 노령의 고모로부터 결혼하면 가게를 물려주겠다는 약속을 받고 결혼상대를 찾지만, "그에게 손을 내미는 아가씨는 한 명도 없었다." 키 작은 그가 마음에 둔 "예쁜 아가씨들에게 그는 우스꽝스러운 인물일 뿐이었다."
나이 서른이 되었을 때에도 여전히 배우자를 찾지 못하자 온겔트의 어머니는 아들이 "더 많은 사람들과 만나고, 여자들과 사귀는 법을 익히게 해주기 위해" 교회성가대에 가입시킨다. 그는 예쁘고 명랑한 여자성가대원 마르그레트 디얼람을 사랑하게 되지만, 스무 살 안팎의 디얼람은 다른 성가대원들과 마찬가지로 그를 노리개로 대할 뿐이다. 그는 온갖 수모를 겪으면서도 그녀에 대한 짝사랑을 포기하지 못하다가, 결국 젊은이들 중 가장 당돌한 약국조수의 도에 넘치는 장난을 계기로 그녀를 포기한다. 어느 날 성가대가 야유회를 가는 길에 전봇대만큼 키가 큰 약국조수가 온겔트를 번쩍 들어서 높이 솟은 떡갈나무의 맨 아래 가지를 잡게 하고 손을 놓아 버리자 온겔트는 속수무책으로 나뭇가지에 매달려 발을 허우적거린다. 이 모습을 본 청년들은 폭소를 터뜨리며 환성을 질러댄다. "자신이 깡그리 무너져 내린 채 영원한 조롱의 대상이 돼버렸다"고 절망하는 온켈트를 향해 디얄람이 소리친다. "혼자서 뛰어내려 봐요!" 결국 온켈트는 나무에서 떨어지고 만다.

짝사랑을 포기하고 슬픔과 절망에 빠진 온켈트에게 새로운 희망을 안겨준 여자는 다름 아닌 파울러 키르커, 그의 주위를 맴돌며 그를 눈여겨보던 그녀가 마침내 그에게 구원의 손길을 내민 것이다. 별로 예쁘지도 젊지도 않은, 자신보다 몇 살 연상인 그녀에게서 온켈트는 마침내 진정한 사랑을 찾게 되고 그 열매를 맺게 된다.

「운명의 수레바퀴」는 19세기말에 슈바벤의 게르버자우라는 소도시에 거주하는 주인공 발터 큄프의 삶을 그리고 있다. (게르버자우는 독일 슈바벤 지방에 실재하는 소도시가 아니라 - 고트프리트 켈러가 그의 단편집 『젤트빌라의 사람들』에서 젤트빌라라는 스위스의 가상지역을 설정했듯이 - 헤세가 꾸며낸 가상의 도시로 그가 유년시절에 인상 깊게 경험한 사건들을 형상화할 때 작품의 무대로 즐겨 사용하는 장소다.) 헤세는 이 작품에서 착하고 성실한 젊은 청년 큄프의 비극적인 운명을 묘사한다. 큄프의 아버지 후고 큄프는 조부로부터 물려받은 가업을 성실하게 이어왔으나, 일찍이 불치의 병에 걸려 죽음을 앞에 두게 되자 부인의 만류에도 불구하고 외아들 큄프가 가업을 이어주기를 바란다. 어질고 심약한 쾸프는 죽어가는 아버지의 '간곡한' 요청을 뿌리치지 못한다. 그러나 자유로운 영혼의 소유자인 그에게 잇속 내지 이문을 챙겨야 할 이 직업, 즉 장사는 어머니의 우려대로 기질에 맞지 않는다. 정신적 지주였던 어머니가 생존해 있을 때만 해도 그런대로 성실하게 가게를 운영하던 그는 어머니마저 여의자 거의 자포자기의 심정으로 장사에 임한다. "가난한 아낙네들에게는 정량보다 무게를 두 배로 달아주거나 아예 돈을 받지 않았고, 장날엔 마부들에게 팁을 두둑이 줬으며, 농부의 아내들이 장을 보러오면 장바구니에 치커리를 덤으로 넣어주거나 건포도를 한 줌씩 넣어줬다." 이렇게 장사를 거꾸로 하는 그를 아버지의 친구들과 친척들이 걱정하고 만류하지만, 그는 자신의 천성을 배반하지 못한다. 끝내 파산 직전에 가게를 접고 조그만 땅을 구입하여 밭일을 시작하지만 그의 외로움과 허탈감, 좌절감은 더욱 깊어진다. 그는 어머니처럼 자기를 돌봐주던 가정부 홀더리스에게 자신의 헛된 인생을 다음과 같이 토로한다.

"어떤 사람이 먼 곳에 아름답고 화려한 도시가 있다는 얘기를 들었어요. 멀기는 하지만 그는 그곳에 가기를 간절히 바랐어요. 그리하여 마침내 그는 가지고 있던 모든 것을 버리거나 남에게 주고, 모든 친구들과 작별을 고하고 떠났어요. 멀리 멀리 힘이 닿는 한 몇 날 몇 개월 쉬지 않고 갔어요. 그리하여 더 이상 돌아갈 수 없는 곳까지 갔을 무렵, 그는 멀리 있다는 그 화려한 도시가 실재(實在)하지 않는 신기루였다는 사실을 깨달았어요. 그 도시는 현재도 없고 과거에도 없었던 도시였어요."

결국 그는 주위 사람들로부터 경원당하며 정신병자로 낙인찍히고, 끝내 스스로 삶을 마감한다.

우리는 이 작품에서 자기 정체성을 상실한 인간의 몰락(個人史)과 선의가 왜곡되는 사회(社會史)를 목격하면서 이런 비극이 19세기에 국한된 것이 아니라 오늘날 21세기에도 일어날 수 있고, 목하 일어나고 있음을 통감하게 된다. 같은 맥락으로 헤세는 작품의 마지막 단락에서 다음과 같은 경구를 던진다.

"한동안 사람들은 그의 최후에 대해 많은 이야기를 했다. 하지만 그의 운명이 어떤 것이었는지에 관해서 이야기하는 사람은 거의 없었다. 그리고 발터 쾀프가 길을 잃고 헤매던 어둠, 우리 모두가 그 어둠 가까이에 살고 있다는 것을 생각해 본 사람은 그리 많지 않았다."

헤르만 헤세 연보

1877년

7월 2일 독일 남부 뷔템베르크 주의 소도시 칼브에서 아버지 요한네스 헤세와 어머니 마리 군데르트 사이에서 태어남. 아버지는 발트 3국 중의 하나인 에스토니아계 독일가문 출신이며, 어머니는 슈바벤-스위스계 가문 출신임. 선교사인 아버지는 인도에서 장인 헤르만 군데르트의 조수로 잠시 일하다가 돌아와 칼브에서 출판협회에 근무함.

1881년-1886년

스위스의 바젤에서 아버지 요하네스 헤세가 미션스쿨의 선생으로 근무함.

1886년

가족이 칼브로 돌아옴.

1890년-1891년

괴핑엔에서 라틴어학교에 다님.

1891년

7월에 국가고사[대학입학저격시험]에 합격함.

1891년-1892년

마울브론 수도원의 신학교에 장학생으로 입학했으나 7개월 후 "작가가 아니면 아무것도 되지 않겠다"는 결심으로 이 학교에서 도망 나옴.
짝사랑 때문에 자살을 기도함.

1892년-1893년

바트 칸슈타트에서 김나지움에 다니다가 1년 차에 치르는 중간시험에 합격 후 학교를 그만 둠.

작은 세상

1893년-1894년

에슬링엔에서 서적출판공부를 하다 그만두고 아버지의 조수로 일함.

1894년-1895년

칼브의 시계탑 공장에서 기계공 일을 배움.
최초의 문학수업을 시작함.

1895년-1898년

튜빙엔의 한 서점에서 서적출판공부를 다시 시작함.

1898년-1899년

첫 번째 시집 『낭만의 노래』(Romantische Lieder) 출간.
헤켄하우어 서점에서 점원으로 일함.

1899년

산문집 『자정 이후의 한 시간』(Eine Stunde hinter Mitternacht) 출간.

1899년-1903년

바젤의 라이히 서점에서 일함. 스위스 여행.

1901년

처음으로 이탈리아 여행(피렌체, 라베나, 베니스)을 떠남.
『헤르만 라우셔의 유작과 시』(Hinterlassene Schriften und Gedichte von Hermann Lauscher) 출간.

1902년

어머니에게 헌정하기 위한 『시집』(Gedichte) 발간.
어머니가 세상을 떠남.

1903년
서점 일을 그만두고 두 번째 이탈리아 여행을 떠남.

1904년
문명비판적 발전소설 『페터 카멘친트』(Peter Camenzind)의 출간으로 큰 명성을 얻음.

아홉 살 연상의 마리아 베르누이와 결혼하여 보덴 호수 근방의 가이엔호펜으로 이주함. 그녀와의 결혼에서 세 아들을 둠.

1905년-1912년
가이엔호펜의 한 농가에 세 들어 살면서 전업작가로서 여러 잡지(〈Simplizissimus〉, 〈Neue Rundschau〉 등)의 편집위원을 맡음.

다시 이탈리아 여행을 하고, 강연 차 많은 지역을 편력함.

1906년
헤세 자신의 학교경험과 어린 시절의 위기가 반영된 『수레바퀴 아래서』(Unterm Rad) 출간함. 진보적인 잡지 〈3월 März〉의 문예란 편집자로 1912년 까지 활동함.

1907년
가이엔호펜에 자가를 짓고, 『이 세상 풍경』(Diesseits)을 출간함.

1908년
단편집 『이웃 사람들』(Nachbarn) 출간.

1909년
취리히, 독일, 오스트리아로 강연여행을 다님. 빌헬름 라베를 만나기 위해 브라운슈바이크를 방문함.

1910년

장편 『게르트루트』(Gertrud) 출간.

1911년

화가 한스 스투르체네커와 함께 여러 달 동안 세일론, 수마트라, 싱가포르, 인도 등지를 방문함. 시집 『도상에서』(Unterwegs) 출간.

1912년

가족과 함께 스위스의 베른으로 이주하여 작고한 화가 알베르트 벨티가 살던 집에 거주함. 단편집 『우회로』(Umwege) 출간.

1913년

여행기 『인도에서』(Aus Indien) 출간.

1914년

화가 소설 『로스할데』(Roßhalde) 출간. 세계 제1차 대전발발과 더불어 자원입대하려 했으나 신체검사에서 고도근시로 불합격판정을 받음. 그 후 베른 주재 독일의 전쟁포로 후생사업소에서 일함. 포로들의 참상에서 충격을 받아 애국적 전쟁문학을 공개적으로 비판하다가 보수 언론인들로부터 매국노로 매도당함. 그 후부터 스위스 국적 취득의지를 다짐.

1915년

장편 『크눌프』(Knulp)와 단편집 『길가에서』(Am Wege), 시집 『외로운 사람의 음악』(Musik des Einsamen) 출간. 로망 롤랑과 친교를 맺음.

1916년

단편 『청춘은 아름다워라』(Schön ist die Jugend) 출간.
아버지의 죽음과 아들의 중병, 부인의 정신질환 그리고 무엇보다도 전쟁의 참상을 보고도 침묵하는 많은 예술가와 지식인들로 인해 큰 쇼크를 받아 정신적 위기에 처함. 심각한 신경쇠약으로 인해 카를 구스타프 융의 제자 랑에게서 정신치료를 받음.

그림을 그리기 시작함.

1919년

가족을 떠나 혼자서 남 스위스 테신의 몬타뇰라로 이주하여 집필에 전념함. 『데미안』(Demian)을 에밀 싱클레어라는 필명으로 발표했으나, 이 작품이 폰타네 문학상 수상작으로 선정되자 본명을 밝히고 수상을 사양함. 단편집 『작은 정원』(Kleine Garten)과 『동화집』(Märchen), 『차라투스트라의 귀환』(Zarathustras Wiederkehr) 출간. 리하르트 볼테리크와 공동으로 월간지 『생명의 절규』(Vivos Voco) 편집. 가수 루트 뱅어와 친교를 맺음.

1920년

바젤에서 첫 번째 수채화 개인전을 엶. 단편집 『클링조어의 마지막 여름』(Klingsors letzter Sommer)과 자신의 수채화를 삽입한 여행소설 『방랑』(Wanderung) 그리고 도스토옙스키에 대한 에세이 『혼돈 속을 들여다보는 시선』(Blick ins Chaos) 출간. 로망 롤랑 내방.

1921년

창작의 위기를 맞아 융으로부터 정신분석을 받음. 루트 뱅어의 집을 방문함. 아내와 이혼문제를 논의함.

『시선집』(Ausgewählte Gedichte)과 『테신에서 그린 수채화 11점』(Aquarelle aus dem Tessin) 출간.

1922년

T. S. 엘리엇 내방. 장편 『싯다르타』(Siddhartha) 출간.

1923년

별거 중이던 부인 마리아와 이혼함.

『싱클레어의 비망록』(Sinclairs Notizbuch) 출간.

1924년

루트 뱅어와 결혼함. 스위스 국적을 취득함.

1925년

『요양객』(Kurgast)과 루트 뱅어에게 헌정한 동화 『픽토르의 변신』(Piktors Verwandlung) 출간.

피셔(Fische) 출판사에서 헤세 전집을 출간하기 시작함.

토마스 만을 방문함.

1926년

기행 및 자연풍물 감상을 모은 『그림책』(Bilderbuch) 출간.

프러시아 예술아카데미 회원으로 선출됨.

1927년

『뉘른베르크 여행』(Die Nürnberger Reise) 출간.

두 번째 부인 루트 뱅어와 이혼에 합의.

히피들의 성서가 된 『황야의 늑대』(Steppenwolf) 출간.

헤세의 50회 생일을 기념하여 후고 발 (Hugo Ball)이 집필한 그의 첫 전기 『헤르만 헤세. 그의 생애와 작품』(Hermann Hesse. Sein Leben und sein Werk)이 출간됨.

1928년

수필집 『관찰』(Betrachtungen)과 시집 『위기』(Krisis) 출간.

1929년

시집 『밤의 위로』(Trost der Nacht)와 산문 『세계문학 문고』(Eine Bibliothek der Weltliteratur) 출간.

1930년

장편 『나르치스와 골트문트』(Narziß und Goldmund) 출간.
프러시아 예술아카데미 회원 탈퇴.

1931년

예술사학자 니논 돌빈과 결혼함.
친구가 몬타놀라에 지어준 새 집으로 이사하여 이곳에서 그 후의 평생을 보냄. 장편 『유리알 유희』(Glasperlenspiel)를 집필하기 시작함.

1932년

『동방순례』(Die Morgenlandsfahrt) 출간.

1933년

편지와 문학비평을 통해 나치정권과 유태인 박해에 반기를 듬. 독일에서 탈출한 많은 예술가들에게 도움을 줌.
브레히트, 토마스 만, 로망 롤랑 등 내방.
단편집 『작은 세상』(Kleine Welt) 출간.

1934년

시 선집 『생명의 나무에서』(Vom Baum des Lebens) 출간.
스위스 작가협회 회원이 됨.
독일의 가장 권위 있는 계간지 중의 하나인 『새로운 전망』(Die neue Rundschau)에 『유리알 유희』를 발표하기 시작함.

1935년

단편집 『상상의 집』(Fabulierbuch) 출간.

1936년

고트프리트 켈러상 수상.

시집 『정원에서 보낸 시간』(Stunden im Garten) 출간.

1937년

『신 시집』(Neue Gedichte)과 『기념수첩』(Gedenkblätter) 그리고 어린 시절의 회상을
시구로 표현한 『불구소년』(Der lahme Knabe) 출간.

1939년

제2차 세계대전 발발. 이 해부터 1945년까지 헤세의 작품은 독일에서 출판
금지됨. 하지만 독일 주르캄프 출판사와의 합의 하에 42년부터 헤세전집이 스
위스 취리히에서 단행본으로 계속 출간됨.

1942년

최초의 시 전집 『시집』(Die Gedichte)이 취리히에서 출간됨.

1943년

최후의 대작 『유리알 유희』가 스위스에서 두 권으로 출간됨. 이 작품이 출간된
이후부터 헤세는 시력약화 등 건강이 좋지 않아 점점 글쓰기를 멀리함.

비밀경찰이 헤세 작품을 출판한 출판인 페터 주르캄프를 체포함.

1945년

시집 『꽃가지』(Blütenzweig)와 동화집 『꿈의 자취』(Traumfährt) 출간.

1946년

프랑크푸르트 시에서 주관하는 괴테 상 수상.

노벨 문학상 수상.

정치와 전쟁에 관한 시사평론집 『전쟁과 평화』(Krieg und Frieden) 출간.

1947년

고향인 칼브에서 명예시민이 됨. 베른대학에서 명예박사 학위를 받음.

1950년

브라운슈바이크 시에서 주관하는 빌헬름 라베 상 수상.

1951년

『후기 산문』(Späte Prosa)과 『서간집』(Briefe) 출간.

1952년

여섯 권으로 된 『헤세문학 전집』(Gesammelte Dichtungen) 출간.

네프코프가 지은 헤세 전기 『헤르만 헤세. 전기』(Hermann Hesse. Biographie)가 출간됨.

1954년

『헤세와 롤랑의 서신교환집』(Briefwechsel: Hermann Hesse-Romain Rolland) 출간.

1955년

독일 출판협회의 평화상 수상.

1956년

뷔르템베르크의 독일예술발전위원회가 헤세 상을 제정함.

작은 세상

1957년

헤세탄생 80세 기념으로 여섯 권으로 된 『헤세문학 전집』(Gesammelte Dichtungen)을 『헤세 전집』(Gesammelte Schriften)이라는 제목으로 바꾸고 일곱 권으로 증보하여 출판함.

1962년

몬타뇰라의 명예시민이 됨.

8월 9일 뇌출혈로 세상을 떠남.

작은 세상 Kleine Welt

초판인쇄 2019년 10월 10일 / 초판발행 2019년 10월 15일 / 저자 헤르만 헤세 / 옮긴이
임호일 / 펴낸곳 도서출판 종문화사 / 편집·디자인 IRO / 인쇄·제본 한영문화사 / 출판등
록 1997년 4월1일 제22-392 / 주소 서울 은평구 연서로34 길2 3층 / 전화 (02)735-6891
/ 팩스 (02)735-6892 / E-mail jongmhs@hanmail.net / 값 15,000원 / ⓒ 2019, Jong
Munhwasa printed in Korea / ISBN 979-11-87141-46-4 (03850)